海右文学精品工程
山东省作家协会重点扶持作品

吴晨阳 著

红房子

山东城市出版传媒集团·济南出版社

图书在版编目（CIP）数据

红房子 / 吴晨阳著 . -- 济南 : 济南出版社 ,2023.2
ISBN 978-7-5488-5013-7

Ⅰ . ①红… Ⅱ . ①吴… Ⅲ . ①长篇小说—中国—当代 Ⅳ . ① I247.5

中国版本图书馆 CIP 数据核字（2022）第 065261 号

出 版 人	田俊林
图书策划	支景阳　李建议
责任编辑	董慧慧　陈文婕　陶　静
封面设计	曲心怡
出版发行	济南出版社
地　　址	济南市二环南路 1 号（250002）
编辑热线	0531—82774503
印　　刷	三河市同力彩印有限公司
版　　次	2023 年 2 月第 1 版
印　　次	2023 年 2 月第 1 次印刷
成品尺寸	165mm×230mm　16 开
印　　张	24
字　　数	234 千
印　　数	5000 册
定　　价	69.00 元

（济南版图书，如有印装错误，请与出版社联系调换，电话：0531-86131736）

前　言

一部人类史就是一部觉醒史。

人们在不断觉醒中，实现对社会的革命和自我的救赎，从而推动历史前进。

哪里有压迫，哪里就有反抗；哪里有剥削，哪里就有斗争。

越是黑暗，越期待光明；越是落后，越追求进步。

而这些都是从觉醒开始的……

觉醒总是从一个点开始，到蔓延一个面，从几个人开始，到影响一群人。这个过程是无比艰辛和曲折的，甚至会伴随着流血和牺牲。但那些追求真理、追求理想的觉醒者绝对不惧怕这些，他们所期待的恰恰是让暴风雨来得更猛烈，因为这样会加速人们的觉醒，加速光明的到来。

1840年以来，中国开始沦为半殖民地半封建社会，中华民族积贫积弱，饱受屈辱……

1897年，德国以武力强占胶州湾，掠取了在山东修筑铁路和开采矿山的特权，1908年开始修建津浦铁路，同时建起了津浦铁路局济南机器厂（即铁路大厂），招募了大量劳工，加紧了对资源的掠本……面对帝国主义的压迫，无数仁人志士纷纷起来反抗。特别是"巴黎和会"的割让条约，激起了人民的满腔怒火。济南数万民众率先上街游行，举行请愿大会，致电"巴黎和会"及中国代表，要求他们据理力争，这也拉开了五四反帝爱国运动的序幕，得到了全国各地的积极响应。济南铁路大厂作为济南工人数量最多的机器厂，工人们自发走上街头，罢工、集会、游行，汇入反抗的洪流。五四运动成为全民族追求真理、追求进步的伟大觉醒。

济南铁路大厂，是济南、也是中国近现代工业的缩影，它的发展史，是一部与国家、与人民共同觉醒、共同斗争、共同发展的历史。

王尽美和邓恩铭等共产党先驱先后来到铁路大厂红房子，教工人识字，给工人讲革命道理，传播马克思主义，引导工人起来为争取自身权利而斗争。铁路大厂成立了山东省第一个工会组织和山东省第一个中国共产党企业党支部，也是济南首个公开活动的基层党组织。"红房子"点燃了革命火种，并形成燎原之势，映红了齐鲁大地。

我们要讲述的"红房子"的故事，就取材于这段血与火的历史。那些激荡人心的红色故事，穿越百年经久不衰。"红房子"的故事，也是中国工人阶级觉醒的故事……

目 录

第一章　商埠区会演夺冠　红房子群英初见　　/ 001

第二章　黑监工强敛份子　曹大千被讹破财　　/ 023

第三章　恶工头恃强凌弱　众工友忍无可忍　　/ 049

第四章　王尽美传播火种　史文珍倾慕英杰　　/ 065

第五章　长辛店取得真经　俱乐部巧妙周旋　　/ 103

第六章　建组织光荣入党　兴工会凝聚力量　　/ 132

第七章　争权益不惧威压　要平等集体罢工　　/ 158

第八章　赴郑州见证工潮　卧铁轨声援"二七"　/ 199

第九章　理发师齐心抗捐　侯初升分化瓦解　　/ 231

第十章　处低潮逆流而行　遇工伤智募抚恤　　/ 260

第十一章　遭报复生活困顿　吃大户以牙还牙　/ 291

第十二章　陷囹圄大义凛然　除叛徒庙会设伏　/ 329

第一章　商埠区会演夺冠　红房子群英初见

大河上下汤汤，潮涌古今滂滂；

每逢时代转折，总有英雄登场。

压迫凝聚力量，觉醒激起反抗；

星星之火燎原，奋起挺直脊梁。

纵使中道离殇，自有后人接棒；

巍峨青山作证，铭记红色过往……

1904年，济南开埠后，工商业迅速发展，经过十六七年的时间，在西关外形成一大片繁华的商埠区。商埠区北侧是胶济铁路，可以直通青岛。西侧是津浦铁路，北达天津，南通南京，是全国交通运输的大动脉。东侧是济南城西圩墙，墙外的护城河连通小清河，顺流而下，直抵渤海。商埠区是德国人设计的，采用垂直的格网式布局，与胶济铁路平行的是经路，从北至南，由经一路到经七路，在当时称一马路（因采用的是西方的马卡丹路修建方法，路面平坦宽阔，路中偏高，便于排水，当时中国人便以英语马卡丹的音译作为路的简称，俗称"马路"。）、二马路……纬路有十条，从普利门西的纬一路往西，一直到纬十路。这种几乎垂直的路网布局，最大限度地呈现出多面临街的规整地块。商埠区的迅速繁荣，使济南成为沿海城市与内陆联系的重要货物中转站。大量中外商家涌入商埠区，短短几年，就开了十多家洋行，有小广寒电影院、石泰岩西餐馆、济南电灯公司、广智院自然博物馆、领事馆、教堂也建了多家，还有供人免费游玩的商埠公园，新鲜事物一件接一件，至于客栈、杂货铺、茶楼、酒肆，更是鳞次栉比。

辛酉年正月初三，商埠区热闹非凡。每年的这一天，这里都会举行舞龙高跷表演，全城的人都蜂拥而来，今年也不例外。

济南舞龙高跷的表演队伍有十几支，他们在纬一路二马路交叉口的德国领事馆前集合，不远处济南火车站的大钟响完第十下的时候，舞龙高跷队的表演正式开始，队伍沿着二马路一路往西去。

第一支队伍是铁路大厂表演队，在所有队伍中，他们是最受欢迎的。他们舞的龙别出心裁：龙头是火车头，龙身则是一节一节的车厢，领头的年轻人举的不是龙珠，而是一盏红灯的模型。身后的"火车龙"，追着领头人手里的红灯飞腾跳跃，忽而如飞龙昂首，几乎要越过路边的泡桐树梢；忽而像雄鹰俯冲，擦着地面呼啸而过；忽而摇头摆尾，龙头与龙身交叉穿花，让人眼花缭乱，担心它们会绞在一起。高跷队的队员都是精神抖擞的年轻人，均在二十岁上下，有的扮成《水浒传》里的林冲、石秀、燕青，有的扮成《白蛇传》里的青蛇和白蛇，还有的扮成戴着乌纱帽的县官、手持水火棍的衙役。他们踩着鼓点，做着夸张搞笑的动作。

马路的两边，里三层外三层地站满了兴高采烈的市民，大家为演员们的精彩表演鼓掌欢呼。当表演队伍到达的时候，沿街的商家立刻点燃长串的鞭炮，噼噼啪啪地响着，还安排一个伙计，拿着一挂数十枚或者几百枚的钱串，按照惯例给演出队赏钱。

铁路大厂表演队走了很多商家，转眼来到宏济堂前。在济南，宏济堂是个很有名气的大商户，生产的"福禄寿财喜"阿胶，几年前获得巴拿马万国博览会金奖，产品远销南洋和日本。宏济堂的乐老板看见表演队来到门前，笑逐颜开，走到队伍前，拱手喊道："你们有多大本事都使出来吧，演得好有大红包！"乐老板的一席话，激起人群的欢呼声："乐老板太场面了！大厂工友拿出绝活来！"

铁路大厂表演队员们一听，表演得更加卖力，领头的年轻人冲着乐老板喊道："谢谢乐老板！您就瞧好吧！"前面的观众围成一个半圆形，目光都落在演员身上；后面的观众踮起脚尖，拼命伸长脖子，要看看表演队到底给大家带来什么绝活。

这时，一个身材高大、目光如炬的青年踩着高跷，走到队伍前面。他叫宋明泉，是铁路大厂高跷队的队长。他挥舞着拳头，声如洪钟，喊出口号："利剑出鞘，翻江倒海。剑锋所指，所向披靡。威武之师，百战不殆。铁路大厂，笑傲群雄！"

紧接着，铁路大厂表演队员鱼贯而出，甫一亮相，就赢得满堂彩。一声哨响，演员出场。舞龙队在宏济堂楼前的空地上盘旋腾挪，一会儿"春燕展翅"，一会儿"二龙戏珠"，一会儿"四龙攀柱"，赢得观众们的阵阵掌声。

掌声还没有停止，高跷队便开始亮相了，他们的演出更加精彩。"林冲"来了个金鸡独立，"燕青"来了个空翻劈叉，"石秀"更绝，竟然鹞子翻身后再加一个鲤鱼打挺……

绝活叠罗汉开始了。几个小伙子围成半圆站稳，另外两人一纵身，前面的人一弯腰，两个人稳稳地跪在他们的肩上，众人连连鼓掌喝彩。更精彩的还在后面，一个身材匀称的小伙子猛跑几步，纵身一跃……人群中发出一阵惊呼，观众的心都提到了嗓子眼。

"天哪！"一个女学生吓得连忙捂住眼睛，身子直往旁边的同伴靠，"玉枝姐……"

"文珍别怕！艺高人胆大！"旁边的韩玉枝赶忙安慰道，用手揽住了她的肩膀。

伴奏的锣鼓敲得震天响，观众群里却静得出奇，一个个屏住呼吸，生怕出点意外。

乐老板知道，叠罗汉是踩高跷中难度极高的动作，表演起来很危险，一般的高跷队都不愿意表演。他没有想到，铁路大厂这群初出茅庐的年轻人，竟然有如此胆量，敢挑战这个让人心惊胆战的高难度动作。看着他们的表演，乐老板的心也揪了起来，着实为高跷队的演出捏着一把汗。

偌大的广场上鸦雀无声，所有目光都凝聚在这个年轻人身上，他是高跷队的副队长程英杰。只见他两手一使劲，腾身而起，竟然跪到第二层罗汉两人的肩上。第一层罗汉的身体晃动几下后，很快找到平衡。随后，程英杰扶住第二层罗汉的头部，伸直身子，将两脚轻轻地踩在罗汉的肩膀上，然后慢慢地站起来。最后，罗汉群稳住阵脚，程英杰挺直腰杆，双臂伸展指向天空，像一只凌空飞翔的雄鹰，终于完成难度最大、最精彩的动作，把三层罗汉叠好了！所有队员按照事先排练好的动作，整齐地摆着自己的造型，围着全场转了一圈。

转完后，队员们齐声高喊："聚天地财气，开山川财源，攒万物财富，集八方财运，祝宏济堂财气冲天，财源滚滚！"

表演结束后，程英杰灵巧地滑下来，第二层罗汉再依次而下。直到他们做完最后一个动作，观众的心才放下来。

"好！好！好！"人群中爆发出雷鸣般的掌声、喝彩声。

"好！好！感谢大家为我们博得好彩头！赶快拿赏钱！"乐老板乐得手舞足蹈，取出长长的两串赏钱，双手递给宋明泉，还不过瘾，又让伙计从店铺里拿出一个小箱子，从里面掏出一摞银元，向人群展示一下，然后双手递给宋明泉。

看到乐老板这么慷慨，人群再次报以热烈的掌声、叫好声。

观众们也不甘落后，纷纷掏出赏钱。程英杰走过来，韩玉枝拿出一把铜钱，掷到笸箩里。史文珍看着程英杰向她走过来，眼睛瞬间明亮起来，从口袋里拿出一块银元，放到笸箩里，抬起头来，四目相对，又迅速分开。

人群中，有两位书生模样器宇不凡的年轻人。高个子额头饱满，眼睛清澈明亮，鼻梁高挺，一对招风耳格外醒目，虽然只穿着一件普通的学生服，却难掩其独特的气质。

他叫王尽美，原名王瑞俊，莒县大北杏村人，生于贫苦的佃农家庭，父亲因病早逝，母亲靠纺线养家。他从小饱受贫穷生活的煎熬，更读不起书。地主见他长相可人，聪明伶俐，就让他给自己的儿子陪读。他知道机会难得，拼命读书。王尽美品学兼优，因要挑起家庭重担，一边务农一边学习，20岁时，以优异成绩考取山东省立第一师范学校。临行前夜，他赋诗明志，挥毫写下了"沉浮谁主问苍茫，古往今来一战场。潍水泥沙挟入海，铮铮乔有看沧桑"的诗句。五四运动时，他被推选为学联领导人，组织万余名学生参加了反日救国会。在学生运动中，他与省立一中学生邓恩铭一见如故，成为挚友。

为学习研究马克思主义，1920年3月，王尽美到北京大学拜访李大钊。同年11月，与邓恩铭等人发起成立励新学会，创办《励新》半月刊，研究和传播新思想、新文化。

此时，他正与邓恩铭酝酿创建济南共产主义小组，这是济南共产党的早期组织。为表达对共产主义的坚定信念，他激情赋诗："贫富阶级见疆场，尽善尽美唯解放。潍水泥沙统入海，乔有麓下看沧桑。"并改名"尽美"，以此自励。

个子稍矮的年轻人，面孔清秀，白中透红，五官分明，漆黑细长的眉毛向上扬起，一双黑色的眼睛像沉静的湖水。他就是邓恩铭，比王尽美小三岁，出生于贵州省荔波县玉屏镇水蒲村的一户水族家庭，家境比较贫困。因叔父在济南做官，资助他来济南读书，考入省立一中。

邓恩铭说："太精彩了，真是大开眼界！"

王尽美非常认同，连连点头："铁路大厂的表演精彩极了，工友身上有一股敢于挑战、永不服输的精气神。恩铭，你觉着呢？"

"对啊！这是我在济南看到的最好的演出。"邓恩铭说，"终于见到了传说中能叠三层罗汉的高跷队！"

王尽美笑着说："工友们的胆量和勇气令人叹为观止！有了这股天不怕地不怕的劲头，还有什么干不成的事业！"

邓恩铭看到王尽美激动的样子，知道他有了新的想法。

王尽美扯了一下邓恩铭的袖子，邓恩铭立刻明白了他的意思。两个人挤出人群，往南一拐，进了一条小巷。

"铁路大厂的工人不一般！"王尽美轻声对邓恩铭说，"去年跟罗章龙在大明湖的游船上，深谈过一次，他详细介绍了全国工人运动的形势，特别是大厂的情况。这次高跷队的演出，让我看到了工人的力量。下一步咱们要走进厂里，多接触厂里的年轻人，和他们交朋友，在工人中开展运动。"

邓恩铭点头道："铁路大厂是济南最大的机器厂，处在津浦铁路的主动脉上，来往的人多，工人们能接触到北京、上海这些大城市的最新消息，见多识广，接受新事物的能力强，我们可以在他们中间传播革命思想。"

王尽美说："听说铁路大厂有个红房子公所，工友们经常在那里交流，人气很旺，我们可以去红房子看看情况。"

邓恩铭高兴地说："好主意！可是，我们怎么和工人交朋友？"

王尽美沉默片刻，笑着说："对了，我认识一个叫李广义的工友，他在工友中很有影响力，我们抽空去见见他，让他介绍我们认识红房子的工人。你看如何？"

"你说的这个人，就是上次我们在铁路大厂见过的那位红脸膛工人吗？"邓恩铭问。

"就是他。"王尽美点点头，"他是油漆工人，为人热情，喜欢帮助别人，愿意为大家出头，他的话工友们也愿意听。他很有思想，向往革命。我们先多和他接触，多引导他，给他讲道理，把他发展成我们的同志，将来可以依靠他开展工作。"

听了这话，邓恩铭立刻兴奋起来："好啊，尽美，选日不如撞日，咱们今天就过去找他吧！"说完就要走。

见邓恩铭这副着急的样子，王尽美笑了，说："李广义也是高跷队员，他们也快演完回去了，咱们先在街上逛逛，然后就过去找他。"

邓恩铭笑着说："好！"

两个人在街上走着，看到街上非常热闹，每家商铺的大门上都挂着对联，里面摆着琳琅满目的商品，每个商铺都挤满顾客。两个人沿着纬四路一路向大厂方向走去，走过繁华的商埠，来到城外的郊区，沿路的房屋越来越少。没多久，远处有一座高大的厂门巍峨挺立，厂门的四周是高高的围墙。从大门望进去，内有一座气派的三层办公楼，还有一些火车头和车厢停在铁轨上。这些铁轨交错地伸向远处的原野。工厂的西侧，是一片整齐的砖瓦房。邓恩铭说："这应该是厂里的宿舍区吧，看起来还不错。"

正溜达着，一位工友从身旁走过，王尽美笑着迎上去问："您好，请问您贵姓？红房子怎么走？"

那位工友热情地说："免贵姓曹，你们喊我曹师傅就行，前面那片平房就是红房子。"

"曹师傅好，你们厂里的工人住的房子挺好啊。"邓恩铭说。

曹师傅笑着解释："不是所有的工人都住在红房子里，厂里不给壮工提供宿舍。只有从外地花高价聘请过来的技术工人才有资格住在这里。你们找谁？我领你们过去。"

邓恩铭说:"我们找李广义。"

曹师傅说:"你们走错路了,李广义是壮工,不住在这里,他住在地窝子附近。"

"地窝子在哪里?"王尽美问道。

曹师傅指着前面的一条小路:"你们沿着这条小路向前走,就能看见地窝子,那里是济南的贫民窟。穿过地窝子,有一片房子,李广义就住在最边上的房子里。"说完,曹师傅转身离开。

王尽美和邓恩铭向前走去,拐过弯,看见前面有一片棚户区,都是用木板和茅草搭起来的简易房子。最前面两排房子,底部用煤渣坯子和破砖烂瓦垒起来,再抹上河泥。有的房子上面用木板垒起来,有的房子上面是茅草席和芦苇席卷成半圆形,固定在两边支起的木头棍子上。这样的房子透风撒气,根本无法遮风挡雨。相比其他的房子,前面两排房子还算结实,后面的很多房子几乎是用木板或者茅草盖成的,随时都会被风吹倒。有些房间没有门,只挂着一道布帘。这些房子杂乱无章地排在一起。棚户区的四周污水横流,垃圾遍地,腐烂食物的味道、粪便的味道,各种味道混合在一起,散发出令人作呕的怪味。

看到工人们住在这样的地方,王尽美的心情很压抑,邓恩铭的表情也很沉重。

两人穿过地窝子,看到一片住宅区。从外观上看,这片房子比地窝子好一些,也大一些。王尽美按照李广义告诉他的地址,来到一座靠近马路的房子前，犹豫一下，轻轻地敲了几下门。

屋里传出脚步声，很快，门就打开了。一个人探出头来，满脸彩妆，一看就是刚从街上踩完高跷回来。

"你是……李广义师傅？"王尽美有点迟疑。

"是我。王先生，是你呀！"李广义一见两个客人，高兴极了，"这位是邓先生？快请进，快请进。我说今天早上喜鹊叽叽喳喳地叫，原来是有贵客光临。家里太乱，见笑了。"说完，李广义把两人迎进屋子，请他们坐下。

"广义哥，不要这么客气，我们刚看完大厂工友们表演的踩高跷，太精彩了。正好路过你家，就想着来看看你。"王尽美说。

李广义家里非常简陋，一张大床，一个桌子，这个桌子既是餐桌，又是书桌，上面摆了几本书。桌子旁边有两把椅子。屋里最引人注目的，是摆在墙角的一个中等大小的书架，上面摆了不少书。从中可以看出主人是个喜欢读书、有一定学识的人。虽然摆设简单，但收拾得井井有条，整齐干净。

邓恩铭由衷赞道："家里真干净，还有这么多书！"

"我从小就喜欢读书，我读书的时候，一直是全校第一，老师希望我毕业后考到济南继续上学。后来父亲生了一场重病，养家糊口的担子压在了我的身上，我只好退学干活。我最大的遗憾是读书太少。你们有知识、有文化，以后要多向你们学习。你们先坐。"李广义说完，走到另外一间屋里，出来时，已经把脸洗干净了，露出真面容。他长得浓眉大眼,高鼻梁、厚嘴唇,轮廓有棱有角,一双眼睛炯炯有神。看年纪,大约三十出头。他双手端着一个托盘,盘上摆着一碟花生、一碟瓜子。他把托盘放在桌子上,又拿出一壶热气腾腾的茶水,倒在杯子里,递给两个人。

"太客气了,我们自己来。"邓恩铭连忙接过茶杯,说,"大厂的高跷队家喻户晓,红遍了济南,大厂的工友们都成了济南的明星。我旁边好多观众就说,济南的棒小伙全都跑到你们高跷队了。"

"惭愧,惭愧。高跷队里强手如云,很多工友从小就开始练功夫,像黄岛的薛文英,还有宋明泉、程英杰、张有德,都有一身功夫,他们一个人对三五个人都不在话下,程英杰还是童子功。有了这身功夫做基础,大家才敢挑战那些高难度的动作。和他们相比,我只是个跑龙套的,站在后面充数,根本不值得一提。"李广义说。

听了这话,王尽美和邓恩铭相视一笑。王尽美说:"铁路大厂真是人才济济啊。"

"我们进厂的时候,都经过了严格的考核,身体素质一般的全被淘汰了,能通过考核的都是些强壮的劳动力。你们来得正好,我有很多问题想请教。你们也看到了,铁路大厂工友们住的地方,是济南最大的贫民窟。大部分工友仅能勉强地维持生活,日子难啊……上次去您那里,您说有办法帮工人们从苦日子中解脱出来,我想知道您有什么办法。"李广义看着王尽美说。

王尽美告诉李广义："广义哥，上次你来的时候，我正忙着招待客人，很多话还没来得及说。你也发现了，现在中国社会正在发生一场巨大的变革，仅靠个人单打独斗是不能解决问题的，只有找到正确的出路，才能把工人们从苦日子里解脱出来。我们办了很多刊物，出了很多宣传进步思想的图书，你也来参加我们的活动吧。"

"那敢情好！"李广义连连点头。

邓恩铭高兴地说："广义哥，我看你很有思想。我们有很多志同道合的朋友，经常在一起聚会，你会发现很多问题都能找到答案。"

李广义激动地说："终于找到你们了！工友们经常在红房子公所聚会，那里的人气很旺，盼着你们去红房子坐坐，为我们传道解惑，给我们指明前进的方向！"

王尽美立刻起身："说干就干，咱们现在就去红房子！"说着，他打开随身带着的包，拿出几本书，递给李广义，"广义哥，知道你喜欢读书，向往革命，积极要求进步，这几本书就送给你吧。我认为，铁路大厂具备开展工人运动的条件，现在需要的是正确的领导。"

"太好了！"李广义双手接过书，小心地放进抽屉里，"我一定会认真读的，我们现在就去红房子。这个时间，工友应该都在那里。说来也巧，踩完高跷，我也准备回红房子，今天晚上我要给大家讲《三国演义》，想着赶紧回来拿书。既然你们来了，就请你们讲些开阔眼界的知识吧。"

"好，你领着我们一起去！"王尽美说。

李广义领着两人，来到大厂西侧的一片住宅区。路口一棵刺槐昂然挺立。在北风的吹拂下，槐叶尽落，但虬枝铁干蜿蜒如盘龙，直冲暗灰的天空，似在无声诉说。据说，先民从山西洪洞来到这里，因为思念家乡，遍植槐树。历经数百年风雨，大槐树见证了脚下土地的兴衰荣辱，槐树无言，却把一切尽收眼底。细心的人会发现，在灰黑的枝丫间，有嫩芽在萌动，只待一声春雷，便要破壁而出。

槐树旁边的这片住宅区，由十几排平房组成。平房用的红砖墙、红瓦片，就像一片红色的方阵。每排瓦房的砖墙都砌得整齐有序，人字形房顶的红色瓦片，就像鱼鳞一样密密地排列，每个细节都处理得极为精细，可见建造者们花了大工夫。

这些红色砖瓦房布局合理、建造精细、独树一帜，与周边青砖青瓦的房子差别很大，向人们展示着大厂雄厚的经济实力，所以被大家称作"红房子"。红房子吸引了一大批天津等地的优秀技术人才，只要技术人才到厂里工作，就可以拿到不菲的工钱，住在这里。红房子也成为吸引工人的地方。

红房子有个独特的拱门，上面挂着一个黑底的门匾，写着"公所"两个绿色的大字。三人轻轻地走进公所，来到一个狭小的过道。从过道的门口向屋里看去，只见工友们围坐在一起，热火朝天地说着话,没人注意到他们。

李广义正要和工友们打招呼,王尽美忙拉住他,给他使了个眼色,压低声音:"不要打断工友们的谈话,正好我也想了解一下工友们都在想什么。"

李广义点点头,三个人就坐在过道的椅子上,听着工友们谈天说地。

高跷队的队员们刚从街上回到公所。大家都没有空着手,有人拿着酒,有人拿着下酒菜,还有人拿着瓜子、花生等。工友们从张师傅家的橱子里找出碗筷,摆了一桌丰盛的酒席,边吃边聊。

宋明泉把收到的赏钱全都放在一张八仙桌上,整整摆了一桌子铜钱,旁边是一摞白花花的银元。工友们心花怒放地看着这些赏钱,眼里冒出兴奋的火苗,大家七嘴八舌地说着话,激动地商量着分钱的事。

有人说要用这些钱给老丈人买酒买肉,过个好年;有人说把钱全给父母,再给他们买身新衣服;有人说这是救命钱,拿到手后,要给孩子买药看病……屋里到处都是说话声、欢笑声,气氛十分热烈。

宋明泉大声说:"安静一下,今天大家非常努力,挣的钱超出了预期,咱们先听听张师傅的意见,再商量分钱的事。"

听了这话,屋里立刻安静下来,所有人的目光立刻投向张师傅。张师傅叫张巩和,是铁路大厂用高薪从天津挖过来的技术工人,也是红房子公所的主持。他技术过硬,水平一流,进厂后培训了很多学徒，解决了很多技术难题，是厂里的顶梁柱。他和其他的技术工人一样，住在厂里专门提供的免费公寓里。

铁路大厂的监工、把头们飞扬跋扈，经常剥削压榨工人，随意克扣工人的工钱，还无缘无故地殴打工人。工人们在厂里没有地位，经常受窝囊气，非常苦闷，下班后常常聚众喝酒赌博，麻醉神经，回到家里不是打老婆，就是揍孩子，把家里搅得天昏地暗。看到工友们一天天堕落下去，张巩和非常难受，主动邀请工友们到家里做客，和他们谈心、讲道理，开导他们。一传十，十传百，越来越多的工友喜欢到张巩和的家里来，张巩和教他们拳脚功夫，给他们讲《三国演义》《水浒传》的故事，还讲济南历城秦琼秦叔宝的故事，秦琼讲义气，为朋友两肋插刀，是名副其实的英雄好汉，过年贴的执锏门神就是他。久而久之，他的家成了工友们的聚会场所，人气越来越旺。他非常高兴，把所住的公寓起名为"红房子公所"。

李广义和程英杰都跟着张巩和习武，他俩为人豪爽，行侠仗义，经常帮助别人，为大家做了很多事。宋明泉的武功很高，为人热情豪爽，喜欢打抱不平，在厂里很有号召力。他们三个是红房子里的活跃分子，也是红房子公所的核心人物。工友们遇到想不开的事，就和张巩和、李广义等人谈心，寻求帮助。无论碰到多难的事，他们总能帮助工友想出好办法。

此时，张巩和看到工友们等着自己发话，站起来说："以前，光知道没有水饺不叫过年，到济南后我发现不光是水饺呀，没有高跷也不叫过年。这几年,我一直在济南过春节,因为年味特别足。每年进了腊月门,就看见大街小巷玩龙灯、踩高跷,开始热闹起来了。我就想着,如果有机会,就让大家多参加一下这样的活动。没想到今天咱们大厂高跷队一炮打响,夺得头彩,还挣了很多赏钱,这些都是大家的功劳!"

"还是张师傅的脑子活泛,主意多,让大家既过了年,又赚了钱,真是一举两得!多谢张师傅帮我们想到这些挣钱的好点子。"薛文英带头鼓掌,工友们也跟着鼓起掌来。张巩和的话,被工友们热烈的掌声打断了。

"这些钱怎么分,还是大家拿主意吧。"张巩和摆摆手,"我的负担轻,工钱够花,这些钱我一分也不要。"

"向张师傅学习,这些钱,我也一分不要!"程英杰说。

"不行,这绝对不行,大家平分。"黄守信说。

"对,大家都有份,平分!"所有的工友一起说,屋里的气氛十分热烈。

"宋明泉宋队长什么意见?"程英杰说,"宋明泉去哪里了?谁看见老宋了?"

"那不是老宋吗?他怎么不说话了?"张有德指着门口。大家看见平时非常活跃的宋明泉,竟然眉头紧皱,两眼发直,呆坐在门口想着心事,感到很不解。

原来,这次高跷队表演的服装、棍棒、旱船、彩带等道具,都是大家凑钱买的，但高跷腿子得自己准备。作为高跷队的队长，宋明泉是整个高跷队的灵魂人物，要带领大家做出各种高难度的动作，必须有一副结实又轻便的高跷腿子。看到有的工友已经找到好木头，做出了好的高跷腿子，而自己的高跷腿子却连影子都没有，他就像热锅上的蚂蚁，在小屋里走来走去，最后发现妻子赵素兰陪嫁的那张床木料非常结实。于是，趁她走娘家，找了个锯子，三下五除二锯下床腿，打磨光滑，做成一副高跷腿子，又找李广义帮忙刷好油漆。今天演出的时候，他站在队伍的前面，出尽了风头。明天，妻子就要回家了，宋明泉担心她发现床被拆了，会大发雷霆，把家里闹个底朝天。此时，他愁的是怎么向妻子交代，正满肚子心事呢，没理会工友们说什么。

"宋大哥肯定同意平分。"程英杰见宋明泉不吭声，赶紧替他解围，"今天只是第一天，到正月十五，还有表演的机会，后面还会有更多的钱。咱们虽然没钱没势，但身体好，有干劲，刀山敢上，火海敢下，敢拼敢闯，踩高跷那些高难度的动作难不倒咱们，叠个小小的罗汉也难不倒咱们！"

听了这话，张有德跷起大拇指："说得好，踩高跷，咱们稳坐济南第一把交椅！张师傅经常说，你程英杰是个练武的好苗子，也是大厂武功最高的人。这话我不服，咱两个人比试比试吧。如果你赢了，我心服口服；如果你输了，我就是全厂武功最高的人……"

程英杰立刻微微一笑，双手抱拳，说道："我接受挑战，如果我输了,甘拜下风。"

"好,君子一言,驷马难追!"张有德说着,跳起来,开始进攻。他下手极为凶猛,就像一只敏捷的猎豹,旋风一般扑上来。程英杰一个侧身,迅速让开,并未还击。张有德拳头速度很快,虽然都被成功躲开,但他步步紧逼,渐渐把程英杰逼到了死角。工友们看得眼花缭乱。只见张有德一脚踢向程英杰的肚子,不料,被挡住了。程英杰四平马步扎稳,开始反击,一拳向张有德正脸打去,但这只是假动作,随后趁其双臂护脸的时机,胳膊肘一顶,张有德弹了出去,摔倒在地。

张有德不服气,要再来一局。第二局,程英杰依旧获胜。

周围掌声如雷,工友们纷纷叫好。张有德双手抱拳:"佩服,佩服,我输得没话说!"

"好,好!"周围的工友们纷纷叫好,佩服张巩和看人很准。

张有德对程英杰说:"行家一出手,便知有没有。刚才得罪了,请多见谅。"

"这有啥!"程英杰拍拍张有德的肩膀,乐呵呵地说,"练武的人,输赢是常有的事,天外有天,山外有山,比我本领高的多着呢!"

张巩和瞅着程英杰,赞许地点点头:"英杰骨格清奇,悟性很高,是个练武的好把式。而且他的性格沉稳,柔中带刚,平时非常低调,深藏不露。他从小跟名师习武,基本功非常扎实。又读过书，要是继续努力，以他的天赋，将来肯定能干出一番大事业。"

"啊，真的？"工友们一阵惊呼。程英杰摸摸后脑勺，有点难为情，嘿嘿傻笑着，一双眼睛特别明亮。看得出，他对未来充满向往。

王尽美见状，忍不住夸奖道："红房子真是藏龙卧虎，大家上进心很强，将来的前途不可限量！"

大家抬头一看，见是两位文质彬彬的年轻人，旁边有李广义陪着，便纷纷让出地方。

李广义高声介绍道："各位，这位就是我常和大家谈起的王尽美先生。王先生经常去北京、上海这些大城市，眼界开阔，知道很多帮助咱们工人的方法。他是咱们的朋友，更是咱们的先生。咱们遇到问题，都可以向他请教。这位是邓恩铭先生，是王先生的好朋友，也是一位很有学问的读书人！"

"太好了！欢迎王先生和邓先生。我们盼星星、盼月亮，早就盼着你们来给我们指一条路了！"程英杰、宋明泉和旁边的工友全都站起来，热烈地鼓掌欢迎。

"张师傅是厂里的大师傅，是我最好的朋友，也是我和英杰习武的师傅。"李广义向客人介绍张巩和。

"快请坐！有德，过来给两位先生泡杯茶。"张巩和拉着王尽美坐下，热情地说，"既然都是广义的好朋友，我就不客套了，先给两位拉拉大厂的情况。我们叫津浦铁路局济南机器厂，因为是济南最大的机器厂，大家都习惯叫铁路大厂。大厂是1910年建成的，地处津浦和胶济铁路的交汇点，全国的司机走到这里需要修车都是到我们大厂来，大厂的工友还经常到全国各地出差，信息灵通。外人看着很风光，都眼馋。"

张有德手脚麻利地泡了两杯茶，恭恭敬敬地递给客人。

张巩和继续说："别看外面风光，我们的日子其实过得很苦，厂里不把人当人，处处盘剥我们。厂里的工人都是好样的，都很有骨气，什么事都是走在前边。特别是前年（1919年）5月4日，抗议割咱山东的地，大厂也罢工游行了，还参加了南门外大校场十几万人的集会。但是，老实说，大家还是一盘散沙，受工头的欺负，不少人被开除，还有的被打伤……"

张巩和叹口气，继续说道："大厂的工友们下班后常到我这里拉拉家常，练几套拳脚，闲下来也听我讲点故事。红房子里有'六不'规矩：不信教，不拜佛，不吸烟，不喝酒，不赌钱，不嫖娼。我们这些人都是踏踏实实过日子的人。不过，在红房子的松快时候毕竟是少，第二天到厂里，又得在监工、把头的监视下干活。总是这么穷乐呵，也不能解决根本问题，欢迎王先生和邓先生常过来，给大家指条出路。"

王尽美拱了拱手，对大家说："找出路不敢当。'六不'的规矩非常好！张师傅说得对，总是这么穷乐呵，也不能解决根本问题，现在的社会急速变化，有很多新情况、新思想出现。我们一定要多了解时事，多学习文化。有了文化，才能明白受压迫、受剥削和求解放的道理，才能想出更多的办法同监工、把头作斗争，不再受他们的恶气，才能找到出路，过上好日子！"

工友们个个竖着耳朵，静静听着，生怕漏过一句话。虽然刚认识王尽美，大家却感觉跟他是无话不谈的老朋友。

"没文化真可怕，因为家里穷，没钱上学，我是个睁眼瞎。我非常羡慕那些读过书的工友，我做梦都想着读书，要是我也能识字就太好了。"宋明泉挠挠头，"可是，大家都很穷，没钱读书，谁又能教我们穷人读书识字呢？"

"我和恩铭可以在红房子办个识字班，我的包里有石板和石笔，随时可以教大家读书识字。"王尽美说，"我们的识字班是免费的，不收一分钱！"

听了这话，工友们鼓起掌来，连声喊起来："太感谢你们了，学会读书识字，就不用做睁眼瞎了！"

"工友们，王先生和邓先生学业紧张，挤出时间来教我们读书识字，我们一定要好好珍惜，好好学习，多长本事，提高自己。"李广义说。

工友们的掌声更加热烈了。

第二章　黑监工强敛份子　曹大干被讹破财

工友们和王尽美、邓恩铭谈得正投机，突然响起一阵急促的敲门声，程英杰起身开门。一股冷风吹进来，大家打了个寒战，热烈的气氛转眼间被浇灭。

门口有人大声嚷嚷："拜年了，拜年了，我们给大家拜年了！"

工友们循声望去，说话者长得尖嘴猴腮，头戴礼帽，身穿黑色绸缎做的长袍马褂，戴着一副眼镜，笑起来嘴角都快咧到耳根了。原来是监工刘二奎。

刘二奎满脸堆笑，双手作揖，同工友们打着招呼。他的身后，跟着几个监工、把头，个个长袍马褂，高矮胖瘦各异，也都双手作揖，皮笑肉不笑地给大家拜年。

"这不是刘监工吗？什么风把你老人家吹来了？"宋明泉不冷不热地说。

"明泉兄弟，过年好啊，我专门给你拜年了。"刘二奎看见宋明泉，立刻赔着笑走过去。

"堂堂刘监工，竟然专门给我拜年？我可不敢当。"宋明泉嘴一撇，冷冷地说。

"明泉！"张巩和制止他，然后双手作揖，做出一个请的动作，对刘二奎说，"大过年的，来的都是客。刘监工，还有各位监工快请进。"

"谢谢！"刘二奎大手一挥，带着几个随从挺胸凸肚地走进来。他看见王尽美和邓恩铭，愣了一下，疑惑地问张巩和："他们是？"

李广义连忙打圆场，笑着对刘二奎说："他们都是我以前的邻居，今天演出的时候，正巧路过，给我们捧场呢。"

"巧，真巧，真是无巧不成书！"刘二奎阴阳怪气，干笑几声，清了清嗓子，"今天我们几个过来，一个是给大家拜年，祝大家在新的一年里多多发财。再一个是通知大家，今天，你们的演出非常精彩，为我们铁路大厂争了光，所以，厂长特地派我们过来给大家祝贺！"

听了这话，李广义和程英杰对视了一下。凭他们的直觉，刘二奎这是黄鼠狼给鸡拜年——没安好心。

刘二奎说着，走到屋子中央，四处打量了一下，视线落在那张八仙桌上，眼睛瞬间放出精光，死死盯着这堆钱，就像蚊子见到血一样，再也拔不开眼睛。几个随从顺着他的目光，也看见八仙桌上的钱了，一个个蠢蠢欲动，恨不得立马扑上去。

看到监工们一副副贪婪的表情，工友们知道不妙。宋明泉走过来，不满地问："看什么呢？没见过钱吗？"

"还不能看吗？"刘二奎脸上红一阵、白一阵，又羞又恼，"有些话，我一定要和大家说明白，今天你们的演出，代表的是大厂，而不是代表个人。所以，你们得到的赏钱都要交份子钱！"

刘二奎的话，就像一碗水倒进热油里，顷刻就炸锅了。大家七嘴八舌地说："凭什么，这不是强盗吗！我们利用下班时间演出，挣点辛苦钱，你们也惦记，还有天理吗？"

"天理？哼……"刘二奎鼻孔里哼一声，声色俱厉，"你们打听一下，在这个大厂里，我的话就是天理！如果不是因为咱们厂是济南最大的厂，名声在外，也就不会有你们今天的风光。你们以大厂的名义演出，所以最少得三七开——我们七，你们三！"

工友们一听，就像掉进了冰窟窿。宋明泉大声喝道："什么？三七开？！这不是扒皮吗？你们这些喝人血的晦气鬼，让人连年都过不好，太过分了！"

"宋明泉，你要造反吗？"刘二奎身后的监工王麻子厉声问道，"老实告诉你们，这个份子钱，你们交也得交，不交也得交。我们不是来和你们商量的，而是来收钱的，听到没有？！"

"对，这次的份子钱，你们交也得交，不交也得交！"刘二奎边说边朝桌子走去。

工友们看着他们几个人,眼睛里冒出火来,想着过去讲理,但是敢怒不敢言。

刘二奎伸出鸡爪子般的手,抓起一把银元,就要往随身带的布袋里放。说时迟,那时快,宋明泉和程英杰闪到他面前。宋明泉轻轻往他胳膊一搭,他顿时觉得胳膊一麻,"哎哟"一声,爪子不自觉地松开,银元"哗啦"一声掉在桌上,发出悦耳的声音。

宋明泉脸色一沉:"见过不要脸的,没见过你这样不要脸的,告诉你们,要钱没有,要命一条!今天要想拿走一分钱,先问问老子的拳头答应不答应!"

"真是不要脸!"程英杰紧跟一句,"老子的拳头可没长眼!"

刘二奎定了定神,心里害怕,嘴巴还死硬,恶狠狠地说:"好个要钱没有,要命一条。告诉你们,在我眼里,你们的命还不如一条狗,不值钱!"

"要你的钱是看得起你,等着哪天不要你的钱,你就该卷铺盖滚蛋了。"王麻子厉声说道。他对身后的人示意,几个人撸起袖子,准备动手。

瞬间,屋里的火药味十足,只要有一点火星,就会爆发开来。

"哼!"宋明泉轻蔑地冷笑一声,把胳膊往胸前一抱,"怎么?你们想来硬的?行啊,谁敢上来,我先卸下他的胳膊腿!"

刘二奎朝四周一看，知道今天寡不敌众，占不到便宜，何况刚尝过宋明泉的厉害，知道他的话不虚，于是后退几步，恶狠狠地说："好，宋明泉，算你有种，咱们骑驴看戏本——走着瞧！走！"他一挥手，灰溜溜地走出门，身后几个人也赶紧夹着尾巴溜走了。

工友们你看我、我看你，显得心事重重，不知该怎么办好。

王尽美不解，问李广义："当着这么多工友的面，这些监工竟敢公开抢钱？"

李广义叹口气："唉！铁路大厂有个不成文的规矩，厂里有头有脸的人家有喜事时，都要在工人中敛份子钱，不管我们愿不愿意、有没有钱，都要跟着随。谁如果不想随，工头们要么逼着他随，要么会找他麻烦。工人家里遇到困难时，他们却不闻不问。工友们都痛恨这个规矩，但谁也没有办法，因为他们是地头蛇，有权有势，负责给我们派活、发工钱，工友们惹不起，也斗不过他们。"

这时，旁边一位工友接过话茬："只要咱们还想在这里上班，份子钱随也得随，不随也得随。如果不随份子钱，监工们就会给咱穿小鞋，倒霉的事会接二连三地发生，挨打挨骂，干不完的脏活累活，该涨钱的时候不给涨，这些都是轻的，说不定哪天就停发工钱了。更狠的是，他们杀鸡给猴看，随便找个罪名，借机开除你。唉，监工们有的是办法让咱们长记性。"他叫曹大干，别看长得五大三粗，满脸络腮胡，此时，眼泪都要流出来了。

薛文英说："大家还记得前一段时间被开除的丁大湖吗？刘二奎说是丁师傅经常迟到，所以就开除了他，其实是他没有给监工随钱。丁大湖的父亲生病，欠了很多外债，没钱给刘二奎随份子。刘二奎对他很不满，一直找借口不给他涨工钱。丁大湖看着自己的徒弟都涨钱了，心里不服气，在车间里发牢骚，说了几句气话，然后去找刘二奎讲理。刘二奎早就等着他过来，故意把他激怒。丁大湖骂了几句，刘二奎立刻报到厂部，说他不服从管理，就把他开除了。不瞒大家说，监工们都是公鸡头上的一块肉——大小是个官。一肚子坏水！"

"是啊，他们真是心如蛇蝎，什么事都干得出来。"张有德看看这个，又看看那个，忧心忡忡，"但我感觉三七开也太多了。要不，咱们同监工们商量一下，如果能少交点，还是把钱给他们吧，要不然，这帮家伙肯定不会善罢甘休。"张有德和曹大干是老乡，也是亲戚，两个人一起进厂，关系很好。他们两个人都胆小怕事，遇到问题经常一起商量。

"有德说得对，三七开太多，我们商量一下少交点。只要他们不在背地里给我们使坏，我们就烧高香了。"曹大干说。

"不能给，一分钱也不给他们！"宋明泉气愤地说，"他们厚颜无耻地盘剥我们，咱们为什么不起来反抗？有什么可怕的？"

曹大干摇着头："没用，胳膊拧不过大腿，他们一肚子坏水，咱们斗不过他们的。我以前和你一样不甘心。但我亲眼看见很多不交份子钱的人，被他们背地里下绊子，最终被撵出工厂，流落街头，连饭也吃不饱，非常可怜。"

薛文英说："大厂是济南最大的工厂，咱们人多，如果大家团结起来，肯定能取得胜利，以后也不用再交份子钱了。"

张有德说："别看大厂工人多，但实际上却是一盘散沙，厂里帮派林立，各自有个小圈子，不相往来，比较明显的帮派有天津帮、胶东帮、济南帮。咱们都是最底层的工人，技术工人也看不起咱们，我每次和油漆车间的刘师傅打招呼，他都爱理不理。想要大家一起反抗，比登天还难！咱们还是别和他们斗了，刚才，刘二奎的眼睛气得都冒出火星了，他们今天没拿到钱，肯定会报复咱们。特别是明泉兄弟，你更要多加小心。"

"我堂堂正正做人，不怕这些索命无常。"宋明泉满不在乎。

工友们你来一句，我回一句，开始争论起来，渐渐分成了两派：曹大干和张有德等人同意交份子钱，但希望少点；宋明泉、程英杰等年轻人坚决不同意交。黄守信等人一言不发，他们想着随大流，想着最终谁占上风就按照谁的意见办。两派你一言我一语，谁也不让着谁，屋里的争吵声此起彼伏，乱成了一锅粥。工友们吵了很长时间，谁也说服不了谁，最终也没有争论出结果。

看着混乱的场面，李广义非常着急，他求助地看着王尽美，轻声说："王先生，厂里的工人都是一盘散沙，很难统一意见。我想着把钱分下去，让工友们自己决定，您看怎么样？"

王尽美用赞赏的眼光看着李广义："现在工友们非常激动，我们要缓解大家的情绪，让大家先冷静下来。按照目前的情形，把钱分下去是最好的选择了。恩铭，你同意吗？"

"嗯。"邓恩铭赞许地点点头。

得到王尽美和邓恩铭的认可，李广义的心里踏实了。他走到人群中间，用双手示意大家安静下来，然后说："安静，安静，听我说几句。"屋子里立刻安静下来，所有的目光都集中在李广义身上，"刚才我想了半天，也征求了王先生的意见，这些钱是大家起早贪黑排练很长时间挣的辛苦钱，你们有权力决定钱的支出。咱们今天把钱全部发下去，愿意给监工、把头们随份子的，你们就把钱给他们。如果不愿意随的，就不给他们。大家自行处理！哪位工友还有不同意见？"

李广义说完，看着大家。也许是争论累了，也许是实在想不出更好的办法，工友们不再说话了。

"我没有意见，我同意！"程英杰点头。宋明泉、薛文英等几个年轻工人也点头。

"没有意见！"曹大干和张有德说。

"好，那么开始分钱了！咱们先把丑话说到前头，这是大家的血汗钱，希望拿到钱后补贴家用，不允许喝酒、抽烟、赌博，如果谁违反了，决不轻饶！"张巩和说，"今天也不早了，大家分完钱后，早点回家休息，明天一早还要上工，迟到了还要扣一天的工钱，千万别迟到。"

"对，咱们早点发钱，早点回去，明天厂里也要发工钱了，喜事连连！"李广义说。

"多谢张师傅，多谢李师傅！"工友们鼓起掌来。他们拿到钱后，相继散去。

李广义陪着王尽美、邓恩铭，一起回到自己的小屋。

王尽美说："今天认识了这么多工友，了解到很多事情，收获很大。工友每个人都有自己的想法，这样根本没办法和工头们作斗争。下一步我们要多引导他们。恩铭，近期无论多忙，咱们都要定期抽出时间到红房子，抓紧办好工人夜校，教他们读书识字，提高他们的觉悟。"

邓恩铭说："好的，回去后我多准备些识字读本、本子和笔，下次过来时发给工友们。"

三个人谈了很久，王尽美和邓恩铭看着天色不早，向李广义拱手告辞。

送走客人后，李广义不顾一天的疲劳，急切地拿出王尽美送给他的几本书，如饥似渴地看起来，一边看，一边思考。等他放下书的时候，发现夜已经很深了。他抬头看着外面黑漆漆的夜空，有一颗最亮的星星挂在天上，那是给人指明方向的北斗星。在夜色中，这颗星星特别明亮，在泥泞中奔波迷路的人，在迷茫中找不到前进道路的人，只要找到这颗星星，就能看到前进的方向。

看到这颗明星，李广义的眼前浮现出王尽美和邓恩铭坚定的面孔，他们就是自己人生道路上的指路明星。他感到，自己就像在黑夜中行驶的小船，不再迷茫，不再彷徨，终于找到了航行的方向……

铁路大厂的工作时间很长，节假日也要上班，工人们已经习惯了没有公休日的生活。第二天是厂里的发薪日，全厂工人拼死拼活干了一个月，终于等到这一天，每个月就属发薪的日子最开心。工友们欢天喜地地排着长队，等着发工钱。

薛文英眼尖，老远看见工薪车开过来，提高嗓门说："工薪车来了，工薪车来了！"

人群开始骚动，大家说话声音越来越大，很快就沸腾起来。

工薪车在一号大楼后面刚停稳，工人就按照先来后到，快速地排好长队。他们每个人的手里都紧握着图章，所有人的眼睛都紧盯着工薪车。

宋明泉站在队伍中间，开心地对身后的李广义说："前天，我去大哥家里拿了两斤肉，今天我请客，晚上大家都来我家，我刚学了几道菜，露两手给你们看看，咱们好好喝几杯！"

排在前面的程英杰转过身，夸张地撇撇嘴，一脸嫌弃状："就你那厨艺，再好的料也给做瞎了。"

"就数你嘴巴刁,每次聚餐,也没见你少吃!"宋明泉擂了他一拳,"有李大哥做主厨,怕什么?"

"要是李大哥做主厨,我就去,要是你掌勺,那就算了吧。明明都是好东西,只要你一做,就不好吃了,也不知道是怎么回事。"排在李广义后面的黄守信,也一起围攻宋明泉,"对了,你媳妇回家发现床被你拆掉做了高跷腿子,两口子没打架?"

"哪壶不开,你偏提哪壶!"李广义故意瞪了黄守信一眼,"明泉媳妇嫩得可以掐出水来,他哪舍得下手?最多跪了一夜搓衣板而已。"

宋明泉嘿嘿笑着,一脸苦相,没说话。昨天晚上,妻子赵素兰回家发现床被拆了,气得大闹一场,今早又跑回娘家了,根本不听宋明泉解释。

黄守信歪着脑袋,盯着宋明泉的脸左看右看,嘴里啧啧有声:"可不是嘛!"

宋明泉不解:"你贼眉鼠眼的,瞅我作啥?"

黄守信煞有介事地说:"怪不得,我说老宋今天脸咋胖了一圈,原来是被媳妇收拾了。瞧,好像指印还在呢!"

一听这话,大家纷纷围过来,盯着宋明泉的脸看。

"你再说一句,我让你吃不了兜着走!"宋明泉窘得满脸绯红,把李广义一拨,双手卡住黄守信的胳膊,使劲地一捏。

只听见"咯吧"一声,黄守信一声尖叫,疼得龇牙咧嘴,缩着脖子，连声告饶："哎哟，哎哟！宋哥哥，宋大爷，宋爷爷，我不说了，不敢了……"

周围的工友哄堂大笑，队伍里洋溢着欢乐的气氛。

曹大干站在队伍的前面，听到后面传来的喧哗声，情绪被感染了，情不自禁地露出笑容，使劲伸长脖子，看着蓝色的工薪车缓缓驶进工厂内。有人碰了他一下，扭头一看，张有德正冲着他笑。别看张有德一副满不在乎的样子，但双眼冒出的光，已把他激动的心情暴露无遗。两人目光接触，相视一笑，心照不宣。

"我家的粮缸早就见底，揭不开锅了，每月的最后几天，都是孩子妈到集市上捡菜叶度日。昨天拿到了踩高跷的钱，今天又领到了工钱，终于可以给老婆孩子买米买面，吃顿饱饭了。"曹大干说。

"是啊，一家几张嘴都等着吃饭呢。"张有德长叹一声，"搭上命干一个月才六块大洋，也就勉强填饱一家六口人的肚子，如果再扣下份子钱，真不够生活了。"

"虽然你家人口多，但没有生病的。哪像我家，孩子身体不好，一年到头总生病，不是闹肚子就是咳嗽，光给孩子看病买药就花去大半月的工钱，根本剩不下。"曹大干说，"踩高跷挣点外快，竟然也要交份子钱，真不像话！孩子妈早就把工钱的用处安排好了。先去买面包饺子，全家好好吃顿饱饭。再领孩子看病，孩子这几天发烧咳嗽得很厉害，真让我们揪心。现在物价飞涨，发的钱数不变，但买回来的东西越来越少。这个月必须省着点，要不，月底几天又揭不开锅了。"

这时，管账房的陈掌柜昂着头，慢慢地从工薪车上走下来，挺一挺肚子，咳嗽一声，慢条斯理地问道："嗯，都来了吧？"

他的声音不高，却很有威严。听他一问，人群立刻安静下来，静得地上掉根针都能听见。队伍里纷纷回应："来了，来了，都来齐了，都在候着您呢！"

陈掌柜不慌不忙地打开手提黑皮包，从包里拿出一叠纸，从中间找出一份公文，咳嗽几声，清清嗓子，一字一句念起来："政府交通部为了偿还外部债务的本息，垫拨整理公货基金之用，自本月起，发行第二批定期支付券三百万元。所以，本月发放工钱，每人发四成的支付券，支付券可以在商场当现金流通，也可以兑现。"

陈掌柜的声音刚落，人群骚动赶来。所有人都瞪大眼睛，张大嘴巴，眼眶恨不能瞪裂，嘴里能塞下一个鸡蛋。随后，人群中有人嚷道："什么，什么！咋会这样？第一批五百万，现在又是三百万，还让人活吗？"

"又玩骗人的把戏！这些纸票子和白纸有什么区别？买东西人家也不要！纸票子就是一张花不出去的废纸！"宋明泉亮开大嗓门，"我们要大洋，不要纸票子，不要支付券！"

"对，我们要大洋，不要纸票子，不要支付券！"工友们一起喊。

陈掌权没有说话,更没有解释。他早已经见多不怪了,别看这些工人咋呼的声音大,但都是一盘散沙,掀不起什么大浪。他就像没听见大家说话一样,依旧不慌不忙地指挥着人,打开蓝色车厢上的几个窗口,然后说:"时间紧张,大家不要喧哗,现在开始发薪,点名三次不到的,就过号!"

"曹大干!"工薪车的窗口处开始喊名。

"我在,我在!"听到喊声,曹大干向前紧走两步,把一直紧握在手心的图章递上去,气呼呼地说:"我要大洋,不要纸票,请你们给我六块大洋!"

听到曹大干的话,陈掌权轻蔑地哼了一句:"你是要造反吗?"他歪着头,冷笑着拿起曹大干递过来的图章,手一扬,使劲扔到很远的地方,杀鸡给猴看。他要告诉其他人,这就是捣乱的下场。陈掌权头也不抬地喊道:"下一个!"

众目睽睽之下,竟受到如此羞辱,曹大干就像被人狠狠扇了一巴掌,顿觉一股热血冲上大脑,气得浑身上下打哆嗦。他袖子一撸,把拳头握得咯嘣咯嘣响,冲着陈掌权瞪起眼:"真是欺人太甚!不蒸馒头争口气,我和你拼了!"

眼看一场恶斗就要开始,说时迟那时快,张有德一个箭步挡在曹大干的前面,张开双臂紧紧地抱住他。

"别拦着我,老子再也不受窝囊气了,他凭什么扔我的图章?"曹大干气愤地吼道,想要挣脱张有德的双臂。

"别胡闹，冷静点！你想让一家老小都饿死吗？"张有德在他耳边低声道。这话就像一瓢凉水，泼在曹大干的头上，他瞬间清醒了。他想起早上出门的时候，孩子妈期待的眼睛，想起孩子病恹恹的模样。是啊，要是不领钱，一家老小没吃没喝，都会饿死、病死。自己有什么资格在外面斗气？想到这里，他就像泄了气的皮球，举过头顶的拳头无力地落下来，使劲地扇了自己一巴掌，绝望地吼了声："窝囊废！"

"别生气了，赶紧找图章领钱吧。如果你不领钱，就正中某些人的下怀，他们会说你不要钱，等你想领钱的时候，人家可能就不给了。要是工薪车走了，今天你就领不到钱了。"张有德苦口婆心地劝说。

是啊，没钱一家人怎么过？曹大干冷静下来，连忙去找草地里的图章，但图章就像长腿了一样，怎么找也找不到。他急得满头大汗，终于在一堆杂草中找到了图章。他强忍着气，小心翼翼地把图章递给陈掌权。

陈掌权头也不抬，接过图章，往印泥上一揿，再朝名册上一摁，随手把四块银元、两张纸票和图章扔在一边，好像曹大干不存在一样。

曹大干憋着火，默默收拾起钱票，心里很难过。他掂了掂四块银元和两张纸票，眉头紧锁，愁绪满腔。这点钱，勉强够买粮食，孩子看病吃药咋办？回家咋交代？他没想到的是，这只是序幕，更大的厄运还在后面等着。

监工王麻子背着手，拿着棍子，走进铁匠房，监督工人们干活。铁匠房的工作既繁重，又有危险性，工人们非常辛苦。几个工人熟练操作大铁钳，从熊熊燃烧的火炉里夹出一块大铁杠，这个大铁杠被烧得通红。工友们把大铁杠放在台面上，双手用力地挥舞着大气锤，使劲地砸在大铁杠上，锻打成型。车间外面寒风凛冽，车间里的工人只穿件单衣，却热得汗流浃背。大家看见王麻子拿着棍子在旁边站着，干活更加卖力，生怕他又要找碴，拿棍子打人。

这时候，总监工罗四双手背在身后，阴沉着脸，慢慢地走进车间。王麻子愣了一下，罗四管着厂里所有的监工、把头，地位很高，是厂里说一不二的人，就连厂长也敬他三分。他平时很少下车间，今天也不知道刮了哪阵风，把他给刮过来了。

罗四是王麻子的顶头上司，王麻子自然要小心翼翼地伺候。他知道巴结好上司，肯定会有好处，马上满脸堆笑，快步走到罗四的身边，低头哈腰地说："罗总监，您好，请问有什么吩咐？"

"没什么事，就是过来看看。"罗四阴沉着脸，慢慢地在铁匠房巡视着。

王麻子紧紧跟在罗四的身后，小心地赔着笑："大家都说您家罗大小姐马上要结婚了。"

听了王麻子的话，罗四咧开嘴巴，露出罕见的笑容，有意抬高音量:"是啊,打算这个月底办酒席,想着请大家过去喝喜酒。"

"哎呀,好事,天大的好事,这么重要的事肯定要参加。"王麻子嘴里奉承着,脑袋灵光一闪,突然意识到,今天刚发工钱,工人的手里都有钱,罗总监今天来巡视,莫非是想让自己出头,吩咐工人随份子?想到这里,他贴着罗四身子,压低嗓音耳语道:"工人今天正好兜里有钱,我想让车间每个人拿出一块大洋随份子,如果愿意可以多拿。您看,怎么样?"

"嗯。"罗四故作矜持,"难得你想得周到,到时我给你安排个席位。"

"哎呀呀,这可折煞我了!"王麻子受宠若惊,"您放心,这事儿包在我身上。我这就去账房拿账本和笔,把份子钱收起来,马上就给您送过去……"

罗四微微颔首:"你去办吧,别陪我了。"

"是,是。"王麻子哈一哈腰,乐颠颠地告辞,一溜小跑,向账房的方向奔去。路过监工办公室时,正巧被刘二奎看到,刘二奎向他招手:"啥急事跑得满头大汗的?"

"罗总监闺女要结婚,这不是给他张罗随份子的事,别的事可以耽误,这件事耽误不得。"王麻子边应边要离开。

"巧了,我们正要找你呢。"刘二奎跨出门,一把拉住他,往办公安到里拽。室内,几个监工都在。

原来,刘二奎一早得到消息,昨天工人已经把踩高跷的赏钱分下去了，于是召集其他几个监工，正在商量如何把踩高跷的份子钱拿到手。他说："我听到的消息，正月十五前后，他们还要再去踩高跷，所以这个月我们可以多收点份子钱，正好我家里也有事要操办，父亲大人……"

听了刘二奎的话，王麻子心知肚明："刘哥，你父亲的事，应该叫大家随份子。罗总监闺女的事，也要随份子。每个工友都要交份子钱，如果不交钱，我们决不能轻饶他，不给他涨工钱，经常找他的麻烦，让他懂得规矩！"

此话正中刘二奎下怀，他双手抱拳："那就有劳大家了……"

商定后，几个监工分头行动。

王麻子来到车间，让人在车间门口摆了一张桌子，自己就在桌后坐着。

这时，曹大干愁眉苦脸地走到车间门口，王麻子堆着满脸笑容，热情地打招呼："曹师傅好！"

曹大干一愣，以为自己看错了。平时，王麻子的脸拉得同驴脸一样长，经常训斥大家，一言不合，非打即骂，从来没有一丝笑容，大家背后都喊他王驴子，今天太阳咋从西边出来了？他使劲揉揉眼睛，没看错，眼前的王麻子真的在冲自己笑！他有点消受不了，嘴巴嗫嚅着，一时不知说什么好。

王麻子的笑容还挂在脸上："曹师傅，罗总监家的大小姐要出嫁了，请你喝喜酒，你总不能空着手吧，不意思意思？"

听了这句话，曹大干倒吸一口凉气，看见门口的桌子，立刻明白了，原来这小子在帮罗四凑份子。他在心里暗暗骂道：这帮龟孙子，早就算计好了，趁发工钱的当口，布置天罗地网，雁过拔毛，拿着我们的血汗钱做人情，孝敬主子。可是，人在屋檐下，不得不低头，这一关是躲不过去的，心里纵有万把火，他只能强忍着，挤出点笑脸，双手抱拳，说着："恭喜，恭喜！酒席我就不去了。"他明白，像他这样身份的人，只有随份子的命，从来没资格上酒席。说罢，他伸进口袋，把四块银元挨个摸了一遍，好像要找块最小的，拿捏半天，才艰难地掏出一块银元，就像从身上割下了一块肉。他把银元交给王麻子，"一点心意，请您笑纳。"

"就这些吗？"王麻子掂着银元，皱着眉头，斜睨着曹大干，"昨天踩高跷的份子钱呢？"

曹大干脑袋"嗡"一声。昨天，他见工友们分了钱后，都回家了，没人立刻随份子，心存侥幸，以为可以不随了，没想到还是躲不过。如果大家都不交，他也就随大流。可是现在孤零零一个人，他不敢违抗，只好不情愿地掏摸出一块银元，刚想递过去，又缩回来，感到心头肉被剜了一块，心在不停地滴血。这是孩子的救命钱啊！孩子生病，连命都快保不住了，没想到钱又被讹去了。

就在曹大干犹犹豫豫时，王麻子伸出手，从他手里一把夺去，满不在乎地挥挥手："算你识抬举，走吧！"

曹大干转身走进车间，眼泪扑簌簌往下掉。他狠狠捶自己的脑袋，自言自语："你这个窝囊废，怎么就不敢顶他？只剩两个大洋，你怎么养家糊口？孩子的病咋办？唉！"

下班时，曹大干收拾完毕，和黄守信一起回家。两人走到大门口，看见门口摆了两张桌子，桌子上摆着笔墨纸砚，还有一个账本。桌子后面坐着三个和尚，手里拿着佛珠，双目紧闭，嘴里念念有词。刘二奎脑袋上绑个白布条，穿着一身白衣服，一脸悲伤，唉声叹气地坐在椅子上，手里拿着一条白手绢，不断地擦拭着眼睛。

把头马三刀站在刘二奎身边，招呼着路过的工人，看见曹大干和黄守信走过来，连忙喊住他们："你们两个，过来一下。"

黄守信突然想起什么事，对马三刀说："坏了，衣服忘拿了，我要回去取衣服。"说完，给曹大干使个眼色，拽了他一下，扭头就跑了。

曹大干反应过来，也想跟黄守信折回去，看见马三刀冲他招手，犹豫了一下，硬着头皮走过去。

这时，刘二奎带着哭腔，正在对张有德和几个工人说："唉，本来只是咳嗽，没有放在心上，以为咳嗽两天就好了。谁知道病情发展得这么快，才一天，就咳得上气不接下气，咳嗽出来的痰里，还带着血丝，接着就大口吐血，把我们都吓傻了。送到医院没多长时间，人就……哎哟，我的亲爹啊，我的亲爹，我伤透心了，你怎么就……"说完，干号起来，并没见眼泪，却装模作样地用手绢擦眼睛。

"老人不在了，刘哥一直寸步不离地守在老母亲身边，怕她想不开。"马三刀在旁边帮着腔，"刘哥这几天难受极了，滴水未进。这样下去怎么行？身体会吃不消，太让人担心了。"

张有德和众人一起劝说："刘监工节哀顺变，不要太难过，多保重。"

曹大干发现，两个人就像演双簧，配合得极为默契。他情知不妙，想开溜，见马三刀盯得死死的，不敢挪步，头皮开始发麻。

果然，张有德拿出一块银元，递给刘二奎："刘监工，这是我的一点心意。"其他几个工人，见张有德掏钱，也跟着效仿。

刘二奎接过银元，双手抱拳，微微欠身："多谢大家伙的一片心意。"

马三刀伏在桌上，把随份子工人的姓名、随份子的数目记在账本上。

一见这场景，曹大干险些哭出来：自己已被讹了两回，口袋里仅剩两块大洋，不随，显然过不了关；随了，这个月的日子咋过啊？

正在这当口，只见宋明泉、薛文英大步流星走过来，曹大干就像见了救星似的。

马三刀迎上去，对他们说："哎呀，刘监工的父亲病故了，他很难受，大家给他随点份子钱吧。"

"什么？又给他父亲随份子？"宋明泉愣了一下，满脸诧异，

"刘监工真会开玩笑,我记得上个月已经给他爹随过了,怎么现在又随?他到底有几个爹?"

听宋明泉这一说,薛文英哈哈大笑:"爹越多越有钱,像刘监工这样有本事的人,肯定不止一个爹!"

"宋明泉,你这话什么意思?什么几个爹?刘监工能有几个爹?上个月的事和这次一样吗?"马三刀大声说,"他家发生这么大的事,搁谁头上都很难过。收点钱又怎么了?哪里不合适?"

"怎么不一样?上个月随份子的时候,他说爹不在了。这次又不在,谁的爹还死两次,简直没天理了。我看有人想钱想疯了。"宋明泉冷冷地说。

"上次是他的岳父,这次是他的亲爹,岳父和亲爹是一个爹吗?根本不是一回事!"马三刀双手叉腰,大声吼着。

"去年不也给他家随过份子钱吗?"薛文英不满地说,"我可是记得清清楚楚。"

"你肯定记错了,去年是王监工家的份子,这次是我家的份子,千万别搞混。"刘二奎耐着性子解释。

"我没有记错。"薛文英说,"去年王监工家确实随过份子,但你家也随了。上个月你爹在老家已经办完丧事了,入土为安不好吗?难道你还想再办一次?没见过谁的爹死两次。"

宋明泉撇着嘴,满脸鄙夷:"我看某人家里就是事儿多,我记得先是爷爷不在了,接着是闺女结婚,给老人办寿宴,接着就是死爹。今天死一个爹，明天再死一个爹，不知道后天还会不会死一个。要不然就是这个人过寿，那个人过寿。一天天的不是红事，就是白事，变着法地扣我们的血汗钱，没有消停的时候。一年不让工友随个五六次份子心里都难受，想钱都想疯了！"

"每次还都随那么多，你们穿金戴银，整天吃香的、喝辣的，干吗总惦记我们这些穷人的血汗钱！"薛文英说，"你们不知道吗？很多工友的家里还没有到月底，就揭不开锅了！"

"你知道什么是有权不用，过期作废吗？有些人喜欢攀比，别人一年随五六次，他一年非要随七八次，要不就吃亏了。谁收的份子钱多，谁就有权有本事。家里有事，从工人身上拔毛；家里没事，照样从工人身上拔毛。"宋明泉嘴巴像机关枪，"趁着现在手里有权，不多收点份子钱，万一哪天下台了，就捞不着收钱了。"

听了这些话，刘二奎气得直翻白眼，恶狠狠地指着宋明泉，扯着嗓子吼道："好你个宋明泉，别仗着你大哥认识厂里的人，为你撑腰，你就不知道天高地厚。告诉你，今天的仇，我记住了，要是老子不剥掉你一层皮，我就不姓刘！"

"咋了，只许你做得，就不许我说得？来吧，我等着。咱们走！"宋明泉冷笑一声，和薛文英一起走开了。

刘二奎和马三刀的鼻子都快被气歪了。看着宋明泉等人走远了，刘二奎双手叉着腰，使劲跺着脚，冲宋明泉的背影大声喊："宋明泉，从现在开始，有你没我，有我没你，我和你势不两立，走着瞧！"

"君子报仇，十年不晚。这个混账东西，早晚我要整死他！"马三刀满眼冒火。

曹大干蹑手蹑脚，也想跟着宋明泉走，没想到马三刀眼尖，直接堵住他："我说曹师傅，你也想走吗？"马三刀刚被提拔，正是努力讨好上司的时候，拿工人的钱，做自己的人情，何乐而不为？

"我……改天吧。"曹大干不甘心让这帮吸血鬼喝血，又不敢像宋明泉那样反抗，他看得出来，这群工头吃柿子专挑软的捏，宋明泉敢说敢做，天不怕、地不怕，他们拿他一点儿办法也没有。自己是个胆小怕事、没脾气的老实人，他们一点儿也不客气。

马三刀眼睛一瞪，咄咄逼人："什么改天？就今天，你打算随多少？"

听了这话，曹大干的眼泪差点流出来，掏出剩下的两块银元和支付券，哭丧着脸乞求道："马工头，我不是不随份子，今天已经随了两次，只剩这么点了，家里已经没米下锅，孩子病得厉害，等着买药治病，再不吃药，就要出事。总不能用孩子的救命钱随份子吧？我还是过两天再说吧……"

听了曹大干的话，马三刀无动于衷，心想：过两天再说？你当我是傻瓜？每月只有发工钱的这天，你们的口袋里才有几个钱，过两天怎么可能还有钱？他脸色一沉，一手叉腰，一手指着曹大干的鼻子，恶狠狠地说："我劝你别敬酒不吃吃罚酒，到时候出事了，别说我没有告诉你,不知道好歹的东西。随不随在你,你看着办吧。"

看着这群明火执仗的强盗,曹大干知道得罪不起,只好忍气吞声,浑身哆嗦着,拿出一块银元,递给马三刀:"您别生气。我的一点心意,您拿着。"

马三刀接过钱,鼻子里哼一声,什么话也没说,拿起笔来,在账本上记上曹大干的名字。

曹大干身心俱疲,拖着快要散架的身体,走出工厂的大门。现在,口袋里只剩下一块大洋,还有两张废纸般的纸票,回家怎么交代?他漫无目的地走着,一抬头,面前是一家小酒馆。原来走错路了,他转过身,抬腿往家里走。

小店的跑堂眼睛尖,一溜小跑地迎出来。跑堂的知道,今天是大厂的发薪日,工友们只有今天最大方,也只有今天的钱最好挣。好不容易送上门的买卖,怎么能轻易放过?他弓着身子,满脸堆笑,殷勤地说:"客官有请,客官有请。今天小店新进一批好酒,味道一流,价格便宜,所有菜肴加量不加价,活动仅此一天。"

曹大干整天被人呼来唤去,难得有人对他献殷勤,加上忙活一天,早已饥肠辘辘,闻到酒馆里飘出的香味,再也拔不动腿了,遂问道:"能便宜点吗?"

跑堂的看到他动摇了,连忙给他再加一把火:"您放心,我送您两碟小凉菜,再叫厨师给您的菜中多放点肉。"说完一鞠躬,掀起酒店的门帘，道，"客官有请。"

曹大干再也抵挡不住诱惑，抬腿迈进酒馆，找到靠窗一张小桌子坐下，说："最便宜的菜上一盘。"

"好嘞，给客官上香茶一壶。"跑堂的心想，只要你进了这个门，点上二两酒，花多少钱就由不得你了。"来二两老白干，一盘凉拌脆藕，再来一盘……"

举杯消愁愁更愁，几杯酒下肚，一股热气涌了上来。想着这一天的遭遇，曹大干恨得牙根都疼。这些讨债鬼敲骨吸髓，恨不得把工人的血汗全都吸走，连孩子买药的救命钱都盘剥。辛辛苦苦干一个月，到手的工钱还没焐热，口袋里就只剩一块大洋了，这是把人往绝路上逼啊！

曹大干越喝越愁，越愁越喝，本来酒量就不大，一会儿就两眼发直。跑堂的一见他的状态，趁机又端上二两酒，上了一盘炒热菜。

第三章　恶工头恃强凌弱　众工友忍无可忍

再说黄守信，借口回去拿衣服，从另一道门溜之大吉，回家后，见曹大干媳妇翠姑站在门口，正朝着工厂方向张望，没敢说实话，对她搪塞道："老曹活还没干完，可能一会儿就回来了。"

翠姑道声谢，回到屋里照看孩子。很晚了，曹大干还没有回来，翠姑不放心，敲开黄守信的门："老曹太没数了，到现在还没着家，不知道狼窜哪去了。"

听了这话，黄守信的心里咯噔一下，故作镇定安慰道："大妹子，咱别着急，不会有啥事，你先等着，我去厂里瞧瞧去。"说罢，披衣出门。

黄守信想着，曹大干是老实人，又重面子，接连被盘剥几次，心里一定很委屈，可能躲到哪里喝闷酒了。他挨个酒馆找过去，正好看见曹大干跌跌撞撞地走过来，连忙把他扶回家。

黄守信走后，曹大干倒头便睡，一会儿就鼾声如雷。

翠姑因孩子患病，愁绪满腹，见丈夫居然在外喝得酩酊大醉，气不打一处来。她知道厂里今天发工钱，摸遍丈夫口袋，只摸到一块银元和两张纸票，沉不住气，使劲把丈夫摇醒，质问道："你这瞎包，钱呢？钱呢？"

曹大干睁开眼，迷迷糊糊："啥钱？"

翠姑问："别装蒜了，这个月的工钱藏哪了？"

曹大干坐起身，揉揉眼，嘴巴朝妻子手掌一呶："就这些！"

翠姑急了："不是六块银元吗？咋只有一块？"

曹大干懒得搭理，瓮声瓮气地说："就这些了。"

"天杀的，你才拿回这么点钱，家里揭不开锅，孩子发烧说胡话，你竟然拿着救命钱去喝酒，你肯定是赌博把钱都输掉了，你这烧包说是不是？"翠姑一听，朝着丈夫背上噼里啪啦地打。

曹大干心里正烦着呢，猛地推了一把妻子，脖子一梗："我拿去赌了、嫖了，你能咋的？"

"这日子过不下去了！"翠姑一听，气急败坏，扑上前去，使劲撕拧丈夫，连哭带嚎，"你这个挨千刀的，孩子只剩半条命，你竟去吃喝嫖赌，你想断子绝孙啊？我的命好苦啊！"

曹大干这一天，在外面尽受人欺侮，已经窝了一肚子火，回家后还要被媳妇数落，气不打一处来，加上酒精的作用，大脑冲血，瞪圆眼睛，猛地下床，连鞋也没穿，不由分说，抬起手来，照着媳妇的脸就是一巴掌。只听"嗷嚎"一声惨叫，翠姑半边脸顿时肿起来，现出几道红手印。

曹大干还不解恨，又踹了一脚，嘴里吼道："老子让着你卷两句就算了，还敢蹬鼻子上脸，你过不下去就拔腚，给我滚得远远的！"

翠姑没想到，平时逆来顺受的丈夫，今天竟像疯子似的，竟然动手打人。她摸了一下脸，半边脸已经麻了，毫无知觉，遂一头朝丈夫撞去，嘴里不停地骂："好你这个私孩子，在外面没本事，回家冲老婆撒气，你打死我吧，我不活了，我不活了！"

曹大干被媳妇撞了个满怀，朝后趔趄几步，险些摔倒。这下，他更恼了，一把将媳妇推倒在地，抬起脚来一阵猛踹，嘴里恶狠狠地吼着："不过了就不过了，看我不打死你这个疯婆子！"

孩子吓得号啕大哭，跑过来抱住曹大干的腿。曹大干打红了眼，失去理智，一把拎起孩子，狠狠甩出去。只听"咚"的一声，孩子脑袋撞在墙上，刚喊了声"娘"，就没了声响。

平时，曹大干很疼媳妇孩子，说话慢声细语，从没动过一根手指头，连媳妇打骂孩子时，他也舍不得。今天，翠姑第一次见丈夫如此凶狠，万念俱灰，绝望地放声大哭："你这个畜生，打吧、打吧，有本事打死我，把孩子也打死好了！"

这时，李广义正好路过，听到屋里传出的哭闹声，一把推开曹大干的家门，看到翠姑披头散发，正在呼天抢地，孩子躺在地上一动不动，屋里一股浓烈的酒味。李广义一把拽住曹大干的胳膊，冲着他发起火来:"咱们不是约法三章了吗,怎么又去喝酒了?你这个不争气的家伙,竟然把气撒到家人身上,还是不是男人啊!"

真是卤水点豆腐,一物降一物。曹大干见到李广义,酒立刻醒了三分,看着乱作一团的家,蹲在地上双手抱头,大哭起来:"都是我没本事,简直是没有活路了,我对不起这个家啊!"

突然,翠姑发出尖叫声:"小宝、小宝,你这是咋了?!"

曹大干一看,小宝双眼紧闭,口吐白沫,正在剧烈抽搐。他慌了神,抱起小宝,使劲掐人中,口里不停地说:"小宝,小宝,快醒醒,不要吓唬我们啊!"

翠姑一把抢过小宝,使劲摇晃,尖着嗓子呼唤:"小宝,小宝!你快醒醒啊,你可别吓娘啊……"

曹大干咕咚一下跪在地上,拉住李广义的手说:"李大哥,快帮帮我们救救孩子!他咳嗽发烧,病了很长时间,一直没吃药,现在昏迷不醒,眼看就快不行了……"

李广义摸了一下小宝的头,发现小宝的头滚烫,赶紧说:"咱们快点送孩子去医院,一分钟也不能耽误。"说罢,抱起小宝,向医院跑去。

所谓的医院,其实就是个小诊所,里面只有两个人,一个是龚大夫,一个是童护士。因为医疗条件有限,他们看不了大病,只能看看头疼发热、闹肚子之类的小病。

龚大夫摸着小宝的额头,不满地说:"孩子病成这样,你们为啥不早点来？咋拖到现在？"

翠姑边哭边说："不是不来，是家里没钱看病。大夫，你一定要救救孩子。"

"没钱看病，你怎么不早说，只要有我一口饭，就饿不着你们。"李广义掏出两块银元，递给翠姑，又问大夫，"大夫，孩子能治好吗？"

"这个不好说，今年瘟疫盛行，过来看病的孩子得有好几十个。"龚大夫边说边开药方，"那些及时打针吃药的孩子，一般都没有问题。"

曹大干夫妇急忙问："我家孩子咋样？"

"这个吗……你过来得有些晚，看孩子的命吧。"龚大夫说，"只要有一点希望，我们也不能放弃，对吧？"

看着曹大干夫妇陪着孩子打针，李广义悄悄把龚大夫拉到一边："刚才您说有些孩子救过来了，是不是很多孩子没有救过来？"

"这个……"龚大夫警惕地看着李广义，支支吾吾地说，"你是孩子的什么人？是他的舅舅？"

李广义说："我也是大厂的，是他的同事，也是邻居。"

龚大夫悄声说："唉，情况不太好……大厂这边的工友和他们的家属，有个头疼脑热的小病都自己扛过去了，实在扛不过去的时候，他们才过来看病。那时候，我们当医生的也没办法了。"

"工人们太穷了，连饭都吃不饱，哪有钱看病？"李广义说，"小病能扛就扛过去，大病治不了就认命。"

"这片地方成人的死亡率比较高，孩子的死亡率更高。大人忙于生计，孩子没人照顾，很多孩子病得快不行了，大人才知道，这时候送过来，也基本上没救了。"龚大夫压低声音说，"这里的人口密度太大，今年瘟疫爆发，传染性太强，很多人都得病了。今年这一年，前前后后加起来，这一片死了得有二十多个孩子……其实每年都死很多人，只不过今年稍微多点。"

听了这话，李广义长叹一口气："唉！工人们太苦了！我们的出路在哪里？"

"什么……出路……"龚大夫茫然地看着他，张了张嘴，什么也没有说。他觉得，这不是他的职责范围，他回答不了。

小宝还是没扛过这场病，天还没有亮，就咽了气。翠姑紧紧抱着孩子，坐在地上，捶胸顿足，哭得昏天黑地："小宝，你睁开眼睛，你不能就这么走了啊！你走了，我活着还有什么意思。我也不活了，让我和你一起去吧！"

曹大干蹲在旁边，一边抚摸着孩子，一边嗷嗷地嚎着："小宝，爹对不起你，爹没出息，是个窝囊废，连药都买不起，要是家里有点钱，也不会拖到现在，下辈子，你托生到有钱人家吧！"

夫妻俩越哭越伤心，翠姑哭得昏厥过去。李广义和闻讯赶来的几个工友，一边劝慰，一边搀扶起他俩，送他们回家。翠姑紧紧抱住小宝不松手，生怕小宝被人抢走。

宋明泉的妻子赵素兰听说后，立刻跑过来。翠姑伏在赵素兰身上，撕心裂肺地哭起来。赵素兰一边陪着她流泪，一边好言相劝。

不知不觉，天亮了，翠姑也哭累了，赵素兰扶她躺下。曹大干给小宝擦了一遍身子，找出一条干净床单，把孩子轻轻地包起来。李广义抱着孩子，和几个工友一起来到郊外的乱葬岗。这里是天然的坟场，家境贫寒的人家，亲人死后买不起棺材，就用一张草席子把人卷起来，随便挖个坑，埋在乱葬岗。工人们明白，这里是他们的最后归宿。

李广义的心像刀扎一样，眼泪止不住往下流，宋明泉和程英杰也抹着泪。为了不让孩子被野狗撕扯，他们挖了一个很深的坑，把孩子埋在里面。

看着这个新坟，李广义抓起一把土，紧紧地攥在手里，一字一句地对大家说："我发誓，只要我李广义在厂里一天，就要和恶势力斗争一天！哪怕粉身碎骨，我也不怕！咱们不能跪在地上，做任人宰割的羔羊，要站起来堂堂正正地做人，一定要找到一条活路，结束这种暗无天日的日子！"

宋明泉双目喷火，坚定地说："广义哥，算我一个，咱们一起找！"

"对，咱们一起找！"程英杰伸出手来，几双手紧紧地握在一起。

回家的路上，大家看见曹大干呆呆地站在马路边，盯着来来往往的车辆出神，觉得奇怪，便向他走过去。突然，曹大干向汽车方向迎面奔去，眼看就要撞到汽车上了。在这千钧一发的时刻，宋明泉一个箭步冲上去，像老鹰抓小鸡一样，一把将曹大干拽到马路边。车上的人从车窗探出头来，恶狠狠地骂着："你找死啊！大白天的见鬼了！"

"孩子死了，翠姑不想和我过了，家里只剩下我自己，我已经家破人亡了，还有什么活路？让我去死吧！"曹大干绝望地喊着。

大家围在曹大干的身边，劝他想开点。

李广义说："大干，做人不能太自私，你千万不能这么想，你要是这么走了，你年迈的父母谁来供养？你希望看见他们流落街头吗？"

"已经顾不了那么多了，现在我是生不如死！"曹大干说。

"好死不如赖活着，你先请两天假，过几天再来上班。你的活，我们几个人先帮你干着，帮你保住饭碗。如果你不想来厂里上班，我托朋友帮你找点活，挣钱多少不好说，先能吃饱饭再说。"宋明泉说。

曹大干黯淡的眼神露出一点光亮："这么说离开大厂，我还能找到饭碗？你没有骗我？"看到宋明泉点头，曹大干双膝跪在地上，泪流满面，"真是天无绝人之路，我遇见贵人了。"

宋明泉连忙把他拉起来说："不要这样，不要这样。大家都是亲兄弟，我们一定会为你出这口气！以后只要有我一口饭，你就饿不着！"

曹大干又要下跪，李广义和程英杰一起拉住他。

曹大干一家的遭遇太悲惨了，工人心中的怒火，就像火山一样，马上就要爆发。

这天，李广义正在油漆车间刷漆，听见旁边有激烈的叱骂声，接着又听见几声惨叫，走过去一看，原来是刘二奎拿着棍子，正朝着黄守信的头上、背上使劲地揍。黄守信不敢还手，只能连连躲闪，被刘二奎逼到墙角，双手抱住头，蹲在地上。刘二奎抡起棍子砸在他身上，又抬起脚，使劲踢他，一边打，一边恶狠狠地骂道："厂里不是养懒汉的地方，更不是你们吃白饭的地方。你不好好干活，竟然躲在这里偷懒，今天不给你点颜色看看，你就不知道我的厉害。我让你偷懒，我让你不好好干活！"黄守信被打倒在地，连连惨叫。

刘二奎的心情很不好，这两天，他因敛份子钱的事被宋明泉、薛文英嘲讽一番，成了大家的笑柄。他咽不下这口气，想找机会发出来。但找哪个人发火？他掂量半天：宋明泉人高马大，武艺高强，脾气火爆，是工人心中的小头头，找他撒气肯定不合适；薛文英是个有主见的人，身强力壮，跟他撒气肯定是自找苦吃；程英杰身手敏捷，一身武功，和他发脾气更占不到便宜。这几个人平时形影不离，关系非常密切，只要教训一个，其他人接着站出来。刘二奎不敢轻易惹他们。

柿子要拣软的捏，思来想去，刘二奎盯上了黄守信。那天喊黄守信随份子，这小子跑得比兔子都快，一转眼就没影了，存心不想随。黄守信平时话不多，比较老实，找这样的人撒气合适。于是，刘二奎打定主意，找碴狠狠地教训黄守信一顿，杀鸡给猴看，让其他工友也收敛一下。

今天，终于被刘二奎找到机会，他使劲地用棍子揍黄守信。旁边的工人想上前制止，又害怕得罪刘二奎，只好无奈地看着黄守信挨揍，敢怒不敢言。

李广义看不下去了：好你个刘二奎，把曹大干一家害得家破人亡，竟然和没事人一样，又去祸害别的工人，心真比毒蛇还毒，比恶狼还狠！他大喝一声："住手！"冲到刘二奎身边，拉住刘二奎的胳膊，一把夺下棍子。

刘二奎在厂里耀武扬威惯了，从来没有把工人当人看。在他眼里，工人总是偷懒，不往死里教训，他们不长记性。他平时打人时，工人们都躲得远远的，生怕引火烧身，没想到今天竟然有人敢阻止。他恶狠狠地盯着李广义，嘴里大骂着："你算哪根葱，这里也轮到你来撒野？混账！"说完，拿起棍子，朝着李广义的脑袋狠狠打过去。

李广义赶紧躲开，但还是挨了一棍子，只觉得背上火辣辣地疼。看着刘二奎那副张狂的样子，想起曹大干孩子的惨死，他两眼冒火，大吼一声："你怎么逮谁揍谁，像只疯狗似的！"说着举起沾满油漆的刷子，朝着刘二奎的脸，狠狠地刷了几刷子。刘二奎瞬时成了大花脸。

李广义还不解恨，将刷子往桶里一蘸，又疾速在刘二奎身上刷了几下。

这下子，刘二奎浑身上下全是油漆，眼睛也被油漆糊住，什么也看不见，刺鼻的味道直钻鼻孔。

刘二奎在厂里这么多年，一直都是八面威风，几乎没遇到工人还手的事，此时气得七窍冒烟，嗷嗷大叫："反了，反了！李广义，你这个混账，是不是活腻歪了，敢在太岁头上动土？是不想在厂里干了？快来人啊，有人造反了！"一边骂，一边用衣服使劲地擦拭眼睛，费了很大的劲，才勉强睁开眼。

李广义想起刘二奎平时的恶行，积压的愤怒爆发出来，心想：今天不狠狠教训你，你还会继续猖狂。他大声说："对，我今天就是造反了，我不造别人的反，造的就是你的反，看你能把我咋样！"说完拿起刷子，朝着刘二奎的后脑勺又刷了起来，然后举起油漆桶，哗啦一下，朝刘二奎身上劈头盖脸泼去。刘二奎东躲西藏，只有招架之功，没有还手之力。

正在干活的工友们，听到有人大声喊叫，纷纷放下手里的活，赶了过来，只见平时耀武扬威、动辄打骂人的刘监工，今天就像舞台上的小丑一样，被李广义用油漆刷成一只大花猫，样子非常狼狈，大家哈哈大笑，开心极了。

听到周围的哄笑声，刘二奎恼羞成怒，声嘶力竭地喊道："快来人啊，快来人啊，有人造反了！"

马三刀听到刘二奎的呼救声，领着几个监工、把头，拿着棍子跑过来，推开人群，把李广义和黄守信围在当中，朝着两个人的身上、头上使劲地抡过去，嘴里不停地骂道："还有没有王法？反了，反了，反了！"

对方人多势众，李广义和黄守信无力抵抗，身上挨了很多棍。工头们的暴行，引起在场工人的愤慨，他们大声嚷嚷："监工打人了，监工打死人了！"

听说李广义和黄守信挨揍了，宋明泉立刻跑到油漆车间，挤进人群，大喝一声："住手！不许打人！"

几个监工停下来，马三刀看到宋明泉，火冒三丈。前几天要份子钱被他当众拒绝，一点面子也不给，马三刀就怀恨在心，正想找机会收拾他，没想到他还敢送上门来。马三刀用棍子直指宋明泉的鼻子："打人怎么了？我天天打人，打人是我的工作，不让我打人就是妨碍我的工作。告诉你，这里轮不到你说话，赶紧滚蛋，否则连你也一起揍！"宋明泉一把拨开马三刀的棍子，厉声喝道："你来试试，告诉你，敢揍你爷爷的人还没有出生！"

"宋明泉，你无法无天了，他娘的，你小子要造反？你到底长了几个脑袋？今天就要你看我敢不敢！"马三刀破口大骂，抡起棍子就朝宋明泉头上砸去。

这时，薛文英也闻声赶到，还没等宋明泉还手，他一个箭步冲过去，一把夺过棍子，指着马三刀的鼻子说："你嚣张啥？你动一下试试！"

"那就先揍你！哥几个，上！"马三刀一挥手，朝薛文英扑去。旁边的监工和把头也挥起棍子，朝薛文英扑上去。

薛文英不躲不闪，迎面而上，兜头一拳，马三刀"扑通"一声，直挺挺地倒了下去。其他监工和把头一见，吓得赶紧后退。

马三刀躺在地上，嘴里还骂骂咧咧："你个混账东西，我早晚会收拾你，告诉你，你会倒霉的！"

薛文英气不过，朝他肋骨就是一脚，马三刀发出杀猪般的惨叫。薛文英高声喝道："你给我闭嘴，老子今天先把你给收拾了！让你尝尝我的铁拳头，看你以后还敢猖狂不！"

宋明泉哈哈大笑，挥挥拳头，朝着王麻子等人示威："还有谁不服？上来和你爷爷比划比划！"

现场安静下来，只听得见马三刀的呻吟声。王麻子等人拿着棍子，恨得牙痒痒，想往上冲，可是，横的怕愣的，愣的怕不要命的，面对薛文英和宋明泉的铁拳，他们没人敢挑头。

这时，程英杰带着几个工人赶过来，朝双方拱拱手，口称"息怒，息怒"，希望能平息事态。程英杰伸出手拉马三刀，还没等马三刀站起来，他故意一撒手，马三刀重心不稳，一屁股又坐到地上。另一位工人扶起刘二奎，装作没有站稳，故意松手，刘二奎也摔倒在地。其他的工人把监工和把头团团围住，趁着他们不注意，你推一把，他踹一脚，趁机把他们羞辱了一番。几个监工和把头被人推来搡去，明知是被工人戏弄，可是众怒难犯，不敢发作，昔日的八面威风，早就荡然无存。

这时候，黄守信从地上爬起来，只觉得浑身痛楚，看见刘二奎满身油漆，坐在地上，走上前去使劲踢他两脚，把刚才的窝囊气发泄出来。刘二奎只敢朝黄守信瞪眼，不敢吭一声，生怕招致皮肉之苦，乖乖地从地上爬起来，一瘸一拐地走出车间。王麻子等人搀着马三刀，也紧随其后。车间围观的人群中，响起一片欢快的嘘声。

刘二奎等人走进监工办公室，关上门，在里面嘀嘀咕咕了很长时间。他们不甘心被工人戏弄，密谋要报复工人们。一番谋划后，刘二奎领着监工们，来到厂长史嘉言的办公室。

史嘉言正在看报表，听见外头有喧哗声，抬起头来，只见几个监工、工头闯进来。他们没有通报就进来，这让史嘉言很不高兴，正想发作，忽然见刘二奎满脸满身尽是油漆，就像小丑一样滑稽，感到很奇怪，直觉告诉他，肯定出什么意外了。他放下报表，阴着脸问："出啥事了？"

刘二奎哈着腰，满脸委屈，哭丧着脸说道："李广义、黄守信、宋明泉、薛文英这几个人，平时好吃懒做，不服管教，越来越猖狂，谁都不放在眼里，真是无法无天了。今天我看见他们坐在地上聊天，偷懒不干活，就过去好言好语规劝他们，谁知道他们恼羞成怒，直接翻脸不说，还对我破口大骂。我说了他们几句，他们竟然当众在我的脸上刷漆，还揍了我一顿，故意让我在众人面前出丑。他们给全厂的工人带了个坏头，要是任凭他们无法无天，其他工人就会跟着学坏，厂里就会大乱。厂长，您要为我们做主啊，要不然我们没法干了。"

"嗯？还有这样的事？"史嘉言皱起眉头。他是搞技术出身的，以前是技术总监，当厂长的时间不长，知道这些工头没多大本事，气焰却很嚣张，总拿工人撒气，看谁不顺眼，就拳打脚踢，工钱比工人多很多，还盘剥工人，经常从厂里拿东西。所以，他对这些监工没有好感。

"是啊，我被揍得浑身上下都是伤，骨头也差点被打断，都不能走路了。"马三刀挽起袖子，给史嘉言看他胳膊上的伤口，然后做出一副万分痛苦的表情。马三刀的表演很夸张，史嘉言感觉他那副样子很滑稽，忍不住想笑，又觉得不妥，装作咳嗽，端起杯子大口喝了几口水。

"要是再不采取行动，他们就要翻天了。"王麻子眼珠一转，信口雌黄，"他们还口出狂言，说就连史厂长您都要让他们三分，他们连您的话都敢不听，真是越来越不像话了。"

"他们还说了，这年头，谁的拳头硬，谁就是老大，天王老子也不怕！"刘二奎添油加醋，说罢朝马三刀使使眼色。

"是呀，是呀，他们是这么说的。"马三刀心领神会，立刻接口，"他们说了，如果您在场，连您也要一起揍！"

一听这话，史嘉言脸上挂不住，眉头越皱越紧，把茶杯狠狠一蹾，厉声说道："太不像话了，谁给他们的胆量？谁给他们的底气？真是不知道天高地厚！你们打算怎么处置？"

"这些人聚众滋事、不服从管理，应该把他们开除，关进号子里，才能杀一儆百。"刘二奎忿忿地说。

史嘉言沉吟起来。他不想开除工人，他明白，培养出一个技术熟练工不容易。但当众聚众斗殴，而且打的是监工，这就过分了，现在监工们告上门来，他也不能不管。他要收买人心，给监工们一个交代。于是，他说："把几个带头闹事的人送到厂里的警卫室，给他们点教训，让他们收敛点。"

"谢谢厂长！"就像拿到了尚方宝剑，一伙人趾高气扬地离开厂部。

第四章　王尽美传播火种　史文珍倾慕英杰

杂志社里，王尽美正在埋头写文章，办公桌上堆满书籍资料。这时，响起敲门声。门是开着的，李广义站在门口，旁边是程英杰。"什么风把你们吹来了？请进，请进！"他一边请客人进屋，一边给客人泡茶。

"谢谢。"李广义接过茶杯，对王尽美说，"这是我的工友程英杰，他很喜欢读您的文章，今天特地来拜访您，想向您请教问题。"

"请教不敢当，大家一起学习。"王尽美摆摆手，谦逊地说。

"我在《励新》杂志上经常看到王先生的大作，写得真是太好了，尤其是那首'无情最是东流水，日夜滔滔去不停。半是劳工血与泪，几人从此看分明'的诗，反映了我们工友生活的困苦情况，说出了我们想说的心里话，激励着我们为争取自身权利而去斗争，好多工友都会背了。"程英杰坐直身子，认真地说，"王先生接触了新思想,知道得比我们多。很多事情我们都不清楚,需要您给我们讲明白。我们该怎么改善处境、找到出路?下一步该怎么走?工友们都想听您讲外面世界的事,希望您来红房子公所,教大家读书识字,让工友们开开眼界。"

"好啊!"王尽美身子前倾,高兴地说,"我也有这个想法。我知道,工友们摆脱现状的意愿很强烈。只要大家团结起来,采取正确的方法,就一定能取得胜利!"

正谈得热闹时,一个精干的年轻人走进来,他中等身材、瘦削面庞,穿着长衫,手里拿着一本《励新》杂志。李广义给程英杰介绍:"他就是王思立,经常在《励新》杂志上发表文章。"

"久闻大名,幸会幸会!我读过您在《励新》杂志发表的文章,思想进步,思维敏捷,很有见地,今日终于有缘相见。"程英杰激动地说,"能写出这么好的文章,肯定读过不少书。"

"过奖过奖。我也出身普通人家,小时候读过私塾,后来为了谋生,还当过修表工、电工。后来遇见了尽美先生,我仰慕他的人品学识,是他引导我读了不少好书,我这点墨水都是从他那里学的。"王思立说。

"思立喜欢读书学习,上进心强,文笔越来越好,给杂志写了不少好文章。"王尽美说,"我们正在筹备下一次励新学会的活动,大家正在讨论主题,正好你们过来了,一起参加吧。""恩铭是不是也过来?"李广义刚说完,邓恩铭正巧一步跨进来。

"哈哈！真是说曹操，曹操到。恩铭就不用介绍了，你们都已经认识了，他是杂志社的三文豪之一。"李广义笑着对程英杰说。

程英杰激动地和邓恩铭握手："这两天，我在广义哥家里读了您写的文章，非常精彩。您在文章中说，中国的社会一定是要改造的，但是我们去改造非脚踏实地从事不可，若是不然，恐怕我们改造不了社会，倒被恶社会支配……我想知道如何改造这个社会。"

"这是一个大话题，需要大家一起努力学习。今后，我们要多去铁路大厂等工厂开展工作，抽出更多的时间和工友们交朋友，号召大家团结起来抗争，过上好日子。"邓恩铭说，"这次去铁路大厂，我们发现工友们都在单打独斗，只顾自己的一亩三分地，这样下去是无法和监工们作斗争的。大家只有团结起来，拧成一股绳，才能争取到权利，改善待遇。"

王尽美说："只要我们多传播新思想，采取正确的方法引导工友们，鼓励工友们团结起来，肯定能找到正确的方向。下次活动，我们邀请几个工友过来，这样大家可以一起进步。"

"我们需要这样的活动。"程英杰高兴地说，"很多工友不识字，需要老师的引导。今天晚上，工友们在红房子里聚会，我们专程过来邀请王先生，到红房子和大家谈心。"

王思立连忙说："今天尽美先生很忙，有两篇杂志稿子要写，还要给学校演出队写剧本，最近我们准备去商埠公园演出，学校演出队的演员马上就要过来商量演出的事，现在还没有合适的剧本……"

王尽美打断王思立的话："没关系，在所有的工作中，工人运动最重要，我先去红房子。学校演出队过来的时候，恩铭先给他们开个会。晚上回来，我再熬夜写稿子和剧本……广义，咱们现在就走。"

"尽美就像一团火，工作起来永远也不会感到疲倦。"邓恩铭佩服地说，"我这就准备开会的内容。"

王尽美从书架子上拿起一个背包，和李广义等人一起出门，来到红房子公所。这里已布置成了会场：三张单桌放在最前面，其余的桌子、椅子并在一起，摆放得很整齐。张巩和看见王尽美走进来，立刻热情地迎了上去，紧紧拉住王尽美的手，把他让到最中间的位置上，请他坐下，自己坐在旁边。

"我看了一圈没见到宋明泉，他怎么没有来？"王尽美问。

"我们也正奇怪，宋明泉平时是最积极的一个，不知道为什么，他今天竟然没有来，黄守信和薛文英他们几个也没有过来。"张巩和很疑惑，"也许家里有事耽误了，如果没有什么意外，他们应该很快就过来了。"

李广义坐在王尽美的另一侧，告诉王尽美："如今厂里监工、把头们横行肆虐，欺压工人，气焰极为猖狂，他们的工钱已经很高了，还克扣工人的血汗钱，真是吸血鬼。他们经常无缘无故地打人，随意骂人。曹大干踩高跷的份子钱和工钱被搜刮走了大半，连孩子看病的钱都拿不出来，结果孩子病死，老婆离家出走，曹大干也要寻短见。要不是大家发现得早，曹大干已命丧黄泉。监工刘二奎看黄守信不顺眼，就狠揍了他一顿，真是欺人太甚！我们应该采取行动。不给他们点厉害看看，他们就会把我们都当成软柿子捏。"

王尽美点点头："说得好，我们不能坐视不管，一定要为曹大干出头，帮他讨回公道，否则我们就是下一个曹大干，会有更多家庭妻离子散。我们一定要团结起来，狠狠地教训他们，打掉他们的嚣张气焰。但我们不能鲁莽从事，要想好对策，否则会招致监工们疯狂的报复，会吃更多的亏。"

张有德说："我们每天上班的时间，比在家干农活的时间还长。监工和把头不把工友们当人看，张嘴就骂，抬手就打。只要迟到一会，就扣很多钱。他们处处刁难我们，稍有反抗，轻则挨揍，重则开除。这样的日子什么时候到头？"

王尽美说："要想过好日子，必须自己努力。如果我们不知道抗争，不去改变，这样的日子就永远不会到头。我们工人非常辛苦，每天一滴汗一滴血地做工，给资本家当牛当马，却得不到相应的报酬。在我们周围，有很多工友稍微不留神，得罪了监工、把头，就会被他们撵走，这样的惨剧每天都会发生。一些工友对此麻木不仁、明哲保身，就像羊圈里的绵羊一样，看见狼来吃羊，只知道躲得远远的，只求狼别吃自己就行，不敢有丝毫反抗，这是很危险的。如果我们对这些事睁一只眼闭一只眼，不去帮助他们，很可能我们就是下一个被撵走的人。所以，大家要瞪大眼睛，握起拳头，为自己争权利，为大家谋利益，要知道好日子是争取来的，而不是从天上掉下来。"

"王先生说得太好了。"程英杰说，"以前看着工友被撵走，我们不是不想帮他们，也不是缺乏同情心，而是不知道怎么办。我们有很多问题想不明白。大家都想知道，下一步该怎么做，我们到哪里寻找出路。还望王先生给我们指一条道。"

"是啊，最近厂里对我们控制得很严，谁要是迟到就要加倍扣工钱，大家休息的时间越来越少，每天都是天黑才下班，这样的日子真不是人过的。请问王先生，怎样才能改变这不合理的世道？怎样才能好好地活下去？"李广义问。

王尽美坐在工友中间，目光来回移动，落在每个人身上，循循善诱："要想改造这吃人的社会，改变这黑暗的世界，首先要唤醒民众的觉悟，让民众擦亮眼睛，认清这吃人社会的本质，让民众振作起来，敢于同这吃人的社会对着干；其次，要把民众团结起来，单打独斗成不了气候，必须把大家组织起来，人心齐、泰山移，兄弟同心，其利断金，团结就是力量，只要我们团结起来，敢于和厂主作斗争，他们就不敢欺负我们，我们的待遇就能改善；最后，要讲究斗争策略，不能逞匹夫之勇，光是争强斗狠，容易导致无谓的牺牲。我发现大家追求新思想的心情非常迫切，但有很多地方还存在困惑，需要进一步学习，我会和大家一起，找出解决问题的办法。"

李广义和程英杰等人频频点头。王尽美的话就像一股春风，吹开了工友们的心扉，工友们感到既新鲜又亲切。来红房子的工友越来越多，屋里坐满了人。

王尽美继续说："我们要找厂长谈话，惩处这些恶霸监工！如果厂长不答应，我们就采取激烈的做法，迫使厂方答应我们的条件！以后，我们还要成立自己的组织，成立工会，和恶霸监工们做斗争。我们还要争取自由的权利，争取压缩工作时间，争取更多的福利。要做到这些，我们必须有文化，要读书识字，做个新工人！"

说到这里，王尽美拿出包里的石板和石笔，对工友们说："咱们说干就干。今天，我教大家写'工人'两个字。"他在石板上写一道横，"大家看，这一道好比是天。"然后，又在下边画一道竖，"这是一根顶天立地的柱子。"接着又画一道横，"这好比是地，这个字就是咱们工人的工字，要是没有这根柱子，就会天塌地陷，对不对？"

"对，对！是这个理儿！" 大家异口同声地说，觉得王先生的话讲得透，又通俗易懂，学起来特别带劲。

看着大家的学习劲头，王尽美很高兴，启发大家："都知道工人的日子非常苦，难道我们天生就应该受苦受难吗？我们能一直忍

071

受这样的日子吗？大家应该怎么办？"

听了这话，工友们你看看我，我看看你，谁也不知道答案。

王尽美说："现在的社会是这样的，我们种麦子，人家吃白馍，还嫌白馍不好吃；我们忙蚕桑，人家穿绸缎，还嫌绸缎不美观。我们编席子，自己睡空床；我们工作流血汗，三餐高粱掺野菜。这样的社会是不公平的，我们一定要推翻它，建立一个自由公平的新社会。新社会人人平等，没有压迫和剥削，大家都能过上好日子。"

"这样的日子什么时候能实现？"程英杰问。

"只要我们努力奋斗，这样的日子很快就会来到。现在的世界已经和以前不一样了，欧洲各国的劳动者已经向资本家宣战了，他们用罢工的手段展示了自己的力量。经过斗争，欧洲的资本家被迫让步，答应了工人提出的条件。现在欧洲工人的地位有了很大的提高，他们有了自己的组织，工作时间、工作条件都有了改善。"说到这里，王尽美环视大家，一字一句，"都是一样的人，为什么我们还遭受着如此的剥削？大家甘心吗？"

"不甘心！"所有的人一起说。

"对，我们不能甘心！现在北京、上海、广州这些大城市的工人，已经开始游行罢工，提出了劳工神圣和八小时工作制的口号，你们也要和全国的工友们一起，为争取自己的权利去斗争。"王尽美说，"最近，北京长辛店成立了工人俱乐部，俱乐部把工人们组织起来，领导大家同欺负工人的监工、领班作斗争。工友们身后有了组织，力量大了，就不再受气。有机会你们多出去看看，学习别的地方工人运动的情况，不能做井底之蛙。下一步，我给大家联系一下北京的长辛店，你们派人过去学习。"

"太好了，太好了！如果我们有机会出去走走，就能接触到外面精彩的世界，学习更多的斗争经验，我们当家作主的那一天很快就会来到了！"李广义说。

接着，王尽美领着工友们，朗读了一组《革命天才明》的诗。这组诗，是他分别写给农民、工人、店员、学生、士兵的：

对农民：穷汉白劳动，财主寄生虫；贫穷并非命，世道太不公；农民擦亮眼，革命天才明！

对工人：工人白劳动，厂主吸血虫；工人无政权，世道太不公；工人站起来，革命打先锋！

对店员：店员白劳动，财东吸血虫；人穷并非命，世道太不公；工商联合起，革命无不胜！

对学生：反帝反封建，五四大运动；打烂旧世界，民族才振兴；同学快觉醒，革命学列宁！

对士兵：小兵死千万，大官立了功；为何打内战，道理讲不清；枪口要对外，反帝是英雄！

这组诗通俗易懂，朗朗上口，工友们容易理解，越读越带劲，越读越喜欢，很快就记住了。

夜已深，红房子里的气氛依旧热烈。王尽美的话就像冬夜里的一团火，温暖着工友，也照亮工友前行的路。听了他的话，大家的心里亮堂起来，对未来有了更多的期待。

这时候，红房子的大门"哐当"一声被人推开了，大家抬头一看，只见薛文英满身是伤地跑进来："快点散开，快点散开，警察追过来了！"

"什么情况？有话慢慢说。"李广义沉着地问道。

薛文英喘着粗气，告诉大家："我和宋大哥、黄守信本来约好了，下班后来红房子开会。没想到刚干完活，正准备下班，牛大发带着一队厂警，气势汹汹地闯进车间，刘二奎狗仗人势，对牛大发说，我们都是不听话的刁民，必须马上捉拿归案！牛大发立刻挥着警棍，命令警察过来抓我们，当着所有工人的面，把黄守信五花大绑押走了。多亏我动作快，在宋大哥的掩护下，逃出来给你们报信，估计宋大哥也被抓起来了，大家快点跑吧！"

"什么？我们又没有犯法，他们竟敢随便抓人，还有王法吗？"张有德气愤地说。

"我们和他们拼了！"工友们抡起拳头喊道。

"我早知道他们要报复，没想到这么快就来了。大家不要慌，留得青山在，不愁没柴烧。"程英杰连忙制止大家，"广义哥，你快走，这两天，你不要回厂里了。大家快点撤，你们分头从后门出去，走不同的方向，我和张师傅掩护你们。把他们打发走了，我就去找你们。"

"英杰，你和我们一起走吧！"薛文英说。

"文英，你快走，我有办法对付警察！"程英杰说，"等警察走了，我去找你们。"

"我相信英杰肯定会有好办法，大家都和我一起走，先避避风头。"王尽美说完，拉着李广义和薛文英等人从后门出去，大家分头向不同的方向散开。张巩和把王尽美带来的石板和石笔藏在箱子底下，然后拿出酒和菜摆在桌子上。两个人刚刚坐下，厂警队长牛大发就带着一群警察气势汹汹地闯了进来。

"哎呀，这不是牛警官吗？什么风把你们吹来了，快点过来喝两杯。"程英杰和张巩和热情地走上前。

"你们这是？"牛大发警惕地看着他们，严厉地问道。

"张师傅是我的师父，一日为师终身为父，我经常来陪他喝点酒，您也过来喝点？"程英杰说着，把牛大发拉到另外的屋子里，从口袋里掏出一块银元，塞到牛大发的口袋里。

牛大发拿到银元后，态度明显地缓和了，走出小屋子，对张巩和说："厂里让我们捉拿闹事的工人，我们只抓到了宋明泉和黄守信等人，还有几个逃跑了……你们看见薛文英跑过来没有？看没看见李广义？"

"没有啊。他们犯啥事了？"张巩和显得很诧异，边说边倒满一杯酒，恭恭敬敬地递过去。

牛大发推开张巩和的手，皱着眉头："我在执行公务呢，不能喝酒。你们如果见到那两个人，一定要告诉我们，必有重赏！"说完，一挥手，带着一群厂警走了。

王尽美安排好李广义等人的住处后，回到办公室，学校剧团的团长史文珍和韩玉枝正在办公室等他。史文珍关切地问："尽美先生，咋这么晚才回来？"

王尽美把曹大干家的事告诉大家，又把今天在红房子里发生的事和大家说了。史文珍听了，气愤地说："现在都什么年代了，还有这么欺负劳工的事，他们不知道劳工神圣嘛！我们一定要让大家都知道监工们的罪恶，让民众们都关心工人这个群体，绝对不能让惨剧再次发生！"

"我们一定要为他们做点什么！"韩玉枝说着，忍不住流下了眼泪。

大家非常激动，几个人计划着把这件事排成一个街头剧，揭露监工们的凶残。

"我们趁热打铁马上准备，现在过节，街上的人很多，这时候表演，更能引起大家关注。"王尽美说。大家听后，连连点头。

于是，王尽美连夜写出剧本，学校剧团的演员们抓紧时间准备服装、道具，排练节目。史文珍扮演曹大干的妻子，为了使演出效果更逼真，王尽美邀请程英杰扮演曹大干，由史文珍教他背台词。程英杰非常聪明，一学就会。大家很快就把节目排练完毕，商量着去商埠公园演出的事。

为了扩大演出的声势，启发更多工友的斗争觉悟，王尽美对李广义说："铁路大厂的高跷演出非常精彩，济南市民都想着能在正月十五看到大家的演出，工友们也能挣到更多的赏钱。没想到这两天发生了这么多意外，几个工友被抓起来了，高跷队怕是不能表演了。为了声援大厂的斗争，我们学校剧团的学生编排了一部话剧《大干过年》，明天在商埠公园上演。我们要通过演出揭露监工、把头对工人的剥削和压迫，号召大家和恶势力做斗争。同时，我们也宣传《励新》杂志，扩大杂志的影响。你去红房子公所发动组织工友，让更多的人到现场观看演出，维持秩序。"

李广义接到任务后，立刻回到红房子，与张巩和、程英杰等人做准备工作，他们连夜做好了小彩旗和横幅，又商量好演出结束的时候大家要喊的口号。

商埠公园有个露天舞台，经常有各种社团在这里聚会和演讲，也有各种剧团表演节目。公园内松柏青翠，花草遍地，亭台楼阁、假山通幽，"云洞岭""登啸亭"，峰回路转，柳暗花明，颇得古典园林意趣，"虽系人造之景，实具自然之势"。公园北门内建有六角形水池，池中立高石，石顶为圆盘，内置石蛙，石蛙口鼻喷水,迸珠溅玉。水池南面建"四照亭",石砌方台,顶盖青瓦,明柱环廊,玻璃门窗,周围为台阶,是谈天、休憩的好地方。整个商埠公园环境优美,游人如织。

演出这天,王尽美穿着长衫,站在舞台中央,挥着拳头,慷慨激昂地发表演说:"曹大干是铁路大厂最底层的工人,住在地窝子里,老实本分,上有老,下有小,全家都指望他在大厂挣钱过日子。作为家庭的顶梁柱,为了能保住养家糊口的饭碗,他面对监工的压榨,总是忍气吞声,逆来顺受,没想到血汗钱被监工骗走大半,孩子生病却拿不出钱来治病,好好的孩子就这么没了,他的遭遇让人伤心。工人们每天流血流汗拼命干活,给资本家当牛当马,辛苦挣点养家糊口的血汗钱,还要给厂里管事的随份子,如果不随份子,就会被他们报复,还可能被辞退。这种惨烈的事情,我不知道大家看了会有什么感想。有人要问:工友们为什么不起来帮他们?这绝对不是因为大家缺乏同情心,而是因为没有自己的团体。我们要为自己争权利,为大家谋利益。我相信,曹大干这样的事还有很多,如果你遇到了无处发泄的冤屈,可以到我们《励新》杂志社,告诉我们,我们的杂志会为大家说话,铲除天下不平事……下面我们一起观看演出《大干过年》。让我们鼓掌欢迎!"

王尽美的演讲非常有感染力,好几次被观众们热烈的掌声打断。

随后,在观众们的期待下,剧团演出开始了。随着剧情演进,当孩子死去的时候，曹大干的妻子举着双臂，看着天空，绝望地喊着："天啊，谁来救救我的孩子？谁能救救我的孩子！"现场的观众都流下了伤心的泪水。

这时候，王尽美走上舞台，大声说："曹大干就是工友们的影子，这样的故事几乎每天都会发生。同胞们，工友们，我们一定要觉醒，我们一定要站起来，同恶势力进行顽强的斗争，争取我们的权利，寻找光明的道路！"围观的市民和工人、学生们热烈鼓掌。

突然，警铃大作，哨声响起，警察冲进剧场，把围观的市民驱散，然后抡起警棍、鞭子，对拒不疏散的工人和学生动手，见到有反抗的学生和工人就抓，学生、工人们四处躲藏。

史文珍躲闪不及，被警察一鞭子抽打在身上。此时，程英杰等人正在保护学生撤退，扭头看见两个警察正要把史文珍抓到警车上，大喊一声："住手！"突然，警棍冷不丁地砸在他的胳膊上。他强忍剧痛，反身一脚，直接把警察踹飞。他飞速跑到史文珍身边，朝着左边的军警就是一拳，接着朝着右边的军警又是一脚，整个过程如同闪电一般，两个警察还没有反应过来，已经被他打翻在地。

程英杰不敢迟疑，拉起史文珍就跑，把她安置到一个僻静处，又不顾危险，返回去掩护其他的学生。警察仗着人多势众，抓了很多学生，准备把他们带到警察局。李广义和程英杰看见后，连忙指挥工友挡住警察的去路，强烈要求放人。他们齐声高喊："学生无罪，赶快放人！"

警察局长侯初升正在后面督阵，看到围观工人的情绪极为高涨，毕竟经历多了，经验丰富，眼珠子一转，对围观者说："民不告，官不究，我们接到举报，说这里有人聚众闹事，扰乱社会治安。我们把他们带回去问清楚，写个笔录就放回来，大家放心吧，我们从来不乱抓人。"

听了这话，工友们愣住了，半信半疑地看着警察。这时候，一个洪亮的声音响起："好一个从来不乱抓人，谁不知道你侯局长言而无信，抓了大量的无辜群众！现在，你们必须把所有的学生都放了！"

现场所有的人一起喊道："必须放人！必须放人！"

循着声音看过去，只见王尽美昂首挺胸地从人群中走出来，侯初升气急败坏，大声吼叫着："王尽美，又是你！你好大的胆子！怎么每次街头闹事都少不了你？领头闹学潮的是你，没收日货的是你，砸报馆搞请愿的还是你！这次聚众闹事也是你带的头！你竟敢多次和我们公开作对。现在，你已经是警察局重点关注的危险分子了，我就搞不明白，难道你就不怕掉脑袋吗？"

"我王尽美一不欺压百姓，二不卖国求荣，三不违法乱纪，我堂堂正正地做人做事，何怕之有？"面对侯初升的威胁，王尽美面不改色。

"你就不怕王法？告诉你，不在其位不谋其政，工厂的事自然有工厂自己解决,你无权干涉!"侯初升恼怒地说。

"你们竟然把黑的说成白的,监工们欺压工人,把工人逼得家破人亡,妻离子散,让人活不下去了,这是哪里的王法?我们为什么无权干涉?"王尽美双眼圆睁,握紧拳头。

"你手无寸铁,拿什么干涉我们警察执法?笑话,天大的笑话!"侯初升威胁他。

"你有刀有枪,不去惩罚黑恶势力,却来欺负手无寸铁的老百姓,这才是真正的笑话。"王尽美兵来将挡水来土掩,一点也不惧怕。

"服从命令是我的天职!我服从政府的命令,铲除危害社会的不安定因素,维持社会治安,维持天下太平。"侯初升还在狡辩。

"维持社会治安,维持天下太平?你真是不知廉耻!"王尽美越说越气愤。

"大胆刁民,再妖言惑众,我就不客气了!我会割掉你的舌头,再送你一粒花生米!看你还敢乱说!"侯初升恼羞成怒,欲从腰里掏手枪。

就在这时,公园外响起铺天盖地的呐喊声。一个警察急急跑过来,向侯初升低语:"大批工人和学生正赶来增援,若耽搁久了,恐怕有变。"

侯初升见人越聚越多,看着眼前的形势对自己很不利,心里先怯了三分,顺水推舟地说:"你们都听好了,商埠区是商业重地,关系到城市的安定，按照规定，聚众闹事者一律要关押起来，严惩不贷，这次属于初犯，若有下次，绝不轻饶！"说完，他双手一挥，警察们立刻排好队，狼狈撤离。

看着警察们灰溜溜地走了，学生和工人们围在王尽美的身边，脸上露出了胜利的微笑。

程英杰捂着受伤的胳膊回到杂志社，史文珍急忙走过来，轻轻拉起程英杰的袖子，看见被警棍打得红肿的胳膊，她非常心疼，眼泪在眼眶里打转，转过身，悄悄抹去眼泪，从橱子里拿出纱布，帮程英杰包扎好胳膊。

"还疼吗？"史文珍关心地问。

"不疼了，多谢。"程英杰看着文珍的眼圈发红，知道她担心自己，心头一热，有种柔软的感情涌上来。他笑着说："只要你安全，我就放心。"

"感谢你在关键时刻出手相救。我想请你到家里做客。"史文珍热情地说。程英杰第一次接到女孩子的邀请，满脸通红，连忙推辞，结结巴巴地说："你们是为了声援工友们才演出的，这些都是我应该做的，你不要客气。"

史文珍看到程英杰拒绝，噘着嘴，假装生气："我家庙小，请不动你这个大神。如果你不想来，我也没有办法……"说完，扭头就要走。

程英杰一看史文珍生气了，连忙说："别生气，别生气，我不是这个意思。"

"那你是啥意思？"史文珍咄咄逼人，一双灼人的眼睛直视程英杰。

程英杰躲闪着她的眼睛，还算爽快地答道："既然文珍同学真心实意，那我就恭敬不如从命啦！"

"这还差不多。"听到程英杰松口了，史文珍转嗔为喜，"扑哧"笑出声来，伏身在纸上写了一行字，交给程英杰，莞尔一笑，"这是我家的地址，别走错了。"

看见史文珍迷人的笑容，程英杰感到浑身暖暖的，决定去史文珍的家里做客。在他的心里，史文珍是一个谜，他期待早日揭开这个谜底。

工友们在王尽美的鼓舞下，取得了初步的胜利，有了更多的信心。李广义和张巩和等人商量，联合一些工友，一起到厂部门前集合，同史厂长谈条件，让他尽快放出被关押的工友，不达目的决不罢休。

第二天，工友们如约来到厂部门前，要求厂长到楼下和大家见面。刘二奎看到楼下的工人越聚越多，吓得直哆嗦，生怕曹大干家里的事被厂长知道，和几个监工商量了半天，最后决定，所有人都要统一口径，争取把曹大干家破人亡的事压下去。商量完毕，刘二奎带着几个人，跑到厂长办公室，在史嘉言面前继续说工人们的坏话。

史嘉言看到楼下聚着很多工人，要找自己谈话，心里有些慌神，不知咋办才好，正在办公室打转转时，刘二奎等人匆匆走进来，刘二奎哭丧着脸说："以前，厂里从来没有发生过工人要求和厂长谈话的事，现在他们越来越猖狂了，一点小事就直接找厂长谈话。这说明，他们根本不把我们这些监工放在眼里。最近，厂里的风气不好，很多人偷懒磨滑，经常迟到早退，不认真干活，不服管，更有甚者竟然无故旷工，给我们的工作造成了很大的麻烦。"

"是啊，史厂长，我们必须严格按照规定办事。如果这次答应了他们的条件，他们就会越来越过分，胃口越来越大，下次还会提更多的条件继续闹事，我们不能助长他们的坏习惯。国有国法，厂有厂规，有些人眼里没有王法，我们一定要采取严厉的措施，开除一些闹事的人，绝对不能纵容他们的恶习！"王麻子在旁边煽风点火。

俗话说，谎言重复一千遍就成了真理。听了几个监工的谗言，史嘉言觉得有道理，走到办公桌前坐下来，端起茶水喝了一口，定了定神，不满地说："告诉楼下闹事的工人，说我外出开会去了，不在办公室，让他们改天再来。"

几个监工一听，心中暗喜，相互看了几眼，刘二奎继续拱火："史厂长，擒贼先擒王，他们现在胆子越来越大，我们必须开除几个无故旷工的人，才能把这件事压下来。"

"对，必须开除！"王麻子随声附和，"我们这就下去，把闹事的人全都撵走！"

"开除的事改天再说，今天我还有事。"史嘉言挥挥手，下逐客令了。

监工们有厂长在背后撑腰，胆子壮了。来到楼下，刘二奎盛气凌人，对工人们说："厂长现在很忙，没有时间过来。他让我做代表和大家谈话，大家有什么事可以和我说。"

李广义从人群中走出来，义正辞严地说："我们不和你谈话，我们要厂长亲自下来，还要马上把被抓的工友放出来。"

刘二奎冷笑一声："李广义，你是刚刚提拔的技术工人，不好好上班，最近竟敢旷工，你到底干什么去了？"

"是你们把工友们抓起来，还无缘无故地派人到我家里抓人，请问我犯了哪条罪？我们要和厂长当面谈！"李广义说。

"无缘无故地抓人？要想人不知，除非己莫为。我劝你别再自作聪明了，别以为我们不知道你在外面干的好事。我问你，作为厂里的员工，你不去维护厂里的名誉，却跑到商埠公园组织演出，信口雌黄，妖言惑众，败坏厂里的名誉，你该当何罪？"刘二奎阴着脸质问道。

李广义恍然大悟，气愤地说："我说那天我们只是正常的演出和聚会，怎么还能惊动警察，原来是你在背后捣鬼，把警察喊过去的！你这个颠倒黑白、卑鄙无耻的小人！你这是公报私仇！"

原来，演出那天报警的不是别人，正是刘二奎。说来也巧，刘二奎和马三刀从商埠公园路过，准备去附近的饭店喝酒，看见大厂的工人围在舞台周围看节目，出于好奇，悄悄溜到后面，想看看是什么节目，结果看见学生和工人竟然把自己欺负曹大干的事搬上了舞台，立刻跑到没人的地方，叽叽咕咕地商量对策，最后跑到警察局报案，添油加醋，编造了很多谎言，说是有人煽动民众闹事。侯初升一听火了，亲自带警察去维持治安，把工人和学生全部驱散了。

刘二奎冷笑着说："李广义，你再不离开，我就上报厂长，把你开除！"

"你有什么权力开除我？"李广义双目圆睁，愤怒地质问。工友们都非常气愤，程英杰抡起拳头，冲过去要揍刘二奎。刘二奎慌忙躲避，恶狠狠地说："还有你程英杰，我怎么把你给忘了？你再敢闹事，我就去找厂长，把你也开除了！"

突然，警铃大作，牛大发带着一群厂警，拿着武器一路小跑过来。看见救星来了，刘二奎又神气起来，威胁工友们："你们看，牛警官带人来了，要是再不走，就把你们都抓进监狱，全部开除！"

工友们的援救斗争遇到了巨大的困难，一时想不出好办法，只好默默地撤退。

几天后，程英杰按照史文珍给的纸条，顺着门牌号找到她家。

当他站在高大的台阶上时，不由得一愣：这不是史厂长的家吗？难道史文珍是史厂长的女儿？！

程英杰极为矛盾，站在门口犹豫着，一会儿走上台阶想敲门，一会儿又扭头走下台阶。最后，他一咬牙，一跺脚：罢了，罢了，道不同，不相为谋。他转身想离开，刚扭头要走，史文珍从屋里飞奔出来，拦住了他的去路。她果然是史厂长的女儿！

史文珍小时候，父母感情非常好，家里只有她一个孩子，她是父母的掌上明珠，父母对她是捧在手上怕掉了，含在嘴里怕化了。她是在蜜罐里泡大的。在父母的呵护下，史文珍琴棋书画样样行，长得也越来越漂亮。但天有不测风云，史文珍十四岁那年，母亲得了一场大病，不久就去世了。

妻子病故后，史嘉言忙里忙外，家里搞得一团糟。没多久，他就找了一个续弦林夫人。林夫人进了史家后，和史文珍关系一般。很快，林夫人生了一个儿子。史嘉言中年得子非常高兴，把更多的时间、精力用在培养儿子上。史文珍感觉在家里受到了冷落，于是考上一所住宿学校，大部分时间都住在学校里，基本不回家，同父亲的关系越来越淡。家里发生了很多事，她也不知道。

史嘉言很牵挂女儿，眼看女儿要毕业，几次催她回家商量工作的事，女儿一直没有回去。现在，很多同学找到了工作，史文珍也想着回家和父亲谈谈，听听他的意见，又想着邀请程英杰到家里做客，所以就回到了家里。史嘉言一直觉得亏欠了女儿，总想着弥补，没想到女儿竟然回家了，还邀请朋友到家里做客，觉得是一个拉近和女儿关系的好时机，于是，他打算和女儿好好谈谈，再好好招待女儿的客人，让女儿知道自己非常重视她。

说来也巧，史文珍回家没几天，林夫人的娘家捎话来，说是其母亲跌了一跤，林夫人遂带着儿子急急赶回去探望，要住几天照顾老人。这正中史嘉言下怀，平时没时间照顾女儿，正好可以单独陪陪女儿。

这天晚上，史嘉言从外面应酬完回家。史文珍正坐在客厅沙发上，抱着一本书在看，见父亲进门，抬头叫了声"爸"，又埋下头去。史嘉言一边换鞋，一边吩咐佣人端上苹果、糕点，然后挨着女儿坐下，问起她工作的事。

史文珍已好久没同父亲交谈过，见父亲问，便放下书，屈膝抱着双腿，缩在沙发里，有一搭没一搭地告诉父亲，大部分同学都开始找实习单位了，比如说韩玉枝，学习成绩出色，每次考试在班里都数一数二，还经常组织各种文艺活动，是学校的活跃分子，听说家里也有关系，还没毕业就在校实习了，实习表现也很好，留校的可能性很大。自己也联系了几个单位，有学校，也有报社，还没有最后定下来。

史嘉言想了想，说："现在工作不好找，当老师是个很好的选择。如果有可能，可以多联系一下学校。"

史文珍说:"学校和报社都不错,我基本上联系的都是这些工作。但相比之下,我更喜欢去报社,因为在报社能接触到更多的人,了解更多的事。校园是个象牙塔,我在学校待了这么多年,想换一种生活。前两天刚去《齐美报》面试,我告诉主编,我是学校报纸的负责人,经常在学校报纸上发表文章,还在杂志社做过校对工作。虽然这些都是义务工作,但我也积累了足够的工作经验。报社的主编对我很满意,我感觉有希望申请到实习岗位。"

"很好,路是自己走的,只要是认准的事,就要努力去做,我相信你的眼光。"史嘉言频频点头,露出欣慰的神情,"我从读书开始,就选择了人生的道路。工作这么多年,我从普通技术工人升到厂长的职务,没有任何人帮衬,全凭个人的努力。在这一点上,你和我非常相似,你已经成了有独立见解的人……你很少领同学到家里,我想你这次邀请的人,一定很优秀。"

"他是个很守信用的人,这个点应该来了。"史文珍说着,从沙发上站起来,走到窗户边上,正好看见程英杰在楼下走来走去,以为他害羞不好意思进门,赶紧从屋里冲出来,跑到他的跟前,不由分说地把他拉进家门。程英杰来不及解释,只好跟着史文珍走了进来。

史嘉言见女儿飞也似的跑出大门,又听见门外的声音,知道客人到了。他很好奇,是什么样的青年才俊,能让女儿念念不忘?于是,他连忙走到镜子前面,理了理自己的头发,又整了整笔挺的西装，满意地从客厅门口迎出来，正好和程英杰迎面碰上。

程英杰身子微微前倾，毕恭毕敬伸出双手："史厂长，您好！"

"是你？"史嘉言大吃一惊，做梦也没有想到，女儿邀请的客人，竟然是厂里闹事的工人！要不是因为女儿在场，他真想马上把程英杰轰走。

史文珍吃了一惊："你们认识？"

"哼，我们何止认识……"史嘉言冷笑道。看在女儿的面子上，他强忍着没有发作，冷冷地说："程英杰，你不好好上班，整天闹事，真让我失望。你还记得当初进厂的时候，我是怎么交代你的吗？"

程英杰表情不卑不亢，看着史嘉言，平静地说："我从来没有忘记厂长的期待，自从进了厂里后，我就努力工作，从来没有一天偷懒。你没有发现，你手下的监工、把头们欺人太甚吗？"

史嘉言有些恼怒："怎么可能？我手下的监工，都是些兢兢业业、任劳任怨的员工，他们一心以工作为重，怎么可能会欺负工人？"

"好个兢兢业业、任劳任怨，你的眼力真好！"程英杰反唇相讥，"其实，现在我已经没有资格喊你厂长了，因为我马上就要被你开除了！"

史嘉言一愣："程英杰，你可真会撒谎，我从来没有开除过任何工人,更没有开除过你!"

"刘二奎亲口告诉我的,说是你要开除李广义,也要开除我。"程英杰说。

"什么?这个刘二奎,真是信口雌黄!"史嘉言眉头皱成一道深沟,猛地一拍沙发背,"竟然还把脏水泼在我身上。你说说看,到底发生了什么事?"

程英杰看到史嘉言满脸困惑,就一五一十地说起最近发生的事:工友们踩高跷挣赏钱,监工要求三七开分成;工友们发工钱被监工逼着交份子钱;工人曹大干刚发工钱就被刘二奎巧取豪夺抢走了大半,连给孩子看病的钱都拿不出来,结果大过年的闹得家破人亡;工友们为曹大干出气,监工勾结厂警,无缘无故追捕工友……

史文珍在旁边帮腔:"他们还勾结警察,阻止我们的演出,要不是工友们拼命相助,我们都会被关进警察局。"

"还有这样的事,真是岂有此理!岂有此理!"史嘉言听罢,气得背着手,在客厅里打转转。程英杰的话,他未必相信,但女儿是不会说谎的,他完全相信。"好你个刘二奎,自己坏事干绝,居然还糊弄我!看我不收拾你!"

程英杰想了想,提了个建议:"史厂长,要不,您装作什么都不知道,继续看他们演戏。"

史嘉言沉吟了一会儿,点点头:"有道理,让这些小丑们继续表演吧。我会找机会尽快释放被关押的工人,让他们回到厂里上班。"

"嗯,嗯!"程英杰非常高兴,原来自己误会史厂长了,压在他心头的大石头终于搬掉了。

看到两个人的误会解除了,史文珍非常开心。程英杰见文珍笑了,也放松下来,这才有心思打量起史厂长家。客厅最显眼处是一幅字,上书"天行健君子以自强不息,地势坤君子以厚德载物",一笔颜体遒劲有力、温柔敦厚。东侧是两扇大窗,窗帘旁边一个红棕色书架,上面放满了书。西北角一架钢琴,显然是文珍的心爱之物,盖着白色针织琴罩,流苏垂下来,流丽有光。客厅中间的沙发是浅咖色的,整个房间简洁、清雅。怪不得文珍出落得这样优雅大方、善解人意。

程英杰离开史家后,立刻向王尽美和李广义汇报了情况。王尽美说,斗争要讲策略,要争取大家的帮助,人多力量大。听了王尽美的话,大家心里亮堂了,开始想办法救人。

很快,机会来了。这天,厂里接到一项急活,要在最短的时间内,把火车头和车厢修理好,把所有火车的油漆刷完。时间紧,任务重,干活的人手严重不足,大家很着急。李广义急中生智,想出一招妙计。王尽美听了连连说好,帮他完善了细节。于是,李广义约了几位工友,下班后去红房子碰头。

第二天,李广义和程英杰走进车间,同工友们一起,拿着工具，做出卖力干活的样子。大家费了很大的功夫，工期却没有什么进展。监工、把头们很不满，大声呵斥他们，嫌进度太慢。李广义等的就是这个机会，当即把油漆刷子一扔，故意发作："还有没有天理？真是欺人太甚，我们拼命地干活，还嫌我们动作慢，有本事你们过来干吧，老子不干了！"说完，扭头就往外走。

"老子也不干了！"程英杰等人也扔下活计，纷纷离开，跟着李广义，直奔厂长办公室。

史嘉言正在办公室审批文件，李广义、程英杰等人走进来。李广义说："史厂长，车间里新来的工友经验不足，干活速度太慢，刷的油漆都不合格，需要返工。写在车厢上的字也不合格，根本不能用。几个从天津来的师傅，这几天碰巧都出了点事，张师傅昨天不小心把脚给崴了，在家里养病，不能上班。陈师傅不知道吃了什么东西，突然得了急性肠炎，上吐下泻，浑身虚脱，站不稳，也不能上班。张有德刚才干活太猛，不小心被钢筋绊倒，胳膊扭伤不能动了，一时半会也靠不上。目前车间里的人手紧缺，急需熟练工，希望监工、把头们也和大家一起干活。只有这样，才有可能完成任务。"

听了李广义的一番话，史嘉言连连点头："好主意，你们几个先在会议室等着。王秘书，你马上把几个监工和工头全喊过来，征求一下他们的意见。"

刘二奎和马三刀听说史厂长喊他们，不敢怠慢，立刻跑到厂长办公室。史嘉言对他们说:"现在厂里人手紧缺,两个老师傅不能上工,新来的人顶不上,几个熟练工有的被抓起来,有的受伤了,上面给的急活要完不成了,你们也亲自上工吧。"

刘二奎等人大吃一惊,瞬间变了脸色:"什么?史厂长的意思,是我们要去刷油漆、抡大锤?那我们不就成了工人?不行,不行,这个办法不妥!"

史嘉言厉声说道:"我只认工作,不认人。我不管你们是上工还是不上工,我只关心厂里的任务能不能按时完成。如果你们能想出更好的办法,就可以不用上工了。"

这几句话,把刘二奎噎得张口结舌,眼睛滴溜溜打转:让我们管理人员去上工?管理人员怎么可能去干苦力活?刷油漆倒是技术活,但技术性太强,毒性又大,不能干!他不想释放被关押的工人,也不想把撵走的工人请回来,但更不想亲自去干活。看来,甘蔗不会两头甜,两害相权取其轻,被关押的几个人,都是技术工人,眼下只好释放他们。他瞥瞥王麻子,又瞅瞅马三刀,只见他俩干瞪着眼,毫无办法,其他几个监工、把头,也是缩着头,一脸晦气,正眼巴巴地盯着他,指望他替大家出头。

刘二奎无奈,只好哈着腰、觍着脸,向史嘉言求情:"厂长明鉴,我有个好办法,宋明泉他们几个人都是熟练工,一个人顶四五个,也不知道谁出的主意,竟然把他们抓进去了。我觉着,把他们放出来吧,完成任务才是头等大事,他们可以将功折罪。否则上面怪罪下来，可就麻烦了，到时候大家都会降工钱少发钱，这不是要了咱的命吗？"

史嘉言听了，终于明白他是个满嘴谎言的家伙，心里十分不满，决定敲打他几句，让他收敛一下，于是直视着他："刘二奎，听说你经常代表我发号施令，有这样的事吗？"

刘二奎心里一惊，心脏差点跳出嗓子眼，脸色红得像猪肝，慌忙掩饰："厂长见笑了，我就是吃了豹子胆，也不敢这样放肆！"

史嘉言哼了一声，说："你敢做的事太多了，这些以后再说。现在你给他们求情，就是你的不对，他们反抗必须严惩，让他们在里面好好待着，不能出去。你要知道，放虎归山必有后患，他们再惹事怎么办？让他们在里面多待几天吧，我看，还是你们亲自上工。你们都是老员工了，你们干活，我放心。"

"使不得，使不得。我们真的不能干活……先不管那么多了，把眼前堆积如山的任务完成，才是最重要的事。厂长，我们一心为公，是全心全意为了厂里的大局着想的。"几个监工苦着脸，低三下四，"咱们可以让那几个工人保证以后不再闹事，否则永不录用。"

看着这些监工、把头的窘态，史嘉言暗暗发笑，故意阴着脸，沉默不语，在他们再三请求下，才勉强松口："既然这样，看在你们为厂里操心的份上，我考虑一下。"

刘二奎一听有门，急不可耐地说："史厂长，别考虑了，他们要是不出来干活，上面压下来的任务完不成，咱们都有大麻烦。上面会把全厂的工钱扣一半，这不是闹着玩的。我劝您别再犹豫，干脆就把他们放了吧。"

"是，是，是！厂长高抬贵手，就把他们放了吧。"几个人点头如捣蒜，反复哀求，史嘉言最终显得勉强的样子，答应释放宋明泉等人，让李广义等人回厂，请他们抓紧时间干活，尽早完成急活。

初战告捷，工友们非常开心。在红房子公所，大家凑钱买了酒菜，李广义和程英杰亲自主厨，做了两桌子丰盛的饭菜，给宋明泉和黄守信接风。

王尽美热情洋溢，对工友们说："大家通过巧妙的斗争，把宋明泉和黄守信两位工友救了出来，可喜可贺！这次行动的胜利，和大家的努力是分不开的，工友们终于看到了团结的力量……但是我们的工作也有很多不足之处，希望大家多总结经验教训，争取更大的胜利！"

王尽美的话音刚落，工友们就热烈地鼓起掌来。

吃完饭后，王尽美继续给大家上课。他在石板上工工整整地写了一首歌谣：

天下工农是一家，
不分你我不分他，
不分欧美非亚、英美日法俄德和中华。

全世界工农联合起来吧，

世界太平，

弱小民族开放自由幸福花。

这首歌谣，是他自己创作的，歌词通俗易懂，旋律简洁明快。他教工友们唱了几遍，工友们的兴致很高，很快就学会了。

王尽美高兴地说："最近，全国的形势发展很快，我有了更多新的工作，要经常去外地出差，所以我邀请了一位重要人物过来，就是浦口工人俱乐部的主要负责人——王荷波。王先生也是干铁路的，走南闯北，见多识广，接触了很多新思想，曾经领导工人向资本家开展经济斗争，取得了巨大的胜利，在工友中有很高的威信，斗争经验非常丰富，知道很多解救咱们工人的办法，会给大家指出一条光明的路！大家遇到什么问题，都可以向他请教。"

"好极了，我们的力量终于强大了，感谢王先生！"李广义喜形于色，告诉王尽美，"通过这几次和厂方的较量，我们终于发现，个人的力量太小了，只靠单打独斗是没有出路的。必须有一个经验丰富的人领着我们干，才会少走很多弯路。"

王尽美坚定地说："大家要努力工作，我相信，星星之火，可以燎原！"

"星星之火，可以燎原！"工友们重复着王尽美的话，信心倍增。

一天晚上，张巩和正在红房子公所和工友们聊天，一位中年人走进院子。中年人头戴呢子礼帽，身穿长衫，相貌清雅。张巩和迎上前去，热情地打招呼："请问先生找谁？"

中年人摘下礼帽，贴在胸前，身子微微前倾，客气地说："我也在铁路上工作，想着过来认识几个朋友。"

"原来也是铁路上的工友，快请进屋坐。"张巩和一边招呼客人，一边吩咐，"有德，过来泡杯茶。"

张有德把茶递给客人，客人双手接过，朝张有德道了声谢。

宾主坐定后，正准备聊天，忽听外面有人喊："听说王荷波王先生到了？欢迎，欢迎！"话音未落，李广义已大步流星走进屋子。

张巩和连忙站起，握住中年人的手，满脸歉意："失敬，失敬！原来您是王先生，怪我眼拙！"

"哪里，哪里，言重了。"王荷波也连忙起身，"怪我，没有自报家门。"

"瞧你俩客气得！都是一家人嘛，咋说起两家话了？"李广义哈哈大笑，朝王荷波伸出手，"我叫李广义，尽美先生极力推崇您，我们早盼着您来了！"

王荷波临来的时候，王尽美告诉他，铁路大厂的红房子公所，是工人们经常聚集的地方，李广义是他们的负责人，在工人中很有威信。一见面，李广义就给他留下了很好的印象，两个人的手握在了一起。

李广义向王荷波介绍了在场的几位工友，又向大家介绍："各位，这就是尽美先生经常提起的王荷波先生，他是咱们的朋友，更是大家的先生！"

"欢迎王先生，我们早就盼着您来！"工友们热烈地鼓掌欢迎。

"过奖了，不敢当，不敢当，我是来向大家学习的。"王荷波抱手拱拳，向大家致意，"因为家里穷，我十九岁的时候，就流落到哈尔滨等地做苦工。后来，去了津浦铁路的浦镇机厂。我读了很多书，才找到了正确的道路。"

听说王荷波也是穷苦人家出身，大家顿时觉得亲近了不少，热切地望着他，静静听他说话。

王荷波注意到了这点，感慨地说道："天下穷苦人，不管是做工的，还是务农的，咱们都是一家人！"

这句话，说到了工友们的心坎上，大伙儿你看我，我看你，纷纷应道："王先生说得在理！"

王荷波继续说："听尽美先生说，大家读书学习的劲头很足，非常好！咱们要努力学习，进一步提高，懂得更多的道理。现在，全国各地的工人运动搞得有声有色，大家不能落后……"

这天夜里，王荷波和工友们敞开心扉，一直谈到深夜，很快成为无话不说的朋友。

王荷波带来很多进步报纸、杂志和图书。工友们如饥似渴地读起来。大家非常喜欢看《工人周刊》，上面专门介绍了北京长辛店铁路工会的事。

长辛店是中国早期产业工人比较集中的地方。1921年5月1日，在北京的共产党早期组织领导下，长辛店一千余名工人举行庆祝五一国际劳动节大会，决定成立工会。5月5日，京汉铁路长辛店铁路工会成立，开始领导工人为提高工钱、改善待遇进行斗争。工会创办《工人周刊》，向工人宣传马克思主义。后来，工会改组更名为长辛店铁路工人俱乐部。

王荷波告诉大家："长辛店是北方劳动界的一颗明星，他们开办了工人夜班通俗学校、长辛店劳动补习学校和长辛店工人俱乐部。俱乐部组织工人开展各种活动，搞得很成功，厂方没有禁止俱乐部的活动。所以，全国各地的工友纷纷去长辛店取经。长辛店的工友们有了这样的组织，就敢于和监工、把头们做斗争，争取更多的权利。如果我们能学到他们的经验，我们也成立俱乐部，开展各种活动，就不会被人欺压了。"

李广义心里一动，沉吟了一会儿，对王荷波说："我也想去长辛店看看，学学他们的经验。"

"这是好事啊！"王荷波很高兴，"你可以同尽美先生沟通一下，听听他的意见。"

王尽美得知后，十分赞同李广义的想法，让他组织几个人，一起去学习取经。于是，李广义开始忙着作准备。

这天晚上，李广义兴高采烈地走进红房子公所，激动地对工友们说："我有个好消息，要告诉大家。"

"什么好消息？"程英杰急切地问，"是不是出去学习的事打听出眉目来了？快点告诉大家。"

"就是这件事。"李广义说，"大家还记得石文彬吗？"

"记得，记得，我和他很熟。"宋明泉抢先说，"他是青城县杨家坊史家村人，因为黄河发大水，房子被淹了，全家来济南开了个小杂货铺，父母双亡后到公益学校半工半读，后来去十二马路的公益铁厂做工。听说他离开铁厂后，考入了北京的长辛店铁路机厂当工人。我没说错吧？"

"对，就是他！"李广义兴奋地说，"长辛店铁路机厂工人俱乐部成立后，他被推举为委员长。前一段时间，尽美先生介绍我去北京拜访了几个朋友，我通过北京的朋友找他说起这件事，他一口答应了，还说只要我们有事，可以随时找他，他会帮助我们的。"

"哎呀，没想到石文彬这么有出息！这下好了，我们有自己的人了！"大家一听，都很兴奋。

"长辛店是工人运动的起点，也是我们学习的榜样。"李广义说，"长辛店的工友们肯定有各种好办法，咱们这次去，一定要取到真经，学习他们的经验，回来后，为工友们争取权利！"

"唐僧去西天取真经，咱们去长辛店取真经！"程英杰摩拳擦掌，恨不得立刻起身。

大家选举李广义、程英杰、黄守信为代表，前往北京长辛店学习。

宋明泉从口袋里掏出一块银元，交给李广义："辛苦你们了，一路上要花不少钱，这块大洋你们拿着。"

"我这里有点钱，也拿着吧。"大家纷纷解囊，你一点我一点，很快就给他们凑足了路费。几个人拿着大家凑的钱，请了假，就坐上了北上的火车，去寻找更好的出路。

第五章　长辛店取得真经　俱乐部巧妙周旋

李广义和程英杰、黄守信坐了一夜火车，到达北京后，提着简单的行李，一路打听着，来到长辛店。

长辛店位于永定河西岸的卢沟桥畔，距天安门仅十九公里，是北京西南的重镇，也是西南进京的必经要道。这是一条具有近千年历史的老街，比卢沟桥的历史还长。京城官员出京、外埠官员进京，或者南来北往的商人，都要在此歇脚。因经常有大官居住于此，店家天天用净水泼街，故称"常新店"，后来被谐音"长辛店"取代。明清时期，这里是距京城最近的古驿站，也是进出北京西大道的门户，俗称"九省御路"。那时，街上商贾旅客云集，店铺酒肆林立，无论打尖歇脚的商客，还是进京赶考的儒生，或是穷困潦倒的乞丐，三教九流，五行八作，混杂其间，人来人往，车马声啸，热闹非凡。

古镇只有一条大街，呈东西走向，三人从头走到尾，发现一件有趣的事：古镇地形东西高峙，中间低洼，像一条小船。大街两侧尽是商铺，昔日繁华的影子还在；排列着很多胡同，与大街相垂直，使古镇的模样像一具鱼骨。镇里有一座镇岗塔，围着汉白玉围栏，上面刻着塔的历史。从文字上得知，此塔建于金代。听说西山坡有座西峰寺，但未见踪影，据说早已损毁了。此时，长辛店已经是中国北方最大的工厂区之一，汽笛声此起彼伏，几个铁路大工厂马达的轰鸣声震耳欲聋，南来北往的旅客行色匆匆。在这里，先进的知识分子和工人阶级实现了初步结合，马克思主义开始真正走进工人中间。三人按照地址，找到了长辛店铁路机厂。正巧，石文彬刚刚下班，正准备回家。

石文彬高高瘦瘦，一双眼睛深陷，两道剑眉上扬，五官轮廓分明，显得十分精干。美不美家乡水，亲不亲故乡人。见到家乡来人，他紧紧握住三人的手，久久不肯松开，眼睛有些湿润。他说："我离开济南已经十多年，因为工作太忙，很少回家。见到你们，我就想到了济南的亲人。一听你们说话，我就想起在济南的日子。来一趟不容易，你们多住些日子，四处看看风景。"

三人被石文彬浓浓的乡情感染，争相向他介绍家乡的近况。聊了一会儿，李广义转向正题，言明来意后，说："大厂的兄弟们凑钱派我们取经，我们不能辜负大家的期望，希望多给我们介绍点经验。风景就不看了。"

石文彬问："你们住在哪里？"

李广义说:"我们一下火车,就直接来投奔你,还没有去找旅馆呢。我看见工厂附近有很多住的地方,马上就去找一个。"

石文彬热情地说:"你们既然来了,就专心学习,不要为这些小事操心。这几天,你们必须住在我家,谁也不能住在外面。虽然家里小,房子很简陋,但离厂很近,方便学习。"

李广义怕打扰他的生活,再三推辞。

石文彬有些不悦:"你们太见外了,天下工友是一家,我的家就是你们的家。你们住在这里,也就是多几床被子、几双筷子的事。不要再说了,你们这就跟我回家!"说完,不等李广义回答,就抢过他的行李。

盛情难却,李广义等人走进了石文彬简陋的小屋,屋子虽然小,但里面的摆设很整齐。石文彬正在帮他们收拾床铺,门外响起敲门声。

一位工友端着一大盘子热气腾腾的包子走进来,对石文彬说:"文彬哥,听说你家里来了几个济南的工友,这是家里刚蒸的包子,蒸得太多了,吃不了,你们趁热吃吧。"他把包子放在桌子上,对三人说:"天下工友是一家,文彬哥的朋友就是我的朋友,不要客气。"

石文彬向三人介绍说:"这位是我的邻居,也是我的好兄弟杨玉。他也是长辛店工人俱乐部的负责人,有斗争经验。他是个热心人,你们有什么困难,可以找他帮忙。他哪是多蒸了点包子,分明就是专门给大家蒸的,都是自家人,不要客气。"说完,拿出家里的几样小菜,又拿出一瓶酒,说道:"我算好了你们来的大致时间,专门给你们准备的。"

李广义打开行李,拿出一个小箱子,递给石文彬:"千里送鹅毛,礼轻情意重。这是我们从济南带来的酒和煎饼,请笑纳。"

"大家肯定饿了,快点坐下来吃饭吧。"石文彬给每个人倒上酒,招呼道。

李广义坐下后,拿起包子吃了一大口,这是他来北京的第一顿饭。程英杰和黄守信的嘴里也塞满了包子,吃得很香。

吃完饭,石文彬收拾了碗筷,泡上一壶茶,开始介绍情况:"长辛店劳动补习学校,是北京共产主义小组办的工人学校。去年12月,邓中夏、张国焘、张太雷、杨人祀等人来这里筹办,开了筹备会议,讨论学校简章,校址设在长辛店祠堂口一号。今年1月,在邓中夏等人主持下,学校正式开学。这所学校,是专门为劳动者和劳动者的子弟学习知识设立的,不论年龄大小、识不识字都可以入学,不收学费,这在全国也是新鲜事。学校有日、夜两班:夜班听课的是工人,日班听课的是工人子弟。教员是专职和兼职相结合,以北京大学学生会名义派来,很多北大的学生来当过老师。前段时间,李大钊也到学校视察和讲课。在我们学校,短襟工人和长衫先生打成一片,大家就像兄弟一样相处融洽。"

李广义听完后,就坐不住了,要石文彬马上带他们去劳动补习学校和工人俱乐部参观学习。看到他们的积极性非常高，石文彬笑着说："既然你们不怕累，那我就领你们看看去。你们的运气真好，今天晚上邓先生过来上课，咱们一起去听课，我引荐你们认识一下。"

"是不是邓中夏先生？"李广义问。

"是他，他是北大的学生，在工人中奔走演讲，启发工人的阶级觉悟，针砭现实的言论大胆而尖锐。他们每周到学校住上一两天，晚上下课后挤在一间小房子里休息。为了吸引工友们来学习，邓先生每个月都从生活费中拿出几元钱，买茶叶和糖果来招待上课的工人。大家把他当成知心朋友，遇到事情都向他请教。他经常帮着工友写家信，给生病的工友开药方，工友们非常尊敬他。"石文彬说着，穿上外套，领着他们出去。

三人跟着石文彬，来到大街祠堂口1号。这是幢坐东朝西的小三合院，劳动补习学校就在院内。这时，已是掌灯时分，工友们正三三两两地走进教室，准备上课。他们看见石文彬，热情地打招呼。

一位戴眼镜、着长袍的年轻人走过来，高兴地说："来新朋友了，欢迎，欢迎！"

"谢谢邓先生！他们从济南过来，刚下火车还没休息，就急着来听您讲课。"石文彬转向李广义三人，"这就是我们的老师邓中夏先生，如果有什么问题，下课后可以和他多探讨。"

三人的眼睛瞬间亮了起来。李广义搓着手说:"久闻大名,今日才得相见,万分荣幸!邓先生您先忙,下课后我们再向您请教!"

"不敢当,不敢当。三位工友快请坐,教室里有糖果点心,大家一起吃。人到得差不多了,我们开始上课。"邓中夏说着走上讲台。

李广义坐在板凳上,打量着教室。教室里摆着三列、八排木课桌,黑板上用白粉笔写着"劳工神圣"四个大字,讲台上放着讲义。讲台旁边的桌子上,放着几本杂志,其中一本是《劳动音》。李广义听说过《劳动音》,是去年11月在北京创刊的,也是五四时期的通俗工人刊物,由北京共产主义小组主办,宗旨是提高工人的觉悟、促进工人的团结、推动工人运动的发展,在北方工人群众中影响较大。不过,《劳动音》只办了五期,就改为《仁声》了,这本是旧杂志。

邓中夏在黑板上写上"工人"二字,然后说:"李大钊告诉我们:工人最伟大,'工'和'人'两个字接在一起就是个天字,工人顶天立地。有人问,工人伟大,可为什么受穷呢?其实,受穷不是命中注定的,也不是八字不好,是军阀和厂主剥削的,他们的钱和衣食住行都是我们工人的血汗造就的……我们穷,是世界上最大的不合理。我们应该怎么办?"

邓中夏看着工友们,沉默了一会后接着说:"只有团结起来。

五人团结一只虎，十人团结一条龙，百人团结像泰山，谁也搬不动。"

大家不约而同地鼓起掌来，李广义和两位同伴听得非常入迷。

下课后，李广义、程英杰、黄守信意犹未尽，围在邓中夏的身边，问这问那。

邓中夏耐心解释，告诉他们："劳动补习学校刚成立时，很多工人认为自己靠手艺吃饭，也不想向上爬，学知识没有用，不想费事了。也有工人说，如果给点窝窝头或给点干粮就去。为了吸引他们来上课，我们没有用学校的课本，而是根据工人的生活和劳动情况，自己编写了工人识字的课本，把工人劳动常用的工具器物编在课本上。工友们在课堂上学到了老虎钳、锉刀、油漆……他们认的字、学的知识，同工作生活直接相关。大家渐渐感受到了学习的用处，听课的人越来越多。"

邓中夏拿出几本识字课本，是补习学校编写的，送给李广义。李广义如获至宝，小心地放到随身带的背包里。这时，几个工友走过来，请邓中夏帮忙写信，李广义等人就告辞了。

回到住处，石文彬说："前几天，政府严查北京、天津和上海等地的共产主义组织，千方百计要挤垮我们，所以大家非常谨慎，不敢大意。我们想了很久，终于想出一个好办法。既然不能公开活动，我们就秘密开展活动。现在政府提倡平民教育，我们就把补习学校对外称为平民学校，在学校里开展平民教育。这样，政府就没有理由查禁我们了。"

"采取什么样的形式不重要，只要达到目的就行。用平民教育的形式进行革命活动，结果是一样的。"李广义说。

石文彬用赞许的眼光看着他们："是的，现在我们不仅教工人识字，还教工人革命道理，提高大家的觉悟，工友们就能觉醒。为了不引起敌人的怀疑，我们吸纳了几个监工、把头，给他们加上头衔。他们很高兴，感觉受到重视。这些监工、把头有时间到学校转一圈就走，没时间就不过来。他们都很忙，不愿意在学校多待，老师讲什么课，他们不知道，更不关心。他们的加入，可以为我们的活动提供保护。要是上面检查，他们会出面做好接待工作。"

"这个主意好！"李广义一听乐了，"他们出面把上面检查的事摆平。趁监工不在的时候，咱们再讲课。"

"是这样，这些监工的加入，给我们省去很多麻烦。为了达到目的，可以采取各种灵活的手段。"

第二天，石文彬领着李广义等人参观了"娘娘宫"的工人活动。

参观结束后，李广义说："终于取到了真经，感谢您的热情招待，我们马上要回济南了。"

"再住几天吧，我领着你们到处看看，谈谈俱乐部今后的打算。"石文彬再三挽留。

"没时间了，大厂的工友们都在眼巴巴地等着我们回去介绍经验，我们必须马上回到济南开展工作！"李广义说。

这次长辛店之行，三人收获满满。他们带着补习学校的课本和报刊资料，回到红房子公所，向王尽美和王荷波汇报了参观学习的情况。他们把进步工友召集到红房子开会，让李广义三人介绍参观见闻和心得。

李广义说："大家信任我，凑钱让我去北京学习，我感到身上的担子很重，要引导工友们进步，必须先提高自己。之前，大家没有斗争经验，只是单打独斗，全凭着一股勇气，路见不平拔刀相助，与监工、把头们硬碰硬，逞的是匹夫之勇，结果吃了亏。这次长辛店之行，我想了很多，也收获很多。我们不能低估敌人的狡猾，也不能低估当前形势的严峻。目前敌我双方力量悬殊，我们不但要敢于斗争，还要善于斗争。工人运动事关工人们的饭碗，不是小事，要慎重。同强大敌人斗争的时候，只有勇气是不够的，还要有智谋、有办法，真正的工人运动应该是有组织、有计划的斗争。对待敌人要讲究策略，以利诱之，为我所用。长辛店工人俱乐部有很多好的经验值得我们学习借鉴。"

经过讨论，大家决定尽快地组建自己的俱乐部，根据长辛店工人们的经验，结合铁路大厂的实际情况，拟定了俱乐部的宗旨：提高工人的地位，改善工人的生活质量；增加工钱，减少工作时间，设立工人病伤抚恤……谋求俱乐部会员们更多的利益，联络劳动界的工友，团结起来，反对资本家压迫。

工友们推举李广义、程英杰、黄守信等人成为工人俱乐部的委员长和副委员长。按照长辛店工友们的建议，为了办好工人俱乐部，大家想着找个对工友比较友好的监工，出面帮忙为大家办事。工友们商量半天，感觉赵主管是最合适的人选，他酒量不大还爱喝，人称赵半斤，要是他出面，肯定能把监工们都邀请过来。

定下赵半斤后，大家又商量着再请哪几个监工，并讨论出一个名单。宋明泉坚决不赞成邀请刘二奎、王麻子和马三刀。他的建议，得到了黄守信等人的支持，但张巩和认为这样不妥。大家反复讨论宋明泉的提议，认为如果不邀请他们，他们肯定会来捣乱，阻挠成立俱乐部；如果邀请他们，给他们点好处，或许能缓解一下敌对的情绪。最终大家认为，还是邀请刘二奎等人比较好。宋明泉和黄守信等人见说得在理，不再坚持。

商议完毕，李广义和张巩和邀请赵半斤到红房子公所喝酒，给了他一个名单，希望他可以把名单上的监工、把头们邀请过来。赵半斤很喜欢做这样的顺水人情，满口答应下来，接着就把刘二奎等人都喊了过来。

刘二奎等人听说红房子的工友邀请自己喝酒，虽然感到奇怪，但还是欣然赴约了。

红房子公所非常热闹，工友们凑钱，摆了两大桌子好酒好菜。刘二奎和马三刀看见满桌子都是自己喜欢的酒和菜，心情很好。大家坐定后，李广义等人轮番给赵半斤和几个监工敬酒。大家喝得很开心，酒过三巡，菜过五味，开始聊到正题。

李广义对几个监工说："以后，我们可以好好合作，厂里的工友们多才多艺，可以表演各种节目。我们想着搞工人俱乐部，组织高跷队、耍龙灯队等文艺团队，经常参与一些演出活动，赚取收益。各位门路广，认识的人多，可以给我们宣传。只要大家各种渠道互补，就可以挣到很多钱，收入可以五五分成，你们不用操心任何事，就能分到钱。"

赵半斤非常赞同："大家出来在外面上工，都是为了挣钱。你们利用业余时间搞点娱乐，挣点钱是好事，厂里不会阻拦的。"

其他几个监工听说成立俱乐部可以分到好处，也纷纷表明态度："是啊，只要不危害社会治安，不影响厂里的工作，厂里也就不会阻拦。你们有什么需要帮助的地方尽管说。"

李广义趁热打铁："多谢各位。你们看，这里的地方太小了，容不下太多人，我们想让更多的工友来俱乐部参加活动，所以，得找个大点的地方，看看哪位有办法。"

赵半斤自告奋勇，拍着胸脯说："这件事包在我身上，我来联系，你们只管组织活动就行。我提议，大家干一杯！"

几个杯子碰在一起，酒桌上的气氛高涨起来。大家开始七嘴八舌地讨论利用哪些资源，组织什么活动。

一听这话，刘二奎来了精神，他是个京剧迷，提了个建议：把

"戏篓子"博师傅请来当老师。他告诉大家,博师傅曾经在清朝皇宫唱过戏,有很多渠道可以买到便宜的戏服。刘二奎说完,几个监工鼓起掌来,纷纷叫好。张巩和说,可以让厂里几个会功夫的工友当老师教武术。工友们你一言我一语,想出了很多好主意。

在赵半斤和几个监工帮助牵线下,工友们租下了中大槐树北街的五间房子,作为俱乐部的活动地点。在王尽美和邓恩铭的帮助下,津浦铁路大槐树机厂工人俱乐部正式成立了。1921年6月,俱乐部的门口正式挂出"津浦铁路济南大槐树机厂俱乐部"的牌子,这是山东省第一个具有工会性质的组织。

工友们下工吃完饭,就赶到俱乐部,有学戏、学武术的,有练习踩高跷、认字的,还有学下棋的,他们的学习热情非常高涨,里面经常传出唱戏、丝竹、耍把式和说书的声音。

为让更多的工人加入进来,李广义和程英杰在北大槐树、中大槐树等地,办起四处工人补习学校,大家称之为"工人夜校"。李广义和程英杰写了四块"津浦铁路济南大槐树机厂工人夜校"的牌子,分别挂在夜校的门口。学校给工人们发了石板和石笔,李广义把从长辛店带回来的平民课本翻印后,发给大家。

王尽美白天在师范学校上课,晚上到俱乐部给工人们讲课,教工人们识字,讲各种进步思想。俱乐部还专门请了教员教工友们学文化,这些教员大部分都是王尽美的同学、朋友,史文珍和韩玉枝也经常过来给大家上课。

史文珍悄悄嘱咐程英杰："我很少回家，工友们并不知道我是厂长的女儿。你不要告诉大家这事。"

程英杰表示理解，说："你为我们工人办事，我有义务保护你和韩玉枝的安全，下课后，我可以送你们回学校。"

一时间，红房子夜校和俱乐部在济南引起很大的反响，参观的人络绎不绝，红房子的人气更旺了。但树大招风，红房子夜校和俱乐部的成立，也引起警察和学监的注意，他们灵敏的鼻子似乎闻到了些什么，经常过来转悠，看看工友们到底在干什么。

李广义从长辛店学到的应对检查之策，工友们不断改进，表演起来胸有成竹。只要看见上面有人过来检查，大家立刻积极表现。张巩和会拿出早已准备好的好烟好茶招待来人，李广义等人会热情地陪着检查的人四处参观，为他们介绍夜校和俱乐部的各种活动。

这天，警察局长侯初升来检查工作，发现工友们都在忙活，有的跟着老师学习读书写字，有的在练习踩高跷。他问李广义："你们怎么想起来办工人夜校和俱乐部的？"

"工人夜校是响应政府倡导平民教育办的，大家自己出钱学习，可以弥补政府财政的不足。俱乐部经常组织各种娱乐活动，可以增加大厂的影响力。"李广义对答如流。

"夜校都教哪些内容？俱乐部组织过什么活动？"侯初升问。

"夜校教工友们识字，有利于工作。俱乐部经常组织大家听戏，练习踩高跷、耍龙灯，大家都很喜欢。"李广义说，"我们红房子高跷队第一次表演就红遍了济南,济南无人不知,无人不晓。"

一番检查下来,侯初升满意地点点头:"目前政府财政非常紧张,你们办夜校和俱乐部的办法非常好,希望别的工厂也向你们学习。"

警察和学监到俱乐部转悠了几次,发现大家都在学习、娱乐,并没有搞政治集会,也就放心了。看到检查的官员放松了警惕,李广义和王尽美、王荷波的联系更加密切了。

这天,刘二奎拿着棍子四处巡视,看见曹大干满头大汗地在机车房干活,大吃一惊,以为自己看错了,使劲地揉揉眼睛,发现那个人正是曹大干。他呆呆地看着曹大干,许久才从云游的状态中清醒过来。这时候,他看见马三刀正在巡查,马上走过去询问。

马三刀把刘二奎拉到办公室,关上门,神秘地说:"听说李广义和程英杰把曹大干不上班的原因告诉了史厂长,史厂长非常生气,接着就让曹大干回厂上班。他还要严厉追查这件事,进行整顿,到时候咱们都脱不了干系。听说,晚上经常在夜校给工人上课的老师中,就有史厂长的女儿。看来史厂长和那些工友们肯定有瓜葛,这个夜校有来头。"

听了这话,刘二奎就像掉进冰窟窿一样,浑身上下直发抖。他明显感觉史嘉言对他的冷落和戒心,以前很多事都让他参与进来,现在把他晾在一边。他明白了，史嘉言明里暗里地帮工友们说话，和自己不一伙，就想找机会报复史嘉言。于是，他约着王麻子等几个监工，向罗四撺掇。

刘二奎说："前几天，侯局长亲自带人到俱乐部来了几次，虽然没有抓住什么把柄，但俱乐部成了他们重点关注的对象。我感觉俱乐部的水很深，没那么简单。表面上是读书识字，但一群人聚在一起，人多嘴杂。据说还有很多来路不明的人混在其中，煽风点火，很有鼓动性。他们之间的聚会带有某种政治色彩，别人不知道，我们监工能明显感觉到。有俱乐部之前，工人们都巴结我们，管理起来比较容易。有了俱乐部后，他们就抱成了一团，干什么事都有自己的想法，越来越难管了。长此以往，他们肯定会形成大气候，等着他们的羽毛丰满起来，就很难再控制局面了。万一哪天出事，大家都会被牵连。"

"我看最近一段时间，工人们越来越不像话，以前家里遇到事，无论大小，他们还知道意思一下，或多或少随个份子，咱们手头上也有些零花钱。现在倒好，仗着俱乐部给他们撑腰，不管咱们家里有什么事，哪怕是婚丧嫁娶的大事，他们都装作不知道，断了大家的财路。关掉俱乐部，他们就消停了。"马三刀说，"我看这帮工人的骨头痒痒，需要敲打整治了。再不整治，他们就要造反了。"

监工常云亮说："俱乐部的几个积极分子胆大妄为，后台很硬，咱们收拾不了。找几个软柿子先捏捏，杀鸡给猴看，让他们收敛点，别不知道好歹。"

"这一切，都是因为史嘉言的纵容庇护，睁一只眼闭一只眼，任凭工人们聚会，工人越来越不像话。现在厂里被史嘉言搞得乌烟瘴气，这样不负责任的人不配当厂长，我们必须找个有责任心的人当厂长。"刘二奎说。

听了这话，几个监工不吱声了。沉默许久，罗四开口了："不瞒大家说，最近俱乐部闹得动静越来越大，警察局开始关注了。昨天，侯局长找过史厂长和我，让我们密切注意他们的行动。最近工人们很难管了，要是上面追查俱乐部的事，大家肯定都脱不了干系……"

"罗总监所言极是，咱们不如表明立场，及早脱身。"刘二奎说。于是，在罗四的默许之下，刘二奎给总局写了一封诬告信，诬陷史嘉言爱财如命，贪污受贿，管理松散，同情工人，纵容工人组织聚会，放任自流，听之任之，还参与工人的各种活动，是大厂工人运动的后台。刘二奎写完信后，让几个监工签上名字，发了出去。

总局接到信后，非常重视，派出调查组到大厂展开调查。经过一系列调查，发现史嘉言正直廉洁，没有任何贪污受贿的迹象。但他是搞技术出身，只关心生产，关心是否能完成任务，其他的事并不关心。他同情工人，对工人的管理宽松，工人之间有抱团结社、和厂方作对的迹象，管理也有一定的漏洞。结合各方面的意见，上级决定，暂时停止史嘉言的工作，等着合适的机会，另有任用。同时，派来了新的厂长范良驹。

刘二奎得到这个消息后，非常高兴，终于除掉了眼中钉、肉中刺，自己又有了出头的好机会。于是，他提着礼物跑到顶头上司罗四家里，提议给新到的范厂长接风洗尘，想趁着这个机会在新领导面前好好表现一番，得到重用。罗四听到刘二奎的提议后，连连点头称是。

为了讨范良驹的欢心，罗四叫着手下几个贴心的监工、把头，在济南最好的鲁菜馆——泰丰楼摆下一桌丰盛酒席，为他接风洗尘。

范良驹接到罗四的邀请，非常高兴。他知道罗四在厂里的地位举足轻重，强龙压不过地头蛇，他正想着去拜访罗四，争取得到他的支持，没想到罗四的请帖到了。

酒桌上，糖醋黄河鲤鱼、芙蓉鸡片、蒸大红焗鲍鱼、吊炉烤鸭、灵芝鱼翅锅、陈皮羊肉等，凡是泰丰楼有名的硬菜都摆上了。龙凤呈祥的"看盘"放在中间，富丽堂皇的包间更加富丽堂皇起来。

酒桌上，罗四领着一班手下，频频向范良驹敬酒。一番推杯换盏之后，个个酒酣耳热，开始搂肩搭背，称兄道弟起来。

刘二奎见火候已到，起身给范良驹斟满酒，哈着腰，双手高高端起，满脸谄媚："范厂长，我给您端杯酒。真是灾星过去，救星来啊。姓史的把好好的一个工厂搞得乌烟瘴气，一塌糊涂。我们尽心尽力地工作，却没有得到他的肯定，感到很心痛。那些工人整天想着带头闹事，对抗厂里，树立个人威信，他们不安心干活，都是些刺儿头。多亏您来了，要好好地治一下厂里的刁民。"

范良驹一仰脖子，喝得一滴不剩。刚放下杯子，刘二奎赶紧颠颠地斟满，又要端起。范良驹摆摆手，示意不喝了，拿起牙签，剔着牙缝，慢条斯理地说："来的时候，我听说厂里的管理极为松散，工人纪律散漫，不好好工作，一天到晚只想着闹事，各种结社的现象非常严重。我认为，必须严格治厂，把各种规章制度重新修订好。厂长、总监、监工、把头、工人，各负其责。作为厂里的负责人，就要管理好厂子；作为厂里的工人，就要好好干活。我很反感工人搞聚会，也坚决不允许任何工人参加聚会。等我摸清情况后，就会采取行动。你们放心吧，局里已经看到这个问题的严重性，很快就会下文件，取缔各种非法组织，绝对不允许有工会和俱乐部的存在，厂里很快就会关闭夜校和俱乐部。"

一番话，说得监工头们心花怒放，感觉终于有人给撑腰了。刘二奎按捺不住，险些从座位上弹起，一边示意同伙敬酒，一边喷着吐沫星：

"太好了，太好了！范厂长英明！希望厂里的制度再严点，工人最近这段时间聚会结社，经常在一起商量对付我们的办法。我们的管理工作越来越难，所以，我坚决同意不允许聚会的规定，希望范厂长能关掉俱乐部和夜校。俱乐部和夜校肯定有猫腻，什么唱京剧，什么演奏乐器，什么读书识字，什么弥补政府财政的不足……统统都是演戏，他们学习是假，聚众闹事是真。给他们点颜色看看！只要关闭了夜校和俱乐部，厂里就会清净很多。"

王麻子也跟着扇阴风、点鬼火："好主意，这个办法能够一招制敌，灭掉他们的威风，和咱们不再有冲突。我希望厂长能把不听话、带头闹事的家伙全撵走，再招新人代替他们。三条腿的蛤蟆不好找，两条腿的人满大街都是，我们想招人进厂，门口肯定排起长队。"

刘二奎朝马三刀使了个眼色，马三刀心领神会，立刻紧随其后："早就该大换血了，老员工越来越不听话，越来越难管，他们拿钱还多。新员工拿钱少，好管，虽然不会干活，但听话，活可以慢慢地学。范厂长，我们坚决支持您的工作，裁掉不听话的老员工，多招听话的新员工！"

"请范厂长放心，我们听您的，您指哪儿我们就打哪儿！"大家争先恐后表忠心。

只有罗四例外，他稳坐在位子上，不轻易表态，脸上微微含笑，偶尔倾身向范良驹点个头，始终保持着矜持。虽然范良驹是他的顶头上司，但自己又是这群监工、把头的顶头上司，他得端着架子，表情不能过于外露，否则这群狗腿子会轻视他，甚至会越过他、踩着他，直接攀附厂长。

范良驹剔着牙缝，满意地点着头。他很明白，别看这伙人在他面前点头哈腰，其实是一肚子坏水，前任史厂长是因为得罪了他们，被人写诬告信撤职的，自己新来乍到，人生地不熟，需要帮手，所以，不能得罪他们，而是要多笼络他们，让他们多为自己卖力，多帮衬自己，巩固自己的地位。

这么想着，范良驹环顾一下在场的人，抛出一个诱饵："下一步，厂里要扩大规模，我想提拔几个能干的人到重要岗位，给几个有能力的人加薪水。希望在座的好好干，机会有的是！"说罢，特意看了刘二奎一眼。

刘二奎一听这话，眼里顿时冒出亮光，取来一只空碗，往碗里倒了大半碗酒，端到范良驹身边，要给范良驹敬酒，不料脚下一滑，手一晃，酒溢出来，正巧洒进范良驹的脖子里。范良驹受到惊吓，就像弹簧似的，"腾"一下从椅子上弹起，脑袋不偏不倚，撞在刘二奎的胳膊肘上。刘二奎手上的碗顿时脱手，高高抛起，重重落下，正好扣在范良驹头上，只听"呼"一声，一碗酒兜头而下，全部洒在他的头上、脖子里。偏偏范良驹是个"地中海"，头顶空空如也，两侧只剩几根头发，寥寥可数，从一侧梳往另一侧。碗无遮无挡，结结实实砸在头骨上，疼得他龇牙咧嘴，酒则顺着他的脸颊，先问候了他的眼鼻嘴，又流进他脖子里。

刘二奎惊吓过度，尖叫一声："妈呀！"慌忙用手袖在范良驹头上使劲擦。

这下可捅了马蜂窝。这区区几根头发，可是范良驹的心头肉，每一根都他被精心打理过。早上起床洗漱时，他会把每根头发侍弄服帖，然后用发胶固定住。每当遇到风时，他会如临大敌，条件反射般用手护住脑袋，生怕把头发吹乱了。晚上临睡前，他也会照半天镜子，仔细检查是否少了。偶尔发现地上有根头发，不管是不是自己的，他都会心疼半天，就像自己被剜了一块肉。昨天，他去理发，他的"御用"理发师凑巧不在，而他又要赶时间，虽然十二万分不情愿，还是无奈地把自己交给一个年轻人。年轻人知道他难伺候，心里紧张，动作有些僵硬，一不留神，推子夹住头发。他大概察觉到了，怒喝道："轻一点儿！"年轻人吓一跳，手往上一提，这下可好，他"哎哟"一声，跳将起来，一把夺过推子，从上面取下一根头发，凑到鼻子前，端详一番，顿时如丧考妣，嘴里干号道："你姥姥的！把我的毛囊也拔出来了，你这是要我命啊！"猛地将推子摔到地上，只听"哗啦"一声，推子摔成八瓣，零部件散了一地。

刘二奎哪里知道，他这一番操作，恰恰犯了范良驹的大忌。昨天那股火还在心里冒烟呢，这下子，火苗又"腾"地蹿了起来。这火苗就像炮捻子，瞬间点燃了"震天雷"。范良驹怒吼一声："你薅啥哩？！"霍地站起身，扬手一记耳光，狠狠掴在刘二奎脸上。刘二奎脸上顿时红肿起来，现出五个指印。

这一幕，电闪雷鸣般，把全场人惊呆了，一个个张口结舌、呆若木鸡。刘二奎捂住脸，表情一脸懵，口里结结巴巴，前言不搭后语："厂长，您……我……"

范良驹一看刘二奎的脸，有些醒悟，气消了大半，知道自己有点过激。可是当着这么多人的面，他又不便明说，只好继续假装生气，一把推开椅子，鼻子哼一声，眼一瞪，手一背，扬长而去。留下一屋子人，面面相觑，不明就里，不知所措。

罗四阴沉着脸，一言不发。这场精心设计的宴席，原本意在拜码头、拉帮派，竟闹了个不欢而散，这让他始料未及。他暗想：费了九牛二虎之力，才撵走姓史的，上面也不可能老换人，这个老秃驴，性格怪得很，刚刚还眉开眼笑，转眼就翻脸不认人，今后得好生伺候，否则一言不合，就尥蹶子。

史文珍在夜校里上完课，程英杰准备送她回学校。工友们都回家了，教室里只有他俩。史文珍对他说："我有两个消息要告诉你，一个是好消息，一个是坏消息。你想先听好消息，还是先听坏消息？"

"先说坏消息吧。"程英杰说。

"我爸爸现在已经不是厂长了，他刚接到上级的调令，上面说新厂长就要走马上任了。"史文珍说。

程英杰大吃一惊："什么？史厂长这么好的人，竟然不干厂长了？！不用问，肯定有人在背后捣鬼！前段时间，上面专门派人来调查史厂长，我就预感到这件事不简单。如果史厂长离开大厂，去别的地方，你是不是也要离开济南？"

史文珍看着程英杰，笑着说："你很关心这个问题吗？我走不走对你很重要吗？"

"是的……"程英杰脱口而出，脸上微微一红，生怕史文珍看出他的内心，有些不好意思，"我是工人，你是学生，我们共同参与了很多活动，大家互相帮助，合作得也很默契。如果你离开了，我就会感觉少了一个合作伙伴。"

"什么工人、学生的？我们只是合作伙伴？"史文珍嘴一噘，随即乐滋滋地说，"告诉你一个好消息，我接到了《齐美报》社的入职通知，说先过去实习三个月，如果实习期间表现良好，就能正式入职。"

"真的吗？文珍，真是太好了！"程英杰兴高采烈，问道，"是你爹帮你找的？我早说过，你爹非常关心你。"

听了这话，史文珍有些不悦，正色告诉他："程英杰！别人都说是家里帮我找到工作的，没想到就连你也这么想。你太小瞧我了！我爸爸非常想帮我找工作，给我联系到学校里当老师，我也拿到入职通知了，但我没有去，我想凭个人的能力找工作。事实证明，我完全有这个能力，因为我是学校报纸的责编，又在王先生的报社帮忙，有相关的工作经历，所以，报社给了我一个实习的机会。"

程英杰挠挠后脑勺，有些不好意思："文珍，你真了不起，你在济南找到了工作，就留在济南吧。我以前感觉你是大小姐，只会读书打扮，只知道风花雪月，顶多抛头露面演个节目。但我却没有想到，你竟然这么独立，这么有能力，凭着个人的努力找到了工作，得到了社会的认可。不瞒你说，我的工作不是自己找的，是家里托关系找的，我不如你，你比我强！"

"你不知道的事情还多着呢！"史文珍撇撇嘴，"你知道刘二奎为什么拼命地压榨勒索工人吗？因为他需要大量的钱去巴结他的相好，聚华戏院的戏子小桃红，她是个跑龙套的小演员，年轻貌美，经常打扮得花枝招展，招摇过市。小桃红花钱如流水，虽然刘二奎挣的不算少，还经常有外快，但小桃红花钱的速度更快。为了填补这个无底洞，刘二奎到处捞钱，不断地压榨工友们。"

"什么？！这个男盗女娼的伪君子！"程英杰气愤地说。

"前几天，我协助几个记者采访的时候，无意中发现了他的秘密，还拍了很多照片。我怀疑，我爸爸调离大厂，就是他在背后捣鬼。这个卑鄙无耻的小人，不但把工人逼得妻离子散，家破人亡，还在我爸爸背后捅刀子。我和他之间不但有旧恨，还有新仇，我不会轻饶他，我会把他的事情搞得一清二楚，为大家报仇！"

"我也不会轻饶他。不是不报，时候未到。到时候，咱们和他秋后算总账。"程英杰说，"我们一定会找到机会，惩罚这个卑鄙无耻的小人!"

"像这样的坏人有很多,我们不仅仅只惩罚一个刘二奎,还要惩罚大厂所有的坏人。有机会你教我功夫吧,现在我当了记者,我要用笔战斗,用笔追求光明,还要学会武功防身。"史文珍扬着脸,英气逼人。

程英杰受到感染,攥着拳头,用力地挥了一下:"没问题!我读的书不如你多,有机会,我要多向你学习,多看书。"

"我早就想到这点了,今天给你带了几本书过来。你的武功是大厂最高的,如果再多读书,你就文武双全了。"史文珍看着程英杰,眼里满是仰慕,拿出几本书,递给程英杰。

程英杰非常激动:"这些诗集是给我的吗?你怎么知道我喜欢辛弃疾和李清照?'生当作人杰,死亦为鬼雄。至今思项羽,不肯过江东!''常记溪亭日暮,沉醉不知归路。兴尽晚回舟,误入藕花深处。争渡,争渡,惊起一滩鸥鹭。'文珍,你的出现让我仿佛回到了学生时代,闻到了书香的气息。读书不但改变人的思想,还能改变人的命运……你说巧不巧,我刚听说,宋明泉哥哥的未婚妻就在你们学校读书,她因为成绩优秀,留校当老师了,不知道你们认识不。"

"是吗,她是不是姓韩?"史文珍吃惊地问,看着程英杰连连点头,她笑了。无意中,她知道了韩玉枝的小秘密,她好几次看见韩玉枝的男朋友,但没有想到竟然是宋明泉的哥哥,世界真小!

史文珍说:"尽美先生和恩铭先生要外出一段时间,他们的课由我上,你要是有什么学习上的问题,尽管问我。还有一件事,需要你帮忙,转眼又一级学生就要离开校园,学校的剧团想排练一些节目,我是学校剧团的负责人,也是这次毕业典礼的主持人。我想着节目不仅仅只限于校园,也增加一些反映现实的内容。我想写一个工人在夜校里如何学习文化,接受新思想后成长为一个新工人的短剧,邀请你参加演出。这是我第一次写工友的剧本,也是我作为记者的工作:必须全面地了解社会,了解更多工人阶级的现状。我想找几个工友谈谈他们的经历,你是我的第一个采访对象……"

说到这里,史文珍一本正经地采访起来:"程英杰先生,你是哪里人?家里是干什么的?你是怎么认识我父亲的?当年他为什么要帮你入厂?讲讲你的故事。"

见史文珍以记者身份采访,且一副认真模样,程英杰连忙站直身子,有板有眼地回答:"我的故事很普通:我是济南历城人,出生在四风闸附近的村庄,父母都是普通的农民,靠租种地主的几亩薄田,勉强吃得上饭。兄弟三人,我是老二,父亲大字不识一个,总是吃亏受气。父亲很羡慕读书人,想让几个孩子都读书,但无奈家里太穷,实在没有能力让三个孩子都读书。按照家里的情况,只能供一个孩子读书,思来想去,最终定下来让我去读书,他认为我是家里最聪明、最有出息的孩子。父亲盼着我学成后,给家里争口气,日后不再被人欺负。我深知学习的机会来之不易,非常努力,成绩一直是全校第一。我的老师喜欢辛弃疾的诗词，经常和我们讲辛弃疾，在老师的影响下，我背诵了辛弃疾的很多首诗词。"

说到这里，程英杰停顿下来，征询地看着史文珍："我这样说，行不行？"

史文珍仿佛灵魂出窍，毫无反应。眼前这位英俊青年，让她好奇，让她痴迷。她恨不得了解他的一切，只是不好意思询问，所以找了一个采访的理由。她听着听着，就入了迷，对程英杰的问话浑然不觉。

这是程英杰第一次接受"采访"，心怀忐忑，见史文珍没反应，以为自己没说好，她不感兴趣，心不在焉，有些受打击，便停了下来。

史文珍忽然回过神来，以为程英杰看穿了自己的心事，有些慌乱，连忙掩饰："你……你说啥？"

程英杰有些不解，又问了一句："我这样说，行吗？"

史文珍忙不迭地："行，行！说得很好！你只管说，我听着呢！"

程英杰这才放心，打开话匣子："我从小就喜欢武术，家附近有个武馆，武馆的王老板是当地著名的武林高手，我很佩服他。放学后，我经常过去看人练武，切磋技艺。为了学点功夫，我免费给武馆当小工，端茶倒水，打扫卫生。王老板很喜欢我，闲暇时经常教我点功夫。他说我的悟性极好，很多动作，他只教一遍，别人还没明白，我已经掌握透了，还能触类旁通，举一反三，天生是学武的好苗子。他看我身体素质好，力大无比，抗击打能力强，柔韧性好，反应灵敏，干脆收我为弟子，免费教我武功。在他的指导下，我的功夫成了武馆第一。到了十五岁，我正准备继续考学深造时，父亲出了一场车祸，在家养病，不能外出干活，家里没有能力再供我读书了。为了给我找个好出路，父亲绞尽脑汁，想到了他的堂弟。于是，父亲口述，让我给他在胶济铁路当段长的堂弟写了封信，希望给我安排工作。过了两天，我带着礼物登门拜访，表叔对我很客气，问我读过书吗、有什么爱好。我说了一下家里的情况，还给表叔表演了一套拳脚，又朗诵了一首辛弃疾的词，谈起辛弃疾的胸怀抱负。表叔连连点头，露出了笑容，立刻给他的老同学、也就是你爹写了一封推荐信，说我能文能武，是个百里挑一的人才，如果有招工机会希望能给予关照。当时，你爹是铁路大厂负责技术的总监，一看老同学来信，又对我的印象很好，正好厂里正在招人，就推荐我参加考试。结果我顺利地通过考试，你爹立刻安排我做钳工。他告诉我，在所有的工种中，钳工是技术性最强的万能工种，也是很多学徒向往的工种，一个好钳工能做很多工艺配件。只要潜心钻研，将来肯定会有不小的成就。另外，钳工的工钱比其他工种高很多。听到这个消息，我大喜过望，感觉自己遇到了贵人。安排好了之后，你爹又鼓励我专心学习技术，干好本职工作。他对我有知遇之恩。"

史文珍听后，高兴地说："爸爸帮助你，是因为你有上进心，有才华，看来他是一个爱才的人。以前我和他的隔阂太深，以后我要多了解他……坏了，坏了，忘了一件重要的事！我必须马上回学校，我和剧团的同学们约好了今天过去排练，有我好几个节目，一忙起来，就把这件大事给忘了。"

程英杰马上站起来："你是剧团的台柱子，必须去领着大家排练，咱们这就走！"

两人走到街口，一阵槐花香直沁心脾。史文珍抬头看到那棵大槐树，月光下，树影婆娑，清香阵阵，整个世界都清明起来。再转头看一眼身旁的程英杰，发现程英杰也正在看她……文珍一咬嘴唇，脸腾地红了，幸好是晚上。她低下头，甩掉脑海里的念头，紧走几步。

他们赶到礼堂的时候，大家已经到齐了。史文珍交代几句，就站在合唱团的前面，充满感情地领唱起了歌曲。男生身穿青衫，女生身着长裙，排成几排，跟着她一起唱。

第六章　建组织光荣入党　兴工会凝聚力量

俱乐部成立后，活动越来越多，大家接触新思想的机会也越来越多。在王尽美和邓恩铭等人的启发引导下，工友们学了很多知识，接触到了进步的新思想，呼吸到了新鲜的空气。俱乐部的委员们倾听工友们的心声，为大家争取了很多的权利，工友们看到了俱乐部的力量。李广义和薛文英、程英杰等人在工人中的威信越来越高了。工友们不再像以前那样，只知道闷声不响地下死力气干活，不再满足于做任人宰割的羔羊，开始关注自身的权利。所以，铁路大厂厂长换人这件事，在工友中间一石激起千层浪。开始，只有俱乐部的几个核心人物谈论，很快人尽皆知。

临去上海开会之前，王尽美继续抽出时间给工人们上课，李广义、程英杰等人谈起了新厂长到任这件事。

李广义说："听说新厂长要采用高压手段，从严治厂，监工、把头们感到有人在背后撑腰，他们的腰杆子又开始硬起来了。新厂长和监工、把头们狼狈为奸，制订了很多新的条款。现在工作期间允许上厕所的时间越来越短，如果超过三分钟就要受到惩罚。我感觉新厂长正在试探我们的底线，我们不能当软柿子，更不能逆来顺受，必须找机会再整治他们。"

"这群混账东西，总是想着像以前那样，把我们踩在脚下。如果我们逆来顺受，他们会变本加厉。哪天把我惹急了，我会让他们尝尝我铁拳头的厉害。广义，你再准备好油漆，照着刘二奎的脸上多刷几次。我看刘二奎现在都有了后遗症，只要看见有人配油漆、刷油漆，都躲得很远，不敢走到跟前了。"听了宋明泉的话，大家想起刘二奎的怪模样，哄堂大笑起来。

王尽美认真听着工友们的心声，看到工友们参与厂里工作的热情越来越高，对大家的觉醒和进步感到很欣慰。他说："厂里不会主动提高大家的待遇，权利不会从天上掉下来，权利是在和敌人的斗争中争取来的。和厂方的斗争关系到大家的饭碗问题，我们不仅要有胆量，还要有智谋，要敢于斗争，还要善于斗争。表面上，监工们比以前客气了，但在骨子里，他们会很不甘心的，肯定会找机会继续压榨我们。大家要一条心，齐心协力对付他们。"

听了王尽美的一番话，大家的心里亮堂了，工友们点头称是，七嘴八舌地谈论着自己的想法。

"王先生所言极是。我们打算找几个民愤极大的工头，趁他们耍威风的时候，一起去修理他们，让他们收敛一些。我们还要去找厂长谈话,让他提高我们的待遇,改善我们的工作条件。"李广义说,"大家同监工们经过多次较量,经验越来越丰富。厂里制订了一系列规则,我们还是要执行。表面上,我们打不还手,骂不还口。背地里,趁他们不注意,狠狠地收拾他们,让他们吃不了兜着走。人多力量大,今后只要有一个工友挨揍,所有的工友都放下手头上的活,上前把工头围起来讲理,狠狠地教训他,否则他还会继续打人。"

黄守信说:"我同意王先生说的话,我们必须争取提高待遇,增加工钱,缩短工作时间。我们的付出和收入不成正比,现在的工钱根本无法养活一家老小。澡堂的事,以前提了很多次,都没有解决。现在还要继续提。厂里的工作环境太恶劣了,尤其是翻砂场和机车房,翻砂工每天一身泥,一身沙子,到了夏天天热,再加上烟熏火烤,工友们经常中暑。"

工友们经过热烈讨论,提出了"争取工人做人的权利,不允许打骂工人,要增加工钱,缩短工作时间,改善生活,设立工人浴池"等条件,要求委员们领导大家向厂里的监工、把头们作斗争。

正当大家苦苦寻找机会的时候,没想到机会自己找上门了。第二天,上工前,刘二奎带着王麻子、马三刀趾高气扬地给工友们训话:"根据局里的文件,厂里不再允许聚会,决定于近日关闭工人夜校和俱乐部,以后你们下班直接回家,不能再去参加类似的活动了。"

听了这话，大家就像炸了锅一样，七嘴八舌地议论起来。

"什么？不允许聚会了，不能有夜校和俱乐部？"李广义十分不满，"都什么时代了，竟然还不让办夜校和俱乐部？这不是笑话吗？这些不合理的规定一定要改，必须改！"

刘二奎看着工友们的情绪很激动，扯着嗓子说："这是厂里的规定，有不同的意见，下班后你们到厂部和厂长谈，别和我说，我只管你们干活！要是谁再敢偷懒，就别怪我不客气了！好，散会！"

工友们不满地走到各自的工位上，开始做工。黄守信在车间里配好一桶油漆，准备给机车刷漆，没看见刘二奎在身后拿着棍子，两眼瞪得铜铃一般，正在监督他干活。刘二奎一直记着黄守信没有给他随份子的事，一直想找碴再教训他，让他长点记性，今天就想找个出手的机会。

这时，黄守信放下油漆走开了。刘二奎目不转睛地盯着他，见他走进厕所，就快步走到厕所门前，堵在厕所门口。说来也巧，这天黄守信的肠胃不好，在厕所里待的时间稍微长点，刚走出厕所门，刘二奎就举起鞭子，照着他后背抽了一鞭子。

黄守信去了长辛店后，学到很多知识，接触了自由平等的思想，再也不甘心像以前那样低三下四地忍受，冷不丁地挨了一鞭子，心里"腾"地升起一股火苗，怒目圆睁："你凭什么打人？"

刘二奎振振有词："凭什么？就凭着你偷懒不干活！我拿着

表给你记下上厕所的时间是七分钟，超过了三分钟的规定时间，你这是故意躲在厕所里偷懒，逃避工作。像你这样的人，完全可以开除！我马上就给你写一张开除报告，上报到厂部，明天你就不用上班了！"

黄守信质问道："我干活从来没有偷奸耍滑，今天我只是上了一趟厕所，你竟然平白无故地用鞭子抽我。你这不是欺负人吗？"

"造反了，你是什么人，还打不得、骂不得了？"刘二奎说完，又是一鞭子抽过去。黄守信身子一侧，躲过鞭子，火冒三丈："我家里负担重，怕失去工作，总是忍气吞声，你看我胆小怕事，老实好欺负，把我当软柿子捏。告诉你，我现在不是你随便捏的软柿子了，老子不怕！"

一听这话，刘二奎非常吃惊，黄守信向来低眉顺眼，今天竟敢当众顶嘴，让他很没有面子，他瞪着眼睛喝斥道："几天没见，你长本事了？当了几天狗屁会长，就不知道吃几碗干饭了？"扬手又是一鞭子。

黄守信终于爆发，一个箭步上前，一把夺过鞭子，大声喊道："我让你打，我让你打！"

刘二奎措手不及，愣了一会儿，这才反应过来，扑上去抢鞭子，嘴里骂骂咧咧："他姥姥的，竟敢夺我鞭子？你想造反不成？！"

吵闹声惊动了不远处的李广义和宋明泉。他俩一看，刘二奎又在欺侮人了，连忙放下手里的活，围了上来。

宋明泉脸上赔着笑，嘴里却带着刺儿："我说刘监工，这就是你的不对了，我亲眼看见他老老实实地干活，你走上去就一鞭子。"

"他从早上就在干活，一分钟都没有休息，干什么还揍他？"李广义拿着沾满油漆的刷子，走到刘二奎眼前，"现在都什么时代了，你还随便打骂工人？"他吸取上次动手被工头抓住把柄的教训，这次不再动手，开始讲道理了。

"现在人人平等，不能随意打人！"程英杰不满地说。

工友们见状，都放下手里的活，飞奔过来。转眼之间，刘二奎就被一群人围住，他心里胆怯，气焰立刻矮了三分，想搬救兵，四下一看，见马三刀正向这边走来，想把他喊过来帮忙。没想到，马三刀怕引火烧身，竟当什么也没看到，脚底下抹油，转身折向厕所方向，溜得比兔子还快，转眼间就没影了。

李广义、宋明泉和程英杰等人裹着刘二奎走到厂部办公楼前，看见牛大发带着几个厂警。李广义说："我们有事要向厂长汇报，请让我们见见厂长。"

牛大发拦住众人："厂长很忙，没有时间，你们怎么不去干活，是不是不想干了？"

正说着，范良驹从楼里走出来，听说是找他，便问道："找我什么事？"

李广义上前一步，微微含笑："范厂长好。我们今天过来有几件事向您请教。今天刘监工无缘无故地打人，我们都没有还手。他是不是应该交给厂警，受到应有的处罚？"

刘二奎见来了救星，胆壮了，使劲扭动身子，想挣脱出来，却被宋明泉和程英杰紧紧夹着，动弹不得，只好强辩："厂长，他们冤枉我，是他们……"

话未说完，宋明泉和程英杰使劲一夹，刘二奎只好把话咽了下去。

范良驹瞄了一眼刘二奎，冷冷地说："这件事我会调查的，如果确实是他动手打人，我会让厂警处理，你们干活去吧。"说罢，转身欲离开。

"我的话还没有说完。"李广义往前一站，拦住范良驹的去路，礼貌地说，"请问范厂长，为什么要关闭夜校和俱乐部？以前我们下班后，都去那里学习知识，关闭夜校和俱乐部就剥夺了大家学习的权利。"

范良驹有些不悦，上下打量一下李广义，打着官腔："我们严格按照局里的规定开展工作，上面这么规定，我们自然要严格执行。"

"请问范厂长，人人都有受教育的权利，为什么我们就不行？希望厂里考虑工人们的要求。"程英杰说，"我还想问一下，什么时候能给职工建洗澡堂？"

听了这些话，范良驹愣住了。他发现，这几个工人有胆有识，敢于为大家说话，看来以后和工人打交道要多加小心。想到这里，他放缓口气："大家的意思我明白了，放心，厂里会给大家答复的，现在我有很多事要处理，大家先忙吧。"

李广义见好就收，往旁边一站，放范良驹过去。

"希望不要让我们等太久！"宋明泉提高声调，在范良驹后面追上一句。

刘二奎见范良驹自顾自走了，并没有帮他说话，立马像泄了气的皮球。上一次，还有几个监工帮他，这一次，工人们不再动手，而是有礼有节，即使厂警过来，也找不出毛病。所以，没有一个工头敢站出来帮他，他是哑巴吃黄连，有苦说不出，越想越窝囊，于是告病回家待几天，避避风头。

1921年7月，王尽美和邓恩铭赴上海，出席中国共产党第一次全国代表大会。会后，王尽美对邓恩铭说："能参加这次的大会，我非常激动。这是一次具有历史意义的大会，是中国历史上开天辟地的大事，也是我人生中的一件大事，对我们今后的工作有着重要的指导作用，我们要在山东各地传达会议精神，开展工作，领导他们开展各种形式的斗争。北京长辛店的工人运动是北方劳动界的一颗明星，济南的工人运动也会迎来新的高潮！"

"我们已经在铁路大厂发展了很多积极分子，会进一步深化下去。"邓恩铭笑着点头,"我们要经常深入到工人中去,开展工人运动,进行革命的宣传工作,在这些地方发动工人开展斗争,建立党的各级组织,为革命打下坚实的基础。"

王尽美神情激昂:"这次会议,更加坚定了我为崇高理想而献身革命的决心。我要把所有的时间和精力,都投入到为劳苦大众求解放的革命事业中去,甘愿献出自己的一切,包括生命。"

"让我们一起奋斗!"邓恩铭热烈回应,"来上海之前,叔父发现我参加了革命,非常吃惊,写信给我父母告状,说我误入歧途。家父接到叔父的信后,托人捎话给我,让我马上回老家结婚,说是让我完成家族的使命,传宗接代。我给家父写了回信,告诉他们,我的主张既定,绝不会更改。我选择的路,就会义无反顾地走下去,我要把毕生的时间投入到革命事业中去!"

王尽美听完伸出手来,两个年轻人的手紧紧握在一起,心连在一起。这次会议之后,王尽美在革命的道路上走得愈发坚定,从一个年轻的学生,成长为革命家,担任了山东省区的革命领导人之一。

王尽美回到济南后,刚放下行李,就听到有人敲门,他连忙过去开门,只见李广义、程英杰、宋明泉和黄守信等人站在门口。

"我一猜就知道是你们!"王尽美热情地招呼大家坐下,高兴地说,"现在厂里的情况怎么样?有哪些迫切需要解决的问题?"

"工友们天天念叨你,我们敲了好几次门,今天终于见到你了。"李广义握住王尽美的手,眼睛有些湿润了,他继续说,"你走这段时间,厂里发生了很多事,俱乐部和夜校被新上任的厂长强行关闭了,现在工友们下班后没有活动的场所,一肚子话找不到人说,心情非常苦闷。我们非常迷茫,不知道路在何方。"

王尽美安慰道:"俱乐部虽然被关闭了,但俱乐部和夜校已经把工友们的心凝聚到一起了,大家在俱乐部和夜校学到的知识还在。我们可以在红房子里继续斗争!"

几句话,就把大家的心里说亮堂了,工友们脸上露出了笑容。

王尽美接着说:"我也非常想念大家,给大家带来了很多好消息……"

工友们如饥似渴地听着,李广义激动地说:"听了王先生的一番话,我信心更足了,全国有这么多志同道合的人同我们站在一起,他们的好经验值得我们学习。我们厂也要和大家一起奋斗,不能落后。王先生什么时候到红房子和工友们谈谈?让更多的工友知道最新消息。"

"巧了,我正准备去呢!"王尽美迫不及待,"今天晚上怎么样?等大家下班后,我就过去见工友。"

"你刚从外地回来,路上肯定非常辛苦。"程英杰说,"行程这么紧张,会累着的。"

"没关系。"王尽美说着就咳嗽起来,他喝了口水,"我的身体是铁打的,从没有感觉累过。"

傍晚,王尽美去红房子。街口那棵大槐树枝繁叶茂,绿荫蔽日,几天未见倒像换了个样子。暑热未退,彩霞满天,枝丫间金光闪烁,每片叶子都熠熠生辉,焕发出前所未有的勃勃生机。

工友们来到红房子,看到穿着布衣布鞋的王尽美,热情地和他打招呼。王尽美拿出从"一大"带回的几本书,有陈望道翻译的《共产党宣言》,有李汉俊翻译的《马克思资本论入门》,工友们如获至宝。在大家热情目光的注视下,王尽美详细介绍了"一大"精神和苏俄的情况,号召大家进一步组织起来,成立战斗力更强的工人组织,开展工人运动,争取更多的权利。

工友们用心听着王尽美的每一句话,生怕漏过一个字。王尽美讲完后,工友们群情激昂,热烈讨论起来。李广义说:"在王先生的引导下,工友们学到了很多新知识,了解了很多以前不知道的事。监工、把头们看到工友们团结起来,收敛不少。随份子的事还有,但他们事先都和我们商量,不像以前那样直接扣钱,打骂工友的事比以前少了很多。"

"这些权利都是我们通过斗争获得的,如果不斗争,我们肯定还在受他们的气。下一步还会有更多的朋友来到山东,来到济南,来到我们中间,我们会争取更多的权利!"王尽美说完后,工友们报以热烈的掌声。

为了更好地领导和组织工人运动,1921年8月11日,中国共产党在上海成立中国劳动组合书记部,这是中国共产党第一个公开领导工人运动的总机关。随后,在各地设立分部。北方分部,机关设于北京,罗章龙任主任;山东分部,机关设于济南,王尽美任主任;武汉分部,机关设于武昌,主任是包惠僧;湖南分部,机关设于长沙,主任是毛泽东;广东分部,机关设于广州,主任是谭平山。

1921年9月,陈独秀从广州回到上海担任中央书记后,召开扩大会议,会上决定加大北方书记部的领导,罗章龙提出把王尽美调到北方区工作,得到了中央的赞同。同年,山东书记部正式合并于北方书记部,罗章龙任主任,王尽美任副主任。北方书记部管辖北方的两个省和十六个大城市的工人运动。

随着党的各项工作开展,王尽美肩上的担子越来越重,活动领域已从学校扩大到社会,从知识分子扩大到工人群众,工作范围从党内到党外,从党务到工人运动,成为一名职业革命家。

1922年初,王尽美和邓恩铭等人赴莫斯科,出席远东各国共产党及民族革命团体第一次代表大会。王尽美更明晰地认清中国人民争取解放的前途,增强了拼搏奋斗的革命精神。

回国后,一天中午,王尽美回到住处,准备烧一壶热水,凑合着吃顿午饭。这时,响起敲门声,他打开门,外面站着一位教书先生模样的人,身穿蓝色长袍,头戴礼帽,眉目清秀,举止儒雅,手提一只箱子,原来是罗章龙。他忙不迭地说:"快请进,快请进！"赶紧接过他手里的箱子，"这个点过来，你还没有吃饭吧？"

"刚下火车，直接就过来了。"罗章龙说。

王尽美高兴地说："咱们去吃济南特色小吃，这里的油旋和甜沫味道一流，你肯定喜欢！"

罗章龙没有推辞，两人到小吃店，一边吃饭，一边聊天。

正聊着时，王尽美抬起头来，向窗外瞟了一眼，见刘二奎鬼鬼祟祟地走进一户人家。没多久，程英杰和史文珍走过来，目光落在那户人家上。王尽美瞬间明白了什么，知道这个时候他们不希望被人打扰，就装作没看见。

"济南水甜，油旋也很香。"罗章龙吃得津津有味，"从今往后，走到哪里，也忘不了济南这家小吃店了。"

回到办公室，罗章龙对王尽美说："现在形势发展很快，上海、广州等地的工人都行动起来了，我们也要准备行动，培养骨干力量，发展党员，动员大家成立工会。万事开头难，我们的工作肯定会遇到很多困难和阻力，但只要大家同心协力，就一定能成功。这次我过来，要在工人中发展党员，壮大革命力量，你有什么好的建议？"

王尽美沉思片刻，说道："目前，济南铁路大厂是我们开展工人运动的重点，厂里有个红房子公所，负责人叫李广义，是大厂的油漆匠，读过书，有文化，能力强，在工人中有很高的威信。李广义向往革命，非常积极，我曾经介绍他参加了北京的马克思学说研究会，他是通讯员。他的思想水平高，写了很多文章，产生了很大的影响，为我们做了大量的工作，成立夜校和俱乐部的时候，他发展了很多骨干工人。根据我的观察，他是可以信赖的人，可以把他吸收为工人党员。"

"你说的这个李广义我熟。在天津工作的时候，我去李广义的表哥家做客，看见他家的墙壁上贴着一张列宁向工人宣讲的宣传画，画中的人物栩栩如生，就问他这幅画是从哪里来的。他告诉我这幅画就是李广义送给他的。看来，李广义有很高的觉悟。他参加北京的马克思学说研究会后，我见过他。他去北京长辛店学习的时候，托人和我联系过，我帮他和石文彬接上了头。"罗章龙说，"我们发展党员一定要慎重，不过像李广义这样我们特别了解的，可以找合适的机会跟他谈话，把他吸收进来，下一步一起开展工作。"

正在这时候，门外传来响声，王尽美过去开门，原来是李广义，王尽美乐了："真是说到曹操，曹操就到。你瞧瞧，是谁来了？"

李广义一见是罗章龙，大吃一惊，激动得说不出话来："罗先生，您怎么来了？"

看着走进来的年轻工友，穿着蓝色的粗布衣服，中等个头，额头饱满，眼睛明亮，罗章龙高兴地说："广义，咱俩又见面了！"

"您不是在北京吗？怎么今天来济南了，我不是在做梦吧？"李广义上前一把抓住罗章龙的手，使劲地握着。

罗章龙也伸出手来，两双手紧紧地握在一起。

"每次我们都是匆匆见面，这次我们一定要好好谈谈！"李广义激动地说。

王尽美向李广义介绍："罗先生是中国劳动组合书记部北方分部的负责人，他这次从北京到济南是专门开展工人运动的。铁路大厂是我们下一步工作的重点，罗先生要过去了解情况，希望你配合他。"

李广义热情地说："太好了！如果您不嫌弃，就住在我家吧。等着我找王先生办完事，您就跟我走。"

罗章龙有些犹豫："住在你家里，这不方便吧？"

李广义爽快地说："这您就见外了，有什么不方便的？我媳妇在老家照顾父母，家里就我一个人，您过来住，不过是多加一床被子，多添一双筷子。我担心的是，我住在贫民窟，生活环境很恶劣。罗先生来自北京，是北大的高材生，生活条件很好，不知道能不能习惯。"

"广义，千万不要这么说，我和大家一样，出生在农民家庭，知道百姓的疾苦。如果你不嫌弃我打扰你的生活，我晚上就跟你过去住。"罗章龙说着，从箱子里拿出一摞书，"这是我专程从北京带来的材料，还有书籍，给尽美留下几本，剩下的都送给你。发动群众，需要这些精神食粮。"

李广义向王尽美汇报了最近的工作情况，大家准备下一步的工作。三个人忙了一下午，看看天色已晚，王尽美拿出一沓刊物说："广义，这是新出的杂志，还有我刚印好的资料，你回厂的时候带给工友们看。"

"多谢王先生，这些资料太宝贵了。罗先生，咱们走。"李广义邀请罗章龙。

"等一下。"罗章龙说完，拿着箱子走进另外一间屋子。当他从屋里走出来时，两人吃了一惊，只见罗章龙换了一身粗布衣服，脚蹬一双布鞋，如果不仔细看，根本看不出他和刚才是一个人。

"我穿着这身粗布衣裳去你那里住，别人肯定看不出什么，工友们也会把我当成自己人。"罗章龙说，王尽美连连点头，心里佩服罗章龙丰富的工作经验，他决定以后再去红房子就脱下长衫，换上老百姓常穿的粗布衣裳

李广义领着罗章龙，来到自己那间用煤渣坯子盖的小房子里，拿出一床被子铺到床上，对他说："你就睡在这里。条件很艰苦，如果不嫌弃，这就是你的家。"

罗章龙看了看，屋里只有一张床，便问："我睡在这里，你睡哪里呢？"

"我的床在这里呢。"李广义指指旁边几块木板，"只要把木板往凳子上一铺，就成床了。我的朋友很多，经常在我家里留宿。我都是这么睡的，习惯了。"

"天下工友一家亲。"罗章龙笑起来,"人生就是一粒种子,走到哪里就在哪里扎根。"

"罗先生出口成章,佩服,佩服。"李广义说完,烧了一壶滚烫的开水,泡了一壶热茶,买了酒和肉,做了几个好菜,还买来花生米和瓜子。看到李广义这么盛情招待自己,罗章龙很感动,从旅行箱里拿出一盒茶叶、一瓶酒、一盒果脯,送给李广义。两人边吃边谈工作,非常投缘。

李广义告诉罗章龙:"取消俱乐部和夜校后,工友们强烈要求结社。大家如同干柴,只要有一点火星,立刻就会燃烧起熊熊烈火。"

罗章龙点点头:"俱乐部的积极分子都是火种,我们要多和他们交朋友,启发他们的斗争精神,要发展更多的火种,点燃工人运动的烈火!下一步,为了实现八小时工作制,为了提高工人的工钱,改善工人的生活,我们就来点上这把火,让这把大火燃烧得更加猛烈!"

在罗章龙的建议下,李广义根据厂里的情况,连夜写了一份《告工友书》,告诉工友们,虽然俱乐部和夜校被查封了,但不要丧失信心,要团结起来,坚决同监工和把头作斗争,为了实现八小时工作制,为了提高工钱,改善生活,争取更多的权利。

罗章龙看后,连连点头称赞,又帮他修改了一下,加上几句话:"幸福是由生命和热血换来的。工友们,只有我们团结起来,向军阀和监工开展斗争,誓死力争,才会有自由和幸福!"

李广义看后，连连说好："改得好！工人们读了以后，肯定会受到鼓舞！我马上找王先生印刷传单，连夜去张贴散发。"

罗章龙袖子一挽："好！我们一起干！"

果然，第二天早上，工人们上班的时候，看见贴在树上、压在马路上的传单，非常激动。程英杰拿起《告工友书》的传单，递给宋明泉和黄守信，他们几个看完后，迅速往四周看了一眼，立刻把传单塞进口袋。几个人进了工厂的大门，看见厂里也有不少传单用砖头和石子压在地上。他们走进车间，听见工友们低声议论着什么，几个人使了个眼色，会心一笑，大家肯定都在谈传单的事。

"太好了，是不是俱乐部和夜校要恢复了，咱们又能在一起聚会了？看来近期会有大行动。"程英杰压低声音对黄守信说，"肯定是李广义干的，只有他才有胆量、有办法干出这样的事。广义去过北京，和北京那边联系密切，他知道很多最新的消息，咱们要多向他请教。"

"一定是他，下班后我们找他去，一定会找到出路，他会告诉咱们怎么办。"黄守信点点头。昨天晚上，他半夜起来，从窗户看见李广义和另外一个身影走过，当时就感觉肯定会有事情要发生。

第二天，李广义刚走进家门，就听见有人敲门，立刻过去开门。只见程英杰、薛文英、宋明泉、黄守信等几个工友站在门外，李广义把大家邀请进屋。罗章龙笑着站起来迎接客人。

薛文英说:"广义哥,家里来客人了?快给我们介绍一下。"

李广义说:"各位工友,这位是刚从北京过来的罗章龙先生,罗先生是北大的高材生,他下一步要过来帮助咱们开展工人运动。"

"哇,北大高材生!果然了不起。罗章龙……好熟悉的名字……"程英杰激动地说,"我读过您很多文章,您介绍的北京长辛店的工人俱乐部把工人们组织起来,和欺负工人的监工和领班斗争的事,给了我们很多启发。真没有想到,您竟然能来到我们中间。"

"对,罗先生也是尽美先生的朋友,他现在住在我家。有罗先生在,咱们大可放心,肯定会有组织为工人们争取权利的!这次,罗先生专门从北京过来帮助咱们筹备工会。"李广义说,"这是程英杰,今天来的这些工友,都是大厂俱乐部的积极分子,也是我们可以信赖的人。"

"李广义经常提起大家,知道你们是大厂的骨干。"罗章龙说,几双手握在一起。

宋明泉说:"终于要成立工会了,我们要有自己的组织了!盼着这一天早点来。很多工友把早上的传单拿到别的厂里,他们感觉咱们会有新行动,大家又有盼头了。我们的觉悟还需要提高,您是给我们指路的明白人。有罗先生领路,我们能学到更多的知识。欢迎您,罗先生。有什么指示,我们一定会执行!"

罗章龙问:"听说工人俱乐部和夜校关闭了,厂里的情况怎样？"

程英杰说："自从工人俱乐部和夜校关闭后，厂里又成了一盘散沙。厂里拉帮结派的现象越来越严重了。监工和把头按照地区分成不同的帮派，他们为了扩充个人的势力，随意介绍老乡进厂。工人也被分成了不同的帮派，架车场的监工常云亮是胶东人，他主要从胶东招人进厂。只要是胶东老乡推荐的人，进厂考试合格的，他毫不犹豫地全部接受，所以架车厂的工人大多数都是胶东人，架车厂成了名副其实的胶东帮。电灯房的监工刘二奎和把头马三刀是济南本地人，从济南招了很多人，有很多人是他们的亲戚朋友。还有一些他们不认识的人，但一听是济南当地的口音，就毫不犹豫地招进厂里。所以电灯房里，无论是大事小事，都是济南本地人说了算，成了济南人的地盘。"

"这些监工、把头们各自管着一帮自己的人，经常挑拨本帮工人和另一帮工人之间的关系，利用工人之间的矛盾渔利。"李广义说，"出现了小团体，肯定会削弱我们的力量，无法和资本家作斗争。要是建立了工会，必须坚决禁止出现这种情况，大家都是一家人，都是工会的人。遇到什么事，工人们一起商量，然后统一行动。"

"大家分析得很好，看问题非常深刻！铁路大厂真是人才济济。"罗章龙听后连连点头，"只有劳苦大众团结一心，才能推翻欺压我们的把头，不再做奴隶。我们要把一个产业的劳动者不分地域、不分男女老幼组织成一个产业组合，只有这样的团体才是有力的团体，才能改善自己的处境……"

工友们走后，夜已经很深了，李广义请罗章龙早点休息，但罗章龙却丝毫没有睡意，用刚烧好的热水沏了一壶茶，给自己和李广义倒上两杯，和他促膝谈心。

罗章龙缓缓开口："广义，有些话，我想了很久，今天就对你说了吧。我早就知道你是个向往革命，有觉悟，一心为大家寻找出路的人。这次我来济南，咱们有了更多的接触，虽然时间不长，但我发现，你是厂里的核心人物，身边团结了大量的工人，是他们的引路人。你有知识有能力，有干劲有热情，有担当有胆量，敢于为工人办事，不怕得罪工头。你胆大心细，敢于斗争，善于斗争，是工人中的优秀分子，得到了大家的一致认可。经过我们的考察，你完全符合一名共产党员的条件。我打算发展你加入中国共产党。你愿意加入中国共产党，和我们一起并肩作战吗？"

听了罗章龙的话，李广义愣住了，眼圈发红，嘴唇哆嗦起来，紧紧地拉着罗章龙的手，激动地说："我愿意，我愿意！终于等到了这一天，我的工作能得到大家的认可，是我最大的幸福。从今以后，我会把所有的时间和精力都投入到伟大的事业中去！"

罗章龙说："李广义同志，一个有希望的民族不能没有英雄，一个有前途的国家不能没有先锋。总是有人要肩负起历史的使命。现在社会经历着一场变革，我们能为国家做点事情，是光荣的……

李广义同志，工人受压迫最深，起来革命，这是大事。共产党领导工人闹罢工、争自由、谋福利，是为了推翻套在他们身上的枷锁，让工人过好日子。为了劳苦大众不再受苦受难，我们要豁出命去推翻这个不合理的社会。共产党员会遇到很多困难，要经历最严格的考验。你能做到吗？"

"我能做到！"李广义目光坚毅，态度坚决，"我已经准备好了迎接所有困难的准备，刀山敢上，火海敢闯。我看了很多进步书，能加入共产党是非常光荣的事！"

罗章龙赞许地点点头，继续循循善诱："广义同志，现在，党加强了对工人运动的领导，全国工人斗争的形势越来越好，有更多的同志加入我们的行列，我们准备发展更多的党员，相信很快就会迎来工人运动的新高潮。总有一天，我们会建立一个民主自由的新中国，那个时候，人人自由平等。我们今天所做的一切，都是为了那一天早日到来！作为共产党员，要有为人类的解放而奋斗终生的坚定信念，不怕困难，不怕杀头……你能把自己的一切，包括生命交给党吗？你能为共产主义英勇奋斗，不惜牺牲一切吗？"

李广义毫不犹豫地回答："我愿意把自己的一切交给党，随时准备牺牲个人的生命！"

"好！"罗章龙对他说，"李广义同志，从今天开始，你就是光荣的中国共产党党员了，希望你以更高的标准要求自己，努力工作。让我们并肩战斗，为共产主义奋斗终生！"

"现在我是党的人了，坚决不会给组织丢脸，请组织放心！"李广义说。

在罗章龙的介绍下，李广义成了铁路大厂的第一个党员。这天晚上，他激动得翻来覆去睡不着，干脆从床上下来，在简陋的小屋里走来走去。

罗章龙笑了，对李广义说："我理解你的心情，我也很激动。俄国的工人阶级是在共产党领导下取得胜利的，俄国革命胜利前，资本家随便扣工人的工钱，动不动就开除他们。工人没钱治病，没人管，过着暗无天日的生活，看不到光明。列宁领导的十月革命取得了胜利，创立了崭新的国家。我们也要建立共产党领导的崭新国家……"

第二天，李广义领着罗章龙，一起到红房子参加聚会，把他介绍给工友们认识，罗章龙很快同工人们打成一片。

在王尽美和罗章龙的亲自组织下，李广义和薛文英等人迅速联络了几百名工人，做了大量的筹备工作，组建工会的工作顺利地进行着。

程英杰兴奋地把工会即将成立的消息告诉史文珍，邀请史文珍到会场报道工会成立的消息，扩大工会的影响力。这时候，史文珍经过个人的努力，已经在报社有了一席之地。她的文笔流畅，视角独特，经常能采访到社会热点和有价值的新闻，文章常被刊登在重要位置，深得社长和总编的赏识，成了报社有名的笔杆子。

史文珍高兴地接受了邀请："放心，我会再邀请其他报纸的记者，一起过来采访，你把节目安排得丰富一点，我尽量争取把稿件放在显眼的位置。还有什么需要我帮忙的事，尽管说。"

程英杰说："如果你有时间，过来帮我们安排一下会场吧。我们大厂准备了踩高跷、武术之类的节目。你也过来演个节目？上次你们排练的歌曲有些伤感，这次唱个喜庆热烈的歌曲，怎么样？"

"让我想想。"史文珍说。

程英杰笑着说："能者多劳，成立大会千头万绪，我们都是外行，难免会有差错。如果你能过来帮忙，会议会更加圆满。"

史文珍说："你放心，我会全力以赴的。"

1922年6月18日是个值得纪念的日子。这天午饭后，铁路大厂的工人们早早来到会场。平时因为工作繁忙，大家穿戴随意简单，今天都穿上了新衣服。他们扶老携幼，成群结队地来到会场；鼓乐队的工友们穿着演出服，敲锣打鼓，放鞭炮，给大会的成立增添了节日的气氛。会场上欢声笑语，一片喜庆。

下午两点，主持人宣布济南大槐树机厂工会正式成立，全场鞭炮震天响，锣鼓敲起来，人们热烈地鼓掌祝贺。

王尽美不仅派代表出席大会，还发表了热情洋溢的贺词，在工友们当中引起了强烈的反响。

曹大干对张有德说："以前监工们总是拿我开刀，把我当出气筒,现在我们有了组织,谁敢再欺负我,我就找组织,终于盼到了出头这一天!"

"是啊,有了组织,我们的腰杆子就会硬起来,没有人再敢欺负我们了!"张有德说。

大会开了三个多小时,选出了临时执行委员,大家一致推举李广义为委员长,程英杰、宋明泉和黄守信等七人为委员。大会制订了工会章程,阐述了工会成立的宗旨:"以提高工人之教育,增进各工人之知识,发扬工人之道德与人格,而使各人有爱友之心,互相扶助之力;将来于社会上谋一立足之地位,于各人存有爱国之观念,保全工人之利益与幸福,使吾国之工人将来与西欧各国之工人,并驰于一轨为入手。"

铁路大厂工会是济南市乃至山东省的第一个工会,影响极大,济南鲁丰纱厂、新城兵工厂等工厂的几十名骨干到会祝贺。宋明泉的哥哥宋明山作为代表也来了,坐在张巩和的身边,两人相谈甚欢。宋明山刚和韩玉枝成家,两个人感情很好,非常幸福。

会后,工友们准备了一台精彩的文艺演出。第一个节目是史文珍的朗诵。她穿着旗袍,略施粉黛,走上舞台,立刻成为全场的焦点。她对着台下的观众鞠了一躬,然后激情澎湃地为大家朗读了王尽美起草的贺词——

好了,好了,

劳动界一线的曙光，放到我山东来了。
你是握着南北交通的枢机，
你是传播文明的利器。
你要为山东劳动界多少同胞，
首先把这个担儿挑起。
但愿你下上决心，养足实力，
……

紧接着，鼓乐队的工友们开始敲锣打鼓，在震天响的锣鼓声中，宋明泉、程英杰带着大厂的高跷队，给大家表演了精彩的节目。

演出完毕，在李广义和程英杰等人的组织下，全厂的工人和家属举着"劳工神圣""庆祝大槐树机厂工会成立"等各色彩旗，在济南市最繁华的街道游行。沿街电影院、西餐馆、小吃店、服装店、百货店、茶馆酒楼的老板们带着伙计走出店铺，为游行队伍呐喊助威。路的两旁挤满了观看的市民，他们鼓着掌，高兴地谈论着。史文珍和韩玉枝带着学生走在游行队伍旁边，向观众们散发传单。史文珍不停地按下快门，记录下这珍贵的时刻，她要照出最精彩的照片，刊登在报纸上，让更多的人支持工友们的活动。

第七章　争权益不惧威压　要平等集体罢工

1922年7月，中共"二大"在上海召开，出席会议的代表共12名，代表全国195名党员。王尽美是代表之一。他以两个身份出席：一是中共济南地方组织代表，二是参加远东各国共产党及民族革命团体第一次代表大会代表。"二大"以后，他被留在中共中央机关，分工专做职工运动工作，成为中国劳动组合书记部书记处的负责人之一，参与制订了《中国劳动法大纲》。

这天，罗章龙告诉王尽美："中国劳动组合书记部打算派一名工作能力强的同志，以京奉路特派员的身份，秘密前往山海关，组织开展工人运动。这是一个极为艰巨、充满挑战的任务。山海关的情况非常特殊，是京奉铁路的咽喉，拥有全国最大的铁路桥梁生产工厂，有几千名产业工人，是战略要地。山海关的形势很复杂，军阀防范严密，工人之间帮派林立，外人很难插进去。所以派过去工作的同志需要隐姓埋名，以刚进厂学徒工的身份开展工作。组织上考虑了很长时间，一直没有找到合适的人选……"

听到这里，王尽美毫不犹豫地说："我可以去，我在大厂和其他几个地方开展工人运动，有一定的经验。"

罗章龙说："去那里工作，不仅挑战体力，还挑战心力。你是知识分子，如果去了山海关，就要以冶炼学徒工的身份去工作，每天跟在师傅的身后，一边学习技术，一边干各种重体力的杂活。你的身体能扛得住吗？另外，你是山东人，去了人生地不熟。目前我们在山海关的同志只有杨宝昆，他原来是长辛店工人俱乐部的委员，是我党派到山海关的党员。你再考虑一下，如果你想去，可以先谈一下工作计划，我先听听，如果计划可行，忙完眼前的工作，过一段时间会有领导找你谈话。这段时间，你可以了解一下当地的情况，做好各种准备工作。"

王尽美坚定地说："作为党员，我不会被困难吓倒。敌人越是强大，我们越是要勇敢地面对。我去了山海关后，一定会和大家交朋友，尽快建立俱乐部和工人夜校，发展工人骨干入党，用最短的时间成立山海关工会。我白天上班，晚上去工友俱乐部和夜校，我要告诉工友们，天下工人都是兄弟姐妹，是一家人，不要有狭隘的帮派成见，要团结起来争取自己的权利，掌握个人的命运。我还要组织工人参与罢工，向厂方提出增加休息时间、加薪、发奖金、完善福利和假期等要求……"

1922年8月，王尽美来到山海关。此时的山海关，扼京奉铁路咽喉，是铁路工人比较集中的地区，具备开展工人运动的有利条件。他以冶铁学徒的身份为掩护，把山海关铁工厂作为重要活动阵地，发动全地区铁路工人起来斗争。他与此前党组织派来的党员杨宝昆等人一起，建立工人俱乐部、开办工人夜校，宣讲革命道理、传播马列主义。工人俱乐部的成立，使京奉铁路工人有了自己的群众组织，也为中国共产党领导和开展工人运动创造了有利的条件。这个厂的配机房监工头赵壁为非为歹，欺压工人。杨宝昆、佟惠亭等15名工人，联合控告赵壁，遭到报复，佟被开除。在王尽美的主持下，工人俱乐部决定发动罢工。

这天，罗章龙来到红房子，秘密召集几个工会的骨干委员开会，到会的有李广义、张巩和、程英杰、薛文英、宋明泉等。他告诉大家，王尽美正在山海关组织罢工，各地都在准备响应他们的罢工。

李广义恍然大悟："难怪最近没见到尽美先生过来，原来他去山海关去了。"

工会委员们听这个消息，感到十分振奋。程英杰说："尽美先生是我们学习的榜样！每次见到尽美先生，都感觉他像一团火，感染着周围的每一个人。每次和他谈话，我都有很大的收获。他去山海关这么短的时间，竟然能组织起一千多人的大罢工，说明他有高超的组织能力。我想，他肯定遇到了很多难以想象的困难！"

"是啊，尽美这次去组织工人运动，遇到了他人生中最大的挑战。他是个文弱的书生，却用工人学徒的身份做掩护，干的都是苦力活。他非常关心工友们的生活，为了更好地开展工作，经常跑当铺，把个人用品当掉，换点钱帮助工友解决生活上的困难。他心里装着工友们，所以大家把他当作自己人，非常支持他的工作。现在他组织的工人罢工，处在最关键的时刻，需要大家声援。"罗章龙向大家介绍情况，"京汉铁路工会等各地组织很快去信、送钱表示支持，唐山南厂派去了工人代表。目前，当局对工人的要求不予理睬，大家十分气愤，要求工会快拿主意。尽美和杨宝昆等骨干经过反复研究，决定召开露天大会，提出'劳工神圣'的口号，宣布罢工。"

"天下工友是一家，我们一定要声援他们！"李广义说，"上次去北京长辛店，跟着石文彬学到了很多实用的办法，对我个人的成长、对咱们铁路大厂都有很大的帮助。尽美先生在山海关组织罢工，赤手空拳和工头、厂长、军警等人斗智斗勇，一定遇到了很多困难。工友们如果罢工，就没了收入，急需经济上的帮助。咱们尽快发动一下工友，为他们的罢工募捐。我把大家捐的钱送过去，多待两天，支援他们，也能多学点经验。我认为，个人工作能力的提高不是天生的，而是在不断斗争中学到的。环境越是困难，我们的进步就会越快。"大家连连点头称是。

会后，大家分头行动，很快就筹集到一笔钱，程英杰觉得李广义一个人带着钱不安全，也护送他一起去山海关。

到山海关后，李广义和程英杰不顾旅途劳累，直奔会场。路上，李广义看见一个熟悉的背影，这不是杨玉吗？他激动地走上前拍了一下杨玉的肩膀。

看到李广义，杨玉激动地说："我们又见面了，欢迎，欢迎你们前来增援。这次咱们一起战斗！马上就要开会了，我领着你们去会场。"

几个人快速走向会场，只见会场上彩旗迎风飘扬，人山人海。杨玉领着李广义和程英杰来到主席台下。

一会儿，王尽美从人群中走到台阶上，慷慨激昂地发表讲话："……我们工人是创造世界的，为什么被人家贱视？要知一切幸福，非由生命热血换不来的……我们至此已绝望了，不罢工也要冻死、饿死、被压迫死，与其受辱死，不若奋斗死。现在厂方装聋作哑，和我们打太极拳，把我们的要求当成儿戏，迟迟不做回答，我们一定要团结起来，拼死一搏，迫使当局答应我们所有的条件！"

台下的工人们排山倒海的掌声、口号声此起彼伏。李广义、程英杰和所有的工友一样，被王尽美的演讲感动了，他们热血沸腾，拼命地鼓掌。工人们的呐喊声惊天动地："劳工神圣！""罢工！""罢工！"

王尽美作了一下手势，待会场安静下来后，告诉大家："我们的行动，在全国造成了很大的影响，各地的工友纷纷声援我们，开滦煤矿的三万工人，为我们捐了一天工钱！"

工人们听后，深受鼓舞，更加坚定了罢工胜利的信心。

1922年10月4日7时30分，大罢工开始了。山海关铁路工厂上工的汽笛拉了很久，但没有一个人上班，1100多名工人，高呼"打倒日本帝国主义""劳工神圣"等口号，开始声势浩大的示威游行，散发着传单。10月6日，王尽美起草罢工宣言，痛斥铁路局玩弄手段欺骗工人，宣告坚持罢工到底。10月9日，工人卧轨截车，导致京奉铁路中断4个小时，迫使京奉铁路局于10月12日答复了工人所提条件。10月12日是有纪念意义的一天，也是载入史册的一天。

历时9天的山海关京奉铁路工人大罢工，在王尽美的领导下，取得了完全的胜利，争取到了工人俱乐部的正式地位，成为京奉铁路上第一面胜利的旗帜，在铁路工人运动史上写下浓墨重彩的光辉一页。这场辉煌胜利，为各地工人运动的开展，起到了很大的鼓舞作用，秦皇岛、唐山两地的工人运动此起彼伏：山海关铁路工人罢工胜利宣告上工的当天，京奉铁路唐山制造厂就宣告罢工。10月23日，唐山制造厂罢工胜利后的第三天，秦皇岛港和唐山开滦五矿（唐山、赵各庄、林西、马家沟、唐家庄）工人的总同盟罢工又开始了。全国各地工人运动风起云涌，铁路工人的罢工斗争占了重要的地位。

反动当局对王尽美恨之入骨。1923年2月，王尽美被逮捕，后经工人营救获释，离开山海关。

李广义见证了山海关工人大罢工，在斗争中增长了见识，快

163

速地成长起来，成为一名坚定的共产党员。在他的领导下，铁路大厂的工人团结起来，开展了以反对压迫、改善生活为主要目标的斗争。

铁路大厂工会成立后，工友们聚会的时间多了起来，为了不引起当局的注意，保护工友参加活动，厂工会成立后，就参加了津浦铁路成立的"参考机件联合会"。这是以学习、提高工人技术为名的组织，大家推选黄守信为会长，各厂分别成立了工会小组，推选了自己的组长。

罗章龙回到北京后，李广义开始独立工作。不久之后，李广义召开工会委员的座谈会，他推心置腹地说："尽美先生全心全意为工人着想，在工人中树立了很高的威信，是我们每个人的榜样。我们都要向他学习，冲锋在前，把工人们的利益放在第一位。我们今后的工作重点是关心工友们的思想和生活，为工友们争取更多的权利，提高大家的地位。"

李广义的话得到与会者的赞同。薛文英说："李大哥言之有理，我们一定要为工友着想，经常找工友谈心，交流思想，多听大家的心声，增加工会的吸引力，让工友们一下班就跑到工会来。"

"文英的觉悟有了很大的提高。"李广义赞许道，"工友主要住在南大槐树街、中大槐树街和北大槐树街，这里是济南最大的贫民窟，工友们都拖家带口的，日子过得很不容易。以前没有组织，虽然我们很同情大家的遭遇，但却没有能力帮大家。现在有了组织，我们再也不像以前那样单打独斗了。山海关工人大罢工的胜利，对我们是巨大的鼓舞，也给我们指明了方向，我们要向他们学习，为大家谋福利，争利益，为工友们解决问题。大家商量一下，工友们当前迫切需要解决的问题有哪些，我们能为大家做什么。"

"我和很多工友谈过这个问题，整理了一下大家的意见，主要是：年终发双薪；星期天休息半天，不扣工薪；每六个月加薪一次。"黄守信说，"大家看看还有哪些需要补充的。"

"我也反复和工友们沟通过，基本上就是这三条。如果大家没有别的意见，咱们就去找厂长协商，大家一起去！"宋明泉抡起拳头，立刻响应。大家一起向厂长办公大楼走去。

范良驹正在办公室审批文件，王秘书走过来，恭恭敬敬地说："厂长，几个工会委员有事找您。"

"工会委员？"范良驹的眉头皱了起来，不屑一顾地说，"工会委员？哼，就那几个人还真把自己当回事了？可笑！告诉他们我没空。"

"好，我马上去！"王秘书出去后，很快又回来，说："厂长，委员们说，他们代表全厂的工人而来，一定要见您。"

听了这话，范良驹头也不抬地说："不见！你告诉他们，今天我很忙，改天再说。"

"好！"王秘书出去了。过了一会儿，他又回来了。范良驹看着他，不耐烦地说："把他们打发走了？"

王秘书支支吾吾地说:"没有……"

"什么,这点小事你都办不好?"范良驹很不耐烦,"你平时办事不是很能吗?怎么今天一趟又一趟跑来跑去的,有完没完?"

王秘书说:"他们说,今天不见您是不会走的……"

"什么?"范良驹火冒三丈,腾地站起来,说,"谁给他们的权力……"话音刚落,门就被推开了,李广义、程英杰、宋明泉、黄守信等几个委员走了进来。

"范厂长好,我们今天有事找您。"李广义说。

看见委员们进来,范良驹态度缓和了很多。他经常读书看报,知道现在北京、上海的工人运动搞得热火朝天,厂方在很多问题上都做了让步。他也知道这几个代表是大家选出来的,在工友中有极高的威信。所以,他只能应付一下,最起码面子上能过去,便客气地说:"大家找我有什么事吗?"

"是这样的,工会征求了全厂工人的意见,大家提出了三项要求,希望厂长能体谅工人,帮助我们解决这些最基本的问题。"李广义说完,把事先拟好的文件递给范良驹。

"有问题可以走正常的渠道逐级反映。"范良驹接过文件后开始看起来。起初他的情绪很平和,但越看脸色越难看,他强忍住心中的怒火,不满地说:"这就是你们提的要求?告诉你们,这都是无理要求,我无法解决!"

"这不是无理要求,这是我们的权利。"程英杰据理力争,

"劳工的权利应该得到保护。厂方必须满足我们合理的要求！"

"你们……"范良驹没想到工人们说话这样坚决，脸色一沉，使劲地拍着桌子，桌子上的茶缸盖被震到地上，"咣当"一下碎了。他扯着嗓子喊："反了，反了，你们都反了！还想干吗？不干就滚蛋，滚得远远的。你们现在很危险，再这样闹下去，扣钱、开除都是小事，进监狱、判刑、杀头也有可能。到时候别怪我没有告诉你们。王秘书，送客！"

王秘书立刻带着厂里的警察进来，李广义和程英杰几个代表挺起胸来，正色告诉他们："不劳你们动手，我们会自己走！"

几个代表气昂昂地走了出来。

"这是工会领导全厂工人进行的第一次斗争，无论遇到什么困难都不能退却，必须取得胜利，给大家信心。"李广义说。

"我们绝不能退却！"宋明泉坚定地说。

黄守信问："我们该咋办？"

"咱们回到车间后，先召集代表，把和厂长谈判的情况告诉大家！让工人们做好长期斗争的准备！"程英杰说。

李广义召集工友们开会，把刚才发生的事说了一遍，工友们听了非常生气。

"他这是什么态度？还有这么不讲理的人？我们不干了！罢工，罢工！"一个工友说完，就把手里的锤子扔在地上。张有德气得双手砸到墙上，工友们纷纷把手里的工具扔到地上。

"我们要干,而且还要好好地大干一场。"薛文英说,"我们硬抗肯定会吃亏,干脆消极怠工,让他们说不出话来。"

"文英的话有道理!我同意,消极怠工。"李广义说,"立刻通知大家召开紧急会议,我们一起动员全厂的工友们,用消极怠工的方式进行抗争!"

大家立刻分头行动,各车间的人很快聚拢起来。

李广义慷慨激昂地说:"我有幸见证了山海关工人大罢工的胜利,他们用鲜血赢得了做人的权利。厂方答应了他们全部的要求!我们也要用斗争的手段争取自己的权利!刚才,我们几个委员去见厂长,结果被他撵回来了。残酷的事实告诉我们,厂方是不会考虑我们的利益的,我们要靠自己去争取。八小时工作制、涨工钱、带薪休假、建职工澡堂,这些权利,哪一个不是工人用自己的拳头和鲜血争取来的?这一次,我们无论付出多大的代价,一定要争取到自己的权利。刚才厂长威胁我们,说是要开除我们,把我们关进监狱。我想好了,我李广义可以不要自己的饭碗,我会为了大家战斗到流尽最后一滴血!"

他的话赢得了大家热烈的掌声,张巩和带头说:"广义,我们支持你!"

曹大干撸起袖子:"广义,我们支持你,我们支持你!"

程英杰和薛文英等几个代表也纷纷发言,表示和李广义一样,哪怕自己被开除,被抓进大牢,也要为全厂的工人争取利益。程英杰号召大家:"我们消极怠工,打开机器不干活,让机器空转!"

"对,让机器空转!"工人们热烈响应,四下散开。

李广义和程英杰走到花车厂,他们拿出油漆,但没有配油漆,也没有刷漆,而是干坐着。张巩和同几个工友走过来,竖起大拇指:"广义、英杰,全厂都被你们感动了,你们都是好样的!"

"广义、英杰,你们小心点。他们心狠手辣,没有干不出来的事,很多工友稍一反抗就被开除,或者莫名其妙地失踪了。"曹大干说。

"最近几天,我看见有不少陌生人在我家门口游荡,看来他们准备下手了。不过,我已经做好了最坏的打算,一定要为大家争取到权利!"李广义说。

"他们敢!要是他们敢动你们一根毫毛,我们就和他们拼命!"薛文英攥紧拳头,气愤地说。

张有德有些担心:"他们可是什么事都做得出来的。"

"广义、英杰,最近几天你们哪里也别去,就住在我家。我组织几个会武功的工友,成立个工人纠察队,随时保护你们的安全,没人敢动手。"张巩和说。听到这话,李广义和程英杰心里热乎乎的。

工头们远远地看着李广义等人消极怠工,却不敢走上前去制止。他们嗅觉灵敏,闻到空气中的气味不对,干脆躲得远远的,不再自找苦吃。尤其是刘二奎,已经吃了很多次亏,不想再硬碰硬了。

很快，怠工就在全厂蔓延开来，翻砂的工人们不再翻砂了，机车房的工人们也不再拆机车了，抡大锤的工友更是乐得清闲自在。大家三五成群地聚在一起，控诉对厂方的不满。工人们被李广义和程英杰等人奋不顾身的精神所感动，不再拉帮结派，也不再观望动摇，空前地团结起来。大家对工会有信心，相信工会能领导大家取得胜利。

正当工人和厂方僵持的时候，张巩和透露一个消息："交通部早有令文，规定工人每年应该增加工薪五分钱，但津浦铁路局却没有执行。局里还规定，员司出差有三元钱的伙食费补贴，但工人出差却连差旅费都不给。"

听到这个消息，早就憋着一肚子火的工人们被激怒了，李广义、薛文英等人立刻召集工会委员讨论，大家一致决定，把原先提出的三项要求扩充到十二项要求：

一、年终工人分花红（也叫双薪，是路局对无人认领的旅客行李变卖后得到的钱）。

二、不许员司私自介绍人入厂。

三、工人出差必须按规定发给差旅费。

四、工人死亡，子弟继承入厂。

五、不给员司送礼。

六、半年增薪一角。

七、成立工人夜校。

八、设立工人澡堂。

九、长工工薪由七元五角涨到九元，徒工工薪由六元涨到七元五角。

十、给员工发工作服。

十一、工人病伤给医疗费，不扣工钱。

十二、工人婚丧给假，不扣工钱。

"我们再次向厂长就这十二项要求进行交涉，一定要求他们给我们答复。现在就走！"李广义说完，程英杰、薛文英、宋明泉、黄守信等人一声招呼，工人们呼啦一下，聚拢一大群人，浩浩荡荡直奔厂长办公楼。

此时，厂长办公室的气氛紧张，范良驹正在和几个人紧急商量对策。监工、把头们不断地把各个车间的情况向上报告。范良驹眉头紧锁，秃脑门上沁出汗珠，显示出内心的焦虑。

"这次工会的活动，不再是以前那种小打小闹了，而是大有来头。他们应该是团队行动，带头人都是工人中威信极高的技术骨干，有严密的组织性、计划性，办事很有条理。"罗四说。

范良驹坐在办公桌前，手指不停地敲着桌面："工人闹事并不是我们一个厂的事，很多地方都面临着同样的问题。现在厂里的形势一天天严峻起来，我们应该怎么办？是派警察镇压，还是答应部分条件以安抚为主？"

"厂里这几个带头的委员，每次闹事都少不了他们，必须找机会好好收拾一下，把这次闹事镇压下去。"牛大发说，"我们最近在严密监视他们，只要他们一有风吹草动，就会采取严厉的措施。"

"你们有什么想法？"范良驹抬起头，环顾周围的人。

几个监工你看看我，我看看你，鸦雀无声。罗四的喉咙动了动，犹豫再三，最终一句话也没有说。范良驹见状直接点他的名："罗总监，你是这个厂的元老，你看怎么办？"

"现在全国的工人都在闹工潮，很多地方还闹成功了。在这个大环境下，不能激化矛盾，尽量安抚下去。目前看，他们的行为没有过界的地方，我看，答应部分条件也未尝不可。不过，就怕他们尝到甜头后得寸进尺，以后有什么不满再闹事。所以，等着这件事过去，到了秋后再找个理由算总账。"罗四说出自己的建议。

这时候，王秘书走进来，对范良驹说："上次那几个工人代表又来了，说是要见您。"范良驹不耐烦地说："让他们在小会议室等一会，我开完会就过去。"

看着王秘书走出去，罗四说："我有个不成熟的想法，对他们可以软硬兼施，先礼后兵，给他们一定的好处，拉拢他们帮我们干活。如果不答应，再采取强硬的措施。"

听了他的话，范良驹说："嗯，但是要防止工人得寸进尺。今天会先开到这里，大家继续严密监视工人们的动向，有问题及时汇报。"

范良驹坐在办公室里，看见李广义、薛文英等人走进来，心里十分恼火。他管了多年工厂，第一次遇到这么难对付的工人。

李广义把工人们提出的十二条要求递上去。范良驹看完后，强压住心中的怒火，拉长着脸说："这是根本不可能的，只要我当一天厂长，你们就休想得逞！"

"如果厂方不答应，我们就会采取进一步的行动，厂方要承担所有的后果。"李广义语气平静。

范良驹软中带硬："李广义、薛文英，你们都是聪明人，技术过硬，能力强，我对你们非常重视，可你们最近的表现，让我非常失望。希望你们悬崖勒马。在适当的时机，我会提拔重用你们，厂里需要这样有能力、有担当的人进行管理。还会给你们增加工钱，工钱的数目不会让你们失望。我说的话，不会食言。但如果你们执迷不悟继续一意孤行，到时候不仅仅是被开除，还会进监狱，那时候谁也帮不了你们。"

李广义微微一笑，欠了欠身子："多谢好意，也多谢厂长的栽培。自从我加入工会那天起，就早已把生死置之度外，更不会只顾自己而不顾全厂工友们的利益。现在全国的工人都在争取自己的权利，希望厂长能顺应时代的潮流，多考虑工人的利益，答应我们的要求。"

范良驹威胁道："厂里有考虑，你们做好自己的事就行。我劝你们不要一条道走到黑，否则后果自负。"

"我们是不会屈服的。"李广义语气坚定。说罢，他朝薛文英等人一偏头，几个人昂首离开。

谈判再一次破裂。

这时，王尽美回到了济南。李广义汇报了厂里的斗争情况，向他请教下一步的对策。

"你们已经把工人发动起来了，让大家知道了自己的权利只能自己争取。"王尽美对他们的工作非常满意，给他们支招，"下一步要继续坚持斗争，带领工友们采取更激烈的行动，组织全厂的工人罢工，给厂方施加压力。另外，还要组织赴天津请愿团，到津浦铁路局局机关请愿，要求局里答复工人们的合理要求。"

在王尽美的帮助下，李广义和程英杰等人组织了请愿团，奔赴天津，到津浦铁路局，要求见局长。

警卫拦住说："局长很忙，没有时间接待。"

程英杰说："今天他忙，没关系，我们明天再来。"

第二天，一行人又吃了闭门羹。门卫告诉他们，局长今天更忙，还是没有时间接待他们。等到了第三天，依旧没有见到局长。

就这样，他们在铁路局大门口等了几天，局长一直闭门不见，对代表的要求不予理睬。请愿团决定先回到厂里商量对策。

铁路大厂的罢工得到了其他厂工友的响应，宋明泉的大哥宋明山动员纱厂的工人声援，鼓励大厂的工友们不达目的不罢休。铁路大厂每次开会，宋明山都参加，和大家一起分析当前的形势。在王尽美和宋明山的鼓励下，工人们坚定了罢工的信心。

李广义说："我们多次和厂方交涉，他们拒不答应要求，我们去天津请愿，也没有进展。现在两方僵持，这是罢工斗争最关键、最困难的时候，我们一定要坚持到底，绝不能妥协！大部分车间都开始罢工了，我们可以继续扩大战果，立刻组织全厂的工人进行总罢工！"

"我们要给厂方施加更大的压力，我和文珍说了，让她去联系报界的朋友，在各大媒体继续刊登罢工的消息，争取社会各界的广泛支持。你们继续在厂内举行示威游行，在厂长办公大楼喊口号，让他们不敢轻视劳工的力量。"王尽美说，"如果厂方依旧不答应，可以再次去天津请愿，我们也会发动济南其他工会举行示威游行，声援铁路大厂。"

黄守信感激地说："有了你们的支持和帮助，我们的罢工一定会取得最终的胜利！"

"咱们组织过几次游行，积累了很多的经验。这次斗争大家继续分工协作，最后的胜利一定是我们的！"宋明泉说。

很快,铁路大厂的罢工得到全国铁路工会的声援,把他们罢工的事刊登在报纸上,给工人们助威。他们的行动得到社会各界的关注和支持。

在工会委员的精心组织下,全厂的工人立刻行动起来,按照工会的要求,在厂内举行了游行示威。李广义和程英杰带着工人,到厂长办公大楼下面喊口号,要求厂长立刻答应工人们的所有要求。工人们举着双手高喊:"我们要平等,我们要过人的生活!""提高待遇!""我们是工人,不是牛马!""劳工神圣!""劳工万岁!""我们要做人,不当奴隶!""工会万岁!"

范良驹看着工人们在楼下游行、喊口号,吓得躲在办公室里不敢出来。这次,他终于看到了工人的力量,原来地下烈火的爆发是这么可怕。他像没头苍蝇一样四处乱走,坐立不安。他从天津方面得到消息,工人们派代表到天津请愿去了。他知道,要是工人们再闹下去,自己头上的乌纱帽就保不住了。这如何是好?他突然意识到,有了工会撑腰,工人们的腰杆子挺起来了,再也不像以前那样逆来顺受了,慢慢成长为一股不容忽视的新力量。他瘫坐在椅子上,只觉得疲惫不堪,过了一会儿,把王秘书喊过来:"快点,给铁路局发电报,请求援助。"

王秘书吓得大气都不敢喘一声,哆哆嗦嗦地说:"厂长,我……我刚发完电报。"

范良驹看着他那副惊弓之鸟的样子,气不打一处来,厉声呵斥道："你发完了又能怎样？就不会再发一遍！没看见现在形势不对吗？一天到晚啰里啰唆，什么事都干不好，只会添乱！"

"是，是，是，这就去发，这就去发。"王秘书慌忙应道，拔腿就要往外跑，跟了范良驹这么久，第一次看见他发这么大的火，后悔刚才多说了一句话，搞得这么狼狈。

"回来！"范良驹突然想起什么事来，告诉王秘书，"不停地发，多发几次！"

"是，是！"王秘书说完，急急地跑出去。

范良驹一屁股坐下，突然想起了什么，拿起电话拨了起来。

这天晚上，程英杰拖着疲惫的身躯，走进自己的小屋，正想做晚饭，就听见敲门声。他打开门，只见刘二奎站在外面，十分意外，知道这是黄鼠狼给鸡拜年——没安好心，于是冷着脸问："有啥事？"

刘二奎涎着脸，讪笑着："无事不登三宝殿，今天有事过来聊聊，咱们都是多年的相识，平时大家关系都不错……"边说，边挤着进了门，在凳子上坐下。

程英杰自顾自收拾，也不给他倒水，没好气地说："有啥话，你直说吧，不用绕弯子。天这么晚了，我忙一天也累了，要休息了。"

刘二奎习惯地跷起二郎腿，看了一眼程英杰，又把腿放下，开口说道："好，爽快，都说英杰兄弟非常聪明，果然名不虚传。咱们就打开天窗说亮话吧。范厂长早就听说你技术水平高，工作能力强，在工人中有很高的威信，非常赏识你，经常和我们说，想找个机会提拔你。说不定哪天，你就在我的位置之上，到时候还请多多关照。"

说到这里，他从口袋里掏出几块银元，放在桌上，笑着说："希望你不要让厂长失望，这是给你的大洋，请收下吧。"

"谢谢厚爱，不过……"程英杰不动声色，"不知道我有何德何能，让厂长看得上。说吧，你们想让我干什么？"

刘二奎一看有门，连忙说："你能干的事太多了，厂长希望你能和我们合作，劝说工人停止罢工，不再闹事。你不要忘了，咱们都是厂里的一员，要维护工厂的声誉，如果事情闹大了，会被外人看笑话。"

"不敢当，我只是普通的油漆工，和大家一样，为了争取自己的权利罢工，没有那么大的本事劝说他们，让厂长失望了。这些钱我也不能收，请拿走。"程英杰一字一句，义正词严，"维护厂里的声誉和争取工人的权利并不矛盾，工人们只有争取到自己的权利，才能更好地维护厂里的声誉。"

"人各有志，你不和厂里合作也没有关系，但只要不再带头闹事，以前所有的事，咱们都一笔勾销。"刘二奎还不死心，继续纠缠，"英杰兄弟，看你是条汉子，我完全出于一片好心，希望你悬崖勒马，千万不要敬酒不吃吃罚酒，到时候上边追究下来，后果不堪设想。"

"我没有带头闹事，是工人们看得起我，推选我当委员，我不能辜负大家的期望。"程英杰往床上一靠，懒洋洋地说，"人活一世，草木一秋，我已经和厂长谈过了，不必再枉费口舌。你走吧，我要睡了。"

"该说的我都说了，别后悔。告辞！"刘二奎说完，气呼呼地收起钱，悻悻离开。

程英杰看着刘二奎走了，立刻起来，简单吃了点饭，匆匆赶到李广义的家里。

几个工会委员已经先一步到了，正在李广义家里说着话。程英杰歉意地说："临出门时，让狗给绊了一下，所以迟了。"

李广义诧异："咋会让狗给绊了？"

程英杰便讲了刘二奎上门的事，大家乐了。

"俗话说，篱笆扎不紧，野狗钻得进。咱们得提防着点，加强内部团结，别让他们钻空子，挑拨离间。"李广义沉吟道，挂上窗帘，说："喊大家过来，就是商量一下再去天津的事。"

"这次不达目的决不罢休。"程英杰说，"大家的日子都很紧张，我们自己拿路费就行。"

他们正在讨论，突然有人敲门。李广义愣住了，以前开会的时候，很少有人敲门，他想不起来谁会这个时候过来，难道是警察过来抓人了？大家正在犹豫着开不开门，就听见门外有人喊："广义在不在？我是你爹！"

听了这话，大家才把提到嗓子眼里的心放到肚子里，赶紧站起来。李广义走过去开门，只见父母、妻子、孩子都站在门外。李广义问："你们过来怎么也不提前打个招呼？我接你们去。"

李广义的妻子王秀梅说："最近咱爹身体不太好，你也好久没回家了，本想着让你回来照顾他，咱爹说你太忙，怕耽误你工作，所以就赶过来了。"

工友们听了这话，打个招呼，都准备走。李广义的父亲李老根连忙说："家里这么多客人啊，怎么都要走？坐会儿，坐会儿，一起吃个饭再走。"

"我们都吃过了。你们好不容易见一面，多说会儿话吧，我们改天再过来。回见！"程英杰说，"要不，大家去我家里，咱们继续说。"

李广义对王秀梅说："最近厂里的工作特别忙，家里的事你多操心，我先去趟厂里，你自己做点吃的吧，我已经吃过了。"说完，就和工友们一起出去了。

深夜时，李广义才回家。王秀梅惊慌不安地说："刚才你不在家，有人过来找你……你今天回来这么晚，又去开会了？咱爹生病了，你也没时间陪他去看病。以前你不是这样的，你是不是干了啥危险的事，瞒着我们？"

李广义轻描淡写地说："你不要多想，我现在是厂里的技术骨干，带着很多徒弟。车间里很多技术问题，新来的工友们都不明白，我要手把手地教他们。有些问题讲一两遍，他们也听不懂，所以，我得多教几遍。他们的工作不合格，我还要帮着干。我干的都是本职工作，你放心吧。"

王秀梅的眼泪扑簌簌掉下来："你不会走歪门邪道，你的人品我知道。你不要瞒我了，我啥都知道，人家说你是啥会长，是厂里工人的领头人，经常带着工人和厂方斗。你敢为大家出头，我的脸上也有光。但咱父母的年龄大了，身体不好，几个孩子还小，需要你挣钱养他们。你是家里的顶梁柱，这个家全靠你。现在你总是带头和厂里对着干，你是不是感觉自己比厂长、工头们都厉害？你干的事太危险，咱们家肯定要大祸临头了。"

李广义伸出粗糙的手，替媳妇抹去眼泪："秀梅，你胡咧咧些啥呀？别自己吓自己。"

"我要告诉你，你这样做非常危险，肯定会上厂里黑名单的。万一哪天你被开除，丢了饭碗，咱们一家老小吃什么，喝什么？现在找个工作有多难？咱们庄上的邻居，你的发小栓子，在济南一家棉纺厂上班，因为闹工潮，被厂里除名，他们全家都在街头要饭，孩子发高烧没钱买药，病死了。万一哪一天……"秀梅头一扭，说不下去了，眼泪哗哗地流，伤心地哭起来。

"秀梅说得对。"李老根从里屋走出来，"你不知道哪辈子修来的福气，找到秀梅这么好的媳妇，人漂亮，脾气好，还给你生了俩孩子，咱家祖坟冒青烟了。自从进了咱家的门，她把我们当成亲生父母，你要对她好点。"

"我会的。爹。"李广义恭敬地说。

"你从小就聪明，要是把书读出来，将来肯定能成大事。可惜家里穷，我没本事供你继续读书。好在你争气，凭本事进了大厂，学到技术，还当上了师傅，虽然挣钱不多，但足够养家糊口。听厂里的人说，厂长特别喜欢你，只要你好好地干活，将来就会给你升官加薪。你为什么放着大好前途不要，非要和厂长作对？"李老根说，"刚才我看你们几个神神秘秘的，就知道有什么秘密瞒着我们，你干的是被开除、进监狱的事，还是赶紧罢手吧。"

"这话从何说起？"李广义听得一头雾水。

"你出门后，厂里的罗总监来咱家了，说只要你和厂方合作，不再领着工人闹事，就一定会提拔你，还会给你加薪。到时候，你一个月能拿到好几十块大洋！你想想，存下几年的钱，咱们就可以回家买房子、买地。我这辈子最大的梦想，就是挣钱再买几亩地。我没本事挣钱，没想到你有这么大的本事，能被厂长看上，一个月挣这么多钱，真是光宗耀祖！总监还说了，要是你不和厂方合作也可以，只要你老老实实地干活，不再带头闹事，厂里也就不会找你的麻烦。要是你不听劝阻，一条道走到黑，轻的会被开除，重的会被关进大牢，甚至要被杀头！如果你有个三长两短的，这个家咋办？我和你娘咋办？你的老婆和孩子谁养活？"李老根鼻子哼一声，嗓门粗起来，"听说厂里张贴的很多标语，都和你们工会有关系，是不是你带头让工人干的？"

李广义的娘在家里很少说话，这次也忍不住插话："我们年龄大了，希望晚年平安，我们不想整天跟着你担惊受怕地过日子，你别太固执了。"

家人的态度，丝毫没有改变李广义的斗志，他说："你们的心思我都知道，俗话说养儿应报父母恩，可是我不能光在家里守着父母，照顾妻子儿女，还要为国尽忠。我小时候，二老告诉我，老吾老以及人之老，幼吾幼以及人之幼。我谨记教诲，力所能及地帮助厂里的兄弟姐妹。我做的一切都是合法的，都是为工人谋福利。工友们信任我，推选我做领导，我怎么能不好好地为大伙儿服务？卖友求荣的事，我能干吗？和厂方合作出卖工友，告发工友，然后升官发财，一个月挣几十块大洋，回家买房子、买地，这样昧良心的事我能干吗？如果干了，你们还认我是李家的人吗？"

听他这一说，家里的人相互看了一眼，不吭声了。

李广义慢声细语地说："你们不是盼着天下穷人都过上好日子吗？只要每个人都去和黑暗势力作斗争，这一天就一定会到来。我们努力抗争，就是为了让下一代过上好日子，如果大家都不努力，只是逆来顺受，下一代还会过着暗无天日的日子。"

"什么是好日子？"秀梅抬起头问他。

"不再有剥削和压迫，不再受工头的气，能享受到八小时工作制，有假期，所有的人都挺着胸脯堂堂正正地做人，而不是忍气吞声地活着。"李广义越说越来劲，"如果每个人都只管自己，不管别人，他们就会更加欺负我们，把我们踩在脚底下。如果我们团结起来，好日子很快就会到来。"

屋里一片沉默。过了一会儿，李老根瓮声瓮气地说："我明白了，你在为工友们谋福利，而不是为个人去升官发财。不过，你要多注意安全，学会保护自己，不要丢饭碗，也不要干危险的事。"

李广义有些欣慰，赶紧说："爹您只管放心，我们只是和厂长讲道理，反对各种不平等的待遇，让大家都过上好日子。"

"我明白。我们明天就回家，你多保重。"李老根说，"别担心，我没什么大病，回家后多休息就行。要是我在这里，厂里肯定会有人三天两头找我们，影响你的工作。不给你添麻烦了，你为大伙儿好好干吧。"

"嗯！"李广义打开小橱子，从里面拿出一个小布包，递给父亲："这是我存的大洋，拿着看病吧，剩下的钱补贴家用。别担心我，我这里还有些钱。"

第二天下班后，刘二奎把李广义、程英杰、宋明泉和黄守信单独留下来，说有话要谈。他们几个不知道他葫芦里卖的什么药，决定探探虚实。几个人走进刘二奎的办公室。刘二奎满脸堆笑，殷勤地请他们坐下，然后拿出一张大红请帖，原来是范良驹要请他们去泰丰楼吃烤鸭。刘二奎说："范厂长很少请人吃饭，请工友们吃饭，这还是第一次。说明对你们的重视，希望你们不要辜负厂长的期望。"

回到红房子，李广义和工友们谈起这件事。张巩和说："请你们吃烤鸭？这明摆着是鸿门宴，千万不要上当，说不准他们有啥阴谋诡计，挑拨你们和工友之间的关系，你们可是百口难辩啊。"

黄守信的担心则相反："会不会把我们都扣下，关到大牢去？"

工友们觉得，两人说得都有理，劝李广义等人不要去蹚这趟浑水。

李广义想了想说："不入虎穴，焉得虎子？我们几个也知道这是他们的诡计，但为了工人的利益，我们明知山有虎，偏向虎山行，看看他们耍什么花招，要是他们把我们扣下，你们也要继续斗争，最终的胜利一定会属于我们！"

程英杰非常赞同他的意见。最后大家决定，去赴这场鸿门宴。张巩和吩咐工人纠察队随时待命，无论怎样小心都不为过。

几个人按时来到泰丰楼赴宴，范良驹已经先到了，一见李广义等人过来，马上满脸堆笑，热情地迎过来，一一握手，同办公室绷着脸的形象完全不一样。坐下寒暄几句后，便喝起酒来。席间，范良驹、罗四、刘二奎谈起菜品头头是道。什么做奶汤蒲菜是大明湖四月的蒲白最好、什么油爆双脆考验的是大师傅对火候的掌握，还有吊炉烤鸭、红烧干贝、清炒豆苗、拔丝山药、荷花豆腐的特色做法、吃法，等等。李广义看得出，他们是这里的常客，没有搭话，只是在听。

罗四扭头同李广义碰了下酒杯，说："我们经常过来吃饭，看得出来你们来得少。从现在开始，只要你们不再和厂里作对，范厂长肯定会给你们升职加薪。只要你们愿意，就可以随时带着家人过来吃饭。"

范良驹也举起杯，向大家示意碰杯，说："我平时工作太忙，对各位照顾不周，也很少和大家沟通，还请多多海涵。因为接触少，沟通得少，消息都是通过别的渠道传递，有人从中间传错话，引起了误会，也是难免的，以后大家经常沟通，把话都说开就好了。刘监工，你说对不对？"

看着范厂长和他说话，刘二奎想都没想，立刻连连点头说"是是是"，忽然感觉不太对劲，连忙说"不不不"，感觉还不对劲，又要改口，但也不知道该说什么好，急得如坐针毡，满头冒汗。

范良驹话题一转："好在一切都过去了，咱们现在都是一家人了，我们以后绝不为难工友。"

刘二奎十分尴尬，讪笑着说："厂长说得是。"

程英杰快言快语："这样最好。不过我想，今天厂长请客，不只是为了这件事吧，还有其他的事请直说，我们还要回去商量罢工，还有去天津请愿的事。"

"好，爽快！我们今天请你们，就是为了罢工和去天津请愿的事。"范良驹放下酒杯，"只不过，最近厂里接到政府一批维修机车订单，需要工友们加个班应个急。我知道，你们几位在工友中威信高，希望你们做做工作，把任务完成好。这可是政府的死命令，工友有什么条件尽管提出来。只要能答应的，我们肯定会考虑，绝不食言。另外，赶工期这段时间，厂里加倍发钱。等着过了这一阵，你们几个也会另有任用。你们看如何？"

李广义接过话茬："范厂长的意思是叫我们复工，对吧？目前的形势下，即使我们想复工，工友们也不会答应。我想，还是厂里先答应工友们的条件，咱们再讨论如何完成任务的事吧。"

"这个……"范良驹面露难色，"工友们的条件这么多，不是厂里就能定的。我们得请示上司，一来二往需要时间，但是维修任务却急得很，耽误不得。所以，我希望先复工，工友们的条件咱们再商量。"

李广义心里跟明镜似的，范良驹急着想复工，却又不想答应工友的条件，企图施缓兵之计。他也打起太极："要不这样，承蒙范厂长的信任，我们回去召集工友们讨论一下，听听工友们的意见，咱们再商量，如何？"

范良驹想了想，无奈地说："也行。不过，维修任务实在急，还请你们早日复工。"

席散之后，李广义等人回到红房子，同等候在这里的工友们说起这件事，征求大家的意见。

薛文英说："他们这是变相地收买我们，让大家复工，我们坚决不同意。任务的工期重要，难道我们罢工提出的条件就不重要吗？先答应了我们的条件，再去完成任务。否则免谈！"

最后，大家一致决定：决不妥协，继续斗争。

李广义说："根据这么多年和厂方斗争的经验，他们见软的不行，肯定会来硬的。上次我们只是小反抗，就被警察抓起来，遭到殴打，被关押数日。这次，我们闹出这么大的动静，他们绝对不会善罢甘休，肯定下毒手。大家最近一定要注意安全！"

"请广义和各位放心，厂里的工人纠察队最近配备了各种工具，随时保护大家的安全，纠察队员们又有施展拳脚的机会了。"张巩和说，"人多力量大，只要他们一出现，我们就贴身跟着，绝不会让他们得逞。"

第二天中午，李广义把王尽美和宋明山请到红房子，汇报了同厂方交涉的情况。王尽美说："在和厂方的僵持中，我们渐渐地占了上风。现在厂方虽然没有答应工人的条件，但毕竟有了松动的迹象，我们要继续点上一把火，在厂内继续游行示威，继续在厂长办公大楼前喊口号，继续去天津请愿。"

"对，还可以继续扩大战果，到济南市的大街小巷游行示威。"宋明山说，"我们还可以阻止火车的来往，给他们施加压力,让他们答应我们提出的条件。"

在王尽美和宋明山的悉心指导下,铁路大厂工会领导的罢工声势更大了。工人们再次包围了厂部大楼,李广义站在高处,领着工友们一起振臂呼喊:"劳工神圣!善待工友!工人阶级万岁,不达目标誓不罢休!请厂长下楼和我们谈话,请厂长下楼和我们谈话!"工人们的情绪就像干柴一样,一个火星就能点着。

此时,范良驹和罗四等人正在会议室开会。楼下工人的呼声一浪高过一浪,他们在楼上听得心惊胆战。范良驹坐在中间,不停地喝水。大家相互看着,没有一个人说话,会议室死一般的寂静。

许久,范良驹清了一下嗓子:"他们真是无法无天了,最近咱们没有一天安生日子,这样闹下去什么时候是个头?我们必须采取严厉措施!大家有什么好办法?"

"范厂长所言极是,这帮刁民没完没了地闹事,我们要严令禁止!要不是因为近期铁路局给的任务太过繁重,急需技术过硬的熟练工,我们早就把这些刁民撵走了。李广义、宋明泉都是刁民,必须开除,不能手软。"刘二奎吃了好几次亏,对他们恨之入骨,但因为工会的声势极大,一直没有找到合适的机会报仇,现在看着厂长发话了,心里非常高兴,感到报仇的机会来了。

"换血——开除一批!找出一条狗很难,但找出一百个工人,咱们可以随便挑。把捣乱的刁民撵走,找听话的人干活!"罗四咬着牙说。

"他们都是技术骨干,如果一次开除太多,会造成空当,很多工作新来的员工不熟练,遇到工期紧张的项目,就无法按时交工。我觉着还是从长计议,先培养出一批接班的新员工,然后再换掉他们。老员工的工钱高,用工成本也高,在保证完成工作的前提下,不断地换血还可以降低成本。"主管赵半斤同情这些工友,想办法为他们开脱。

工人们在楼下喊了很久的口号,厂长和负责人却连头也没有露一下。工人们极为愤怒,商量下一步的对策。

程英杰的眼睛亮了起来,说:"这些家伙就像缩头乌龟一样躲在大楼里不敢露面了。现在咱们采取行动,逼其就范。你们说,这样如何?"他把自己的想法说出来,大家连连点头。

范良驹正在开会商量对策时,屋里的灯突然灭了。他不满地说:"最近怪事真多,好好的怎么就突然停电了?肯定是这帮刁民给咱们断电了。大家先别研究怎么开除工人,这些事要从长计议。现在形势越来越严峻,先把眼前的局面控制住,命令厂警持枪前来镇压。"

牛大发接到命令后,立刻带着荷枪实弹的厂警赶来,扯着嗓子喊:"大家听好了,现在所有的人立刻撤退,否则我就要开枪了。"说完,掏出枪来恐吓工人。

大家早有准备,不等这家伙举起枪来,张巩和带着张有德、薛文英等几个武功高强的工友贴身逼了上去。他们练过很长时间的武功，身手敏捷。张有德和薛文英一边一个把牛大发的胳膊架了起来。牛大发还没有反应过来，就被牢牢地控制住了，动弹不得，只能张嘴骂人："反了，反了，你们要造反吗？快来人啊，赶紧把这些家伙都抓起来法办！"

牛大发喊了半天，竟然没有一个人过来帮忙，他大惑不解，扭头一看，只见其他持枪的厂警全都被工人纠察队员们牢牢地控制住了，没有一个漏网的。牛大发气得七窍生烟，差点翻白眼。

"识相点，给我闭上嘴，否则我就不客气了！"薛文英的手使劲一抬，就听见牛大发的胳膊"嘎巴"一声，然后是一声惨叫。

"你知道该干什么吗？还要我教你？"薛文英问。

"知道了，知道了，都是我的错，我有眼不识泰山，请您高抬贵手！"牛大发就像泄了气的皮球，终于老实了，不敢再说话。

纠察队员们成功控制住厂警后，工人们信心大增，看到了胜利的曙光，口号喊得更加响亮。

李广义领着工友们一起喊："请厂长和我们见面，请厂长答应我们所有的条件！"他们一边喊，一边准备冲进大楼，和厂长讲理。

门卫赶紧跑到厂长办公室，汇报情况："厂长，不好了，工人们要冲进来，我们快抵挡不住了！"

范良驹听得心惊肉跳，知道现在形势危急，自己必须下楼和工人谈话，否则难以收场。他对罗四说："好汉不吃眼前亏，我们以退为进，现在不能激怒他们。我们要安抚他们的情绪，先答应他们的一些条件，然后再静观其变。你和我一起去吧。"说罢，离开办公室下楼，罗四只好硬着头皮跟在他身后。

范良驹刚下楼，就被工人严严实实地围了起来。大家手里拿着铁锤等各种工具，情绪非常激动。程英杰眼尖，发现范良驹脸色蜡黄，眼睛红肿，走路不稳，神态憔悴，知道他最近日子不好过，问道："请问范厂长，啥时答应我们的条件？你一直告诉我们等消息，为啥这么久还没有结果？"

范良驹努力挤出笑脸，说话斟词酌句，生怕一语不合惹了众怒："各位工友，请你们海涵，这些条件，并不是厂里能作主的，钱都是上面发下来的。厂里正在研究，我们都在为这件事努力，已经拿出初步的方案，我马上给天津铁路局汇报情况，争取上级支持。"

"什么时候能给我们答复？是今天，还是明天？我们已经等得太久了。"程英杰步步紧逼。

范良驹苦着脸："可能没这么快，还需要几天时间。"

李广义说："行，我们再给你几天时间，请尽快答应我们的条件。如果不答应，全厂的工人就要举行总罢工，我们不仅仅只是在厂内罢工，还要去济南市的大街小巷游行。我们还要坐火车去天津请愿包围铁路局，直到答应我们提出的全部条件为止！"

范良驹马上说："我这就回办公室给天津发报。"说完，他朝李广义拱了拱手，扭头就想走。眼前的场面有些失控，他感觉多留一分钟都不安全。

薛文英一个箭步走到他的前面，挡住他的去路："范厂长，这可是你说的话，请你先给我们签字画押，万一你不承认今天说的话，我们到哪儿讲理去？"边说，边取出印泥和事先准备好的一页纸，让范良驹按手印。

范良驹浏览了一下内容，这便是工人的十二条要求，之前已经递交给他。此时，让他按手印，他很不情愿，但他明白，此时他若不就范，就没法脱身。无奈，他只好伸出食指，在纸上按上了手印。

看着高高在上不可一世的厂长终于屈服了，工人们斗志倍增，对最终的胜利充满了信心。李广义和薛文英认为，只有趁热打铁才能成功，绝对不能功亏一篑，下一步的工作分两个方向：薛文英、程英杰等人继续去天津请愿，李广义等人发动厂里的工友继续斗争。

王尽美告诉大家："和厂方斗争需要时间、需要耐心，必须齐心协力，才能取得最后的胜利。现在一直没有得到明确的消息，有些意志不坚定的工友开始动摇，想打退堂鼓。斗争到了最关键的时刻，大家千万不要松懈，让我们一起挺过黎明前的黑暗，只要坚持到底，最终的胜利一定属于我们！"

李广义等人商量，继续用消极怠工的办法进行斗争。上班的时候，工人们坐着聊天，打开机器也是空转，消极怠工，等待路局的答复。

这天一早，工人们打开机器，刚坐下聊天，就看见侯初升带着一群全副武装的警察走进车间。

宋明泉、李广义与周围的工友相视一笑，工友们点头示意，大家知道他们的意思：大家镇定，敌人有千条计，我有老主意，别管他们，按照原定计划办！工友们看见警察走到身边，却连头也不抬，大家该干什么还干什么，谁也没有动一下。

侯初升看到工人三五成群地围坐在一起闲聊，没有人干活，机器空转，气得火冒三丈："你们这是想造反了吗？还有王法没有？"

工人沉默着，看着他像个猴子般的表演，没有一个人说话。

侯初升就像一拳打在了棉花上，恼羞成怒，恶狠狠地大声喊道："这是上班时间，你们为什么不干活？"

工人们连头也不抬，懒得搭理他。

侯初升双手叉腰，声嘶力竭："都给我听好了，谁也不能偷懒，如果发现有偷懒怠工的，依法处置！"看着工人依旧无动于衷，他大声下令，"上家伙，动手！"警察们举着警棍，就要往上冲。

这时，宋明泉大吼一声："工友们，上啊！"工人纠察队的工友们拿着铁锤、铁棍,"呼啦"一声立刻围了上来。

"不好!"侯初升大吃一惊,见势不妙,急忙在警察的保护下退出车间,钻进厂部大楼。工友们紧追不舍,手持铁锤、铁棍,潮水般地涌向厂部大楼,在楼下喊:"有种的下楼说话。你们再不下来,我们就上楼抓啦!"

楼前的警察一看形势不对,"哗啦"一下拉开枪栓,将枪口对准工人。宋明泉眼疾手快,站在工友和警察之间,大声说:"警察兄弟们,一回生,二回熟,咱们都是老朋友了,听我说几句。我们天天加班加点地干活,厂里却不给我们任何补偿。我们给厂里提的要求不高,厂里说很快就会解决,结果到了现在也没有任何消息。他们不讲道理,还不允许我们表示不满吗?我们怎么活?这不是把我们全都逼到死路上吗?"

"工友们真不容易,干这么重的活,提点要求又怎么了?"一位中年警察一边说,一边将枪口朝向天。其他警察也纷纷效仿,气氛缓和起来。看到警察并没有伤害自己的意思,工友们继续和他们讲理,争取警察的同情。

宋明泉对那位中年警察说:"警察兄弟们也不容易,肩膀扛着枪,脚上穿着破鞋,吃的是高粱饭,喝的是稀饭汤,咱们都是苦弟兄,不要互相为难,大家团结起来,对准那些吃人的恶狼!"

宋明泉的这几句话非常管用,说到了警察的心里,站在前面的几个警察笑起来:"别说,还真是这么回事!老兄,你说得在理！"

"长官不在，你们把枪都放下吧。但凡有口饭吃，我们也不会这样。"李广义这样一说，警察相互看了看，把举起的枪放下，不再拿枪口对着工友。李广义不失时机继续说，"感谢警察兄弟，我们不容易，请不要阻拦我们的行动！兄弟们，我们找厂长说理去！"

史文珍听到消息后，立刻通知济南各个报社的记者过来采访。

这个时候，铁路大厂的门口已经被记者堵上，他们想着打探更多的消息。虽然没有见到厂长和局长，但他们在现场采访了很多工友，得到了很多有价值的资料。第二天，铁路大厂罢工的消息，上了济南各家报纸的一版。

范良驹看到连篇累牍的报道后，把手里的报纸撕得粉碎，拍着桌子破口大骂起来："胡说八道，全是造谣，全是胡扯！"

薛文英、程英杰等人不顾旅途辛苦，率领请愿代表团，再次北上天津向铁路局请愿。这次，请愿团的人数更多。到了天津后，他们吸取前一次的经验，第一时间在铁路局的大门口发表声明："请天津铁路局立刻答应工会提出的全部条件，如果不答应，全厂的工人就要举行总罢工，所有的工人将北上天津，包围铁路局！"

代表们一边发表声明，一边向路人散发传单，在铁路局门口造出很大的声势，铁路局不得不派出代表同他们谈判。

这次，薛文英有经验了，知道他们的软肋是害怕把事情闹大。

史文珍帮助他们联系到了当地的媒体，前去拍照助阵。他们掌握了谈判的主动权，给铁路局造成很大的压力，所以谈判进展得比较顺利。

在工会代表和全厂职工的共同努力下，罢工的第七天，津浦铁路局被迫答应十二项条件中的八项条件！

回到济南后，程英杰激动地对工人们说："工友们，厂方答应了我们的要求，我们的罢工胜利了！我们胜利了！团结起来，劳工神圣！"

罢工终于胜利了！工人们激动得跳起来。黄守信说："刘二奎、马三刀这群欺软怕硬的家伙，以前见到我们从来没有好脸色，张嘴就骂，抬手就打，现在客气多了。最近没人再敢随意殴打漫骂我们，他们终于知道工会的厉害了。如果没有工会，工头们还会耀武扬威，继续压榨我们的血汗。这个月的工钱多发了不少，到了月底就不用再担心吃不上饭了。"

宋明泉说，"这是扬眉吐气的大事，工会以后还要为工人们争取更多的权利！"

"多亏广义、英杰这些工会委员们，他们为了大家受苦受累，冒着丢饭碗、丢性命的危险，给大家换来了今天的好日子。"张巩和说。

"以前我胆小怕事，经常挨打挨骂，总以为自己做得不好。现在才知道，不是我们做得不好，而是人家从骨子里就看不起我们。咱们越老实，他们就越欺负咱。多亏工会领导整治了工头，让他们知道我们的厉害，大家才不再受气。以后，一定要把工会当成自己的家。"老实本分的曹大干说出了心里话，"工会就是我们的家！"

"铁路大厂的工会越办越好，影响力也越来越大了，为济南市的兄弟工会作出了榜样。周围几个工厂派代表过来学习，大家好好地传授经验。下一步，你们也走出去，帮助济南更多的企业协会建立工会。"宋明山说。

薛文英连连点头："一定会的。天下工友是一家，我们罢工胜利，多亏了周围工厂工友们的声援。大家一起努力把工会办好，为工人们谋取更多的福利。"

铁路大厂通过斗争，争取到了涨工钱等多项权利的消息，就像长了翅膀，很快就传遍了济南市的工厂，传遍了大街小巷。大家都说还是铁路大厂的工会好，领导见多识广，有水平、有能力，敢于斗争，善于斗争，敢为工人们撑腰。工友们的经济条件得到了一定的改善，对他们来讲，这是开天辟地的大事，他们第一次看到了自己的力量。工会的威信越来越高，越来越多的工友加入了工会，为进一步开展济南的工人运动创造了条件。

第八章　赴郑州见证工潮　卧铁轨声援"二七"

1922年8月1日，直系军阀吴佩孚为了捞取政治资本，对全国发表了制定宪法、自治、兴学保工的三点希望，宣布设立劳工局，赞成劳动立法，颁发肖像奖章，接见工人代表。京汉铁路总工会筹委会被其迷惑，对军阀的凶残和多变估计不足。1923年2月1日，京汉铁路总工会成立大会是公开进行的，筹委会把会议地点登在各个报纸上，向各地的工会发出邀请，同时向局长报告，得到了允许。

李广义接到请帖后，兴奋地对工友们说："大家看，这是京汉铁路总工会成立大会筹委会的请帖，邀请我们派代表去郑州参加成立大会。郑州是交通枢纽，也是全国工人运动的中心之一，他们的工人运动开展得非常好。这次大会，京汉铁路各站的十六个工会派出了几百名代表前往，代表京汉铁路三万名工人。每个工会都有自己的经验，我们可以多向他们学习。还有一个好消息，听说咱们的老乡石文彬是筹备委员会的委员长。"

听到李广义的话，大家热烈地鼓起掌来。李广义继续说："在王尽美和罗章龙等领导同志的帮助下，我们济南铁路大厂的工会办得非常好，在国内产生了很大的影响。石文彬告诉我们，工会的工友们都知道这句话：北有北京长辛店，南有上海小沙渡，中有济南大槐树。大会还专门邀请咱们给工友们介绍工作经验。"

工友们深受鼓舞，掌声更加热烈了。工友们推荐李广义和程英杰当代表去参加大会。程英杰拿着大家募捐的钱找了一家布店，为大会准备了贺幛和大彩旗。宋明泉和张有德这些有家属的工人，让妻子连夜做了很多小彩旗。

临行那天，工友们千叮咛万嘱咐，郑州是交通枢纽，三教九流，南来北往的人鱼龙混杂，路上一定要注意安全。看着工友们恋恋不舍的表情，李广义非常感动，对工友们说："大家放心，我们都是走南闯北的人，会照顾自己的。天下工友是一家，有这么多朋友，咱们的腰杆子更硬了，可以堂堂正正地和资本家抗争。石文彬是咱们的老乡，他是个热心人，上次我们去长辛店学习就住在他家里，就像在自己家里一样安全。不用送了，大家都回吧。"

李广义、程英杰带着大家的期待奔赴新的战场。然而，他们没有想到，等待他们的，将是一场生与死的考验。

这天，宋明泉和黄守信正在和几个工友委员在红房子开会，史文珍急匆匆地推门进来，问："广义哥他们回来了吗？"

黄守信说:"没回来,应该得再等几天。英杰这才刚走,你就想他了?"旁边的工友们都会心地笑起来。

史文珍没有说话,脸色凝重,从包里拿出几份报纸递给几个工友。看着她的表情,黄守信预感不妙,赶紧拿起报纸看,只见在几份报纸的显著位置上,都刊登了这样的消息:接到上级命令,严厉禁止铁路工人于2月1日在郑州举行大会,近期不允许任何人聚会。大家一看,都着急了。

史文珍告诉大家,最近一段时间,国内的形势变化莫测,她和各地同行保持密切的联系,关注当前的形势。今天一早,郑州新闻界的同行李记者来报社办事,正好是她接待的。李记者非常同情工人,对她说,目前,吴佩孚已经掌握了北京的政权,势力扩展到北部的大部分地区,正在进行武力统一全国的行动。京汉铁路的收入,是吴佩孚军费的重要来源之一,京汉铁路也是帝国主义进行经济掠夺的动脉,京汉铁路的工人运动会直接影响他的统治。所以,吴佩孚想方设法破坏工人运动,命令郑州的驻军严密监视铁路工会的活动,采取各种措施,不允许工人举行集会,禁止工会的一切活动。郑州的驻军已经宣布了紧急戒严令,命令大小旅店一律不准接待工人代表。现在,郑州的大街小巷三步一哨,五步一岗,全都是警察。来自全国各地的几百名工人代表陆续到达郑州,听到不让开会的消息后非常愤怒,商量对策,准备采取行动。各种冲突事件不断升级,市民的人身安全受到了严重的威胁。

李记者还告诉她，工会代表们下榻的五洲大旅馆布满了军警，拿着枪挨个房间撵人，把代表的行李扔得到处都是，引起代表们的抗议，老板站在旅馆大门前，哭丧着脸向代表连连鞠躬，说是上面有死命令，不允许再接待客人。面对军阀的武力镇压，各路代表没有住处，又被军警到处驱逐，只好离开郑州。他冒着生命危险，在旅馆偷拍了现场的照片。

史文珍说，没想到郑州的形势这么动荡，她非常担心李广义和程英杰的安危。

史文珍的一席话，就像晴天打了个霹雳，工会委员们都大吃一惊。大家都停下手里的工作，呆呆地看着史文珍。宋明泉腾地站起来，眼睛冒火，额头上的青筋凸出，双手狠狠地砸在桌子上。黄守信手里的杯子没端住，掉到地上摔得粉碎。李广义等人音信全无，大家心神不定，坐立不安。

正在这个时候，李广义和程英杰竟然风尘仆仆地进来了！

史文珍看见他们进来，顾不上屋里坐着这么多人，飞奔到程英杰的身边，兴奋地拉住他的手："你们终于回来了！啊，你受伤了，你的胳膊怎么肿起来了？"话还没说完，泪水就像断了线的珍珠落下来。

"别哭，别哭，我不是好好地回来了吗？我们大家一切都好。"程英杰连忙劝她，"快别哭了，大家都看着你呢。"

史文珍意识到了自己的失态，满脸绯红，克制住激动的情绪，找了个理由给自己打圆场:"刚才迷眼了。听说你们遇到了危险,快点给大家说一下到底发生了啥事,需要我们做什么。"

李广义接过张巩和递过来的一大碗水,咕嘟咕嘟大口喝起来,喝完后,又倒了一大碗水,一饮而尽,然后坐下来,把去郑州的经过一五一十地告诉了大家……

他们一行人下了火车,就带着大家凑钱准备的礼物直奔筹委会,工人们正在挂牌匾、搬桌子、搬椅子,热火朝天地筹备着成立大会的各项工作。老乡石文彬看见他们后非常高兴,热情地把他们介绍给各位代表。他们看见了王荷波,王荷波是浦镇铁路总工会筹备委员会的代表,要列席这次大会,还认识了林祥谦等人。石文彬把他们安排到专门接待工会代表的五洲大旅馆。

正当筹备工作紧张有序地进行时,传来不允许开会的坏消息。工友们和当局据理力争,却没有结果。于是,石文彬和几个工会负责人决定冒着生命危险,去洛阳找吴佩孚谈话。在大帅府,工友们和吴佩孚激烈地争论起来,根据约法和他1921年的政治主张,京汉铁路总工会召开成立大会是合法的,他应该保护,而不是禁止。但无论工友们怎么争取,吴佩孚依旧不松口,态度非常强硬,威胁工友们的人身安全,坚决不让开会。后来他还拿出金条,准备收买他们。

这次和吴佩孚见面,大家终于看透了军阀的真面目,对他们不再有任何幻想。石文彬告诉大家:"工人阶级都是不怕牺牲的硬骨头，我们要随时面对各种意想不到的难题和危险，绝不会退缩，我们的权利要靠激烈的斗争才能争取到。军阀不会善罢甘休，我已经做好了最坏的打算，为了工会利益，不惜牺牲自己的生命！暴风雨即将来临，大家要一起迎接。"

听了他的话，工友们表示："我们一定会成功！我们决不退缩，胜利属于我们，工人阶级万岁！"大家一致决定，不顾军阀的威胁和破坏，冲破所有的阻力，一切都按照原计划执行，在普乐园剧院开会！

1923年2月1日清晨，京汉铁路各站区和兄弟铁路的430多名代表、一千多名郑州的铁路工人，排队向会场进发。当队伍走到会场附近的时候，大家看见普乐园剧院大门紧闭，剧院周围设置了层层关卡，关卡后面站着一排排荷枪实弹的军警，枪口对着人群。看着人群慢慢走近，队长用喇叭喊着："接到上级命令，任何人都不可以开会，大家必须马上离开，否则我们开枪了。"

在林祥谦和石文彬的带领下，工友不顾刺刀、棍棒的威胁，冲破阻拦，冲破了警戒线，喊着口号冲进会场，找到座位坐下。京汉铁路总工会成立大会的秘书登上讲台，高声宣布："京汉铁路总工会成立了！"

在雷鸣般的掌声中，在上千工友的欢呼声中，雄壮的乐曲响起来。工友们冒着生命危险，终于迎来了京汉铁路总工会的成立。

这个时候，尖锐的警笛声响起来，大批军警包围会场，手拿警棍和鞭子，像杀红眼睛的恶魔，吼叫着冲进会场，见人就打，见东西就砸，疯狂地破坏工人们开会。他们捣毁了工人们精心制作的仪帐和匾额，砸烂了各个工会送来的横幅和彩带，驱散开会的工人。大家赤手空拳拼命抵抗，但无奈对方人多势众，工友们只好边抵抗边撤退，冲出重围。

军警们占领了总工会开会的场所，把会场封闭起来，把会场所有的设备摧毁殆尽，不允许任何人进入，严密监视代表和来宾的动向，查抄工会的文件和刊物。郑州笼罩着白色恐怖，警察满大街驱逐工人。

面对军阀的镇压，代表们没有半点恐惧，抱着必死的决心和敌人斗争。2月1日晚上，总工会执行委员会召开秘密会议，决定扩大斗争规模，从2月4日起，举行全路总同盟大罢工，不答应提出的五项条件决不上工。各个工会的代表约定，如果京汉铁路大罢工在三日内仍无解决的办法，所有工会就陆续举行同盟罢工，进行声援！然后，大家挥泪告别，奔赴各自的战斗岗位，准备迎接更加激烈的战斗。

李广义介绍完后，程英杰说："我们一定要声援他们，为他们呐喊助威！"

大家商定，立刻通知所有的工友今天晚上开会，商量声援行动。

下工后，工友们没有回家吃饭，而是直奔会场。李广义传达了总工会成立大会的情况，也讲了吴佩孚破坏工会的事实："当军阀阻止开会的时候，工人代表冒着生命危险冲破了军警的防线！工友们的铮铮铁骨值得我们学习。我们要随时关注罢工的进展，做好声援京汉铁路罢工的一切准备！"

工友们非常担心罢工工友的安危，李广义等几个工会委员连着几个晚上打听形势，研究对策。

这时候，史文珍挺身而出，她对工友们说："你们放心，尽美先生告诉我们新闻界同仁，要密切关注罢工事件的动向，我已经和各地同情罢工的同行们约定，只要有任何的风吹草动，我就第一时间告诉大家。"

形势越来越严峻，传来的消息越来越让人揪心：

2月4日，京汉铁路全体两万名工人按照部署，上午9点中段罢工，10点南段罢工，11点北段罢工，不到3小时全路罢工。并向全国发出倡议，号召各地举行同盟罢工进行声援。

2月5日，京汉铁路全路罢工后，北京各外国公使团召开紧急会议，向军阀政府施加压力，要求对罢工进行镇压。军阀发出威胁布告，限工人在12小时内复工。工友们坚决抵抗，军阀下令京汉铁路沿线各站军警对工人实行屠杀。

2月6日，京汉铁路总局局长下令抓去工会委员及职员五十余人，吴佩孚调动两万多名军警镇压罢工的工人。

2月7日下午5点20分，两营军警包围总工会，当时有数百名工人纠察队员守在总工会门前，湖北督军府参谋长张厚生下令向赤手空拳的工人开枪射击，当场打死32人，伤200多人，制造了震惊中外的"二七"惨案。石文彬和吴雨明等11位工会领导人被捕。

京汉铁路总工会江岸分会委员长林祥谦被捕，军阀张厚生把他绑在江岸车站站台的木桩上，强迫他下令复工，遭到他断然拒绝。张厚生命令刽子手举刀砍向他左肩："上不上工？"他左肩血流如注，强忍剧烈的疼痛，斩钉截铁地说："上工要总工会下命令。我头可断，血可流，工不可复！"紧接着，屠刀又砍向他右肩，他疼得昏死过去。敌人用凉水泼在他的头上，他醒过来后，敌人再次恶狠狠地威胁："现在怎么样？"他用尽最后的力气怒斥敌人："现在还有什么话可说？可怜一个好好的中国，就断送在你们这帮军阀手里了！"敌人恼羞成怒，残忍地将他杀害。京汉铁路总工会法律顾问施洋也惨遭杀害。

听到消息后，李广义非常震惊，一拳头砸在桌子上，眼里满是泪水。他说："工友们，他们是为了我们工人而死的。难道我们不应该为死难的工人兄弟们报仇吗？"

薛文英两眼冒火，宋明泉气得浑身发抖，工友们沉默不语，屋里的气氛非常压抑。

这时，李广义接到中国劳动组合书记部的消息：

此次京汉总工会在郑州召开成立大会，惨遭军警压迫，已于本月4日上午11时全路罢工，以示抵制，此中经过想贵会现已闻悉。本部素知军阀怙恶，于我工界势不两立，此次郑州事变，不过初发其端。因此，对于京汉工友宣言为自由而战之旨，极表同情。盖军阀今日可施之于京汉者，他日即可施于他处，如吾今日饮泣吞声，不复计较，非为全国工会将悉受摧残，吾劳动界恐永无宁日，循至莽莽神州，尽变为军阀、官僚、游民出没之场，而唯我劳工，永沉地狱而不能自拔矣。我劳动界年来蹈励，类多明达好义之士，睹此惨状，讵能容忍？尚望本阶级斗争之精神，切实援助，是为至要。

看到这个消息，李广义立刻给交通部发电报，敦促他们必须马上答应京汉路工友的所有条件。程英杰立刻召集工会委员开会，经过全体代表的讨论表决，决定从后天开始，全厂举行三天罢工，声援京汉工友。罢工委员会作了周密部署。李广义、程英杰、宋明泉、黄守信、薛文英等几个委员召集全厂工友们召开大会，进行罢工总动员。李广义告诉大家：军阀血腥镇压京汉铁路大罢工，残酷地杀害了罢工领导人林祥谦，抓捕了很多工会领导人，制造了震惊中外的流血惨案。程英杰愤愤地说："当时被杀害的人太多了，我们一定要让他们血债血还！但是我们要讲究斗争策略、讲究斗争智慧，发动工友团结起来，用最小的代价打败敌人，争取胜利！"大家连连点头，十分赞同。

第二天，工友们听到惨案的消息后，义愤填膺，满眼冒火，愤怒地喊起了口号："打倒军阀！""无产阶级为争自由而战！为争人格而战！绝不屈服！""罢工！罢工！""为死难的工人弟兄报仇！""绝不屈服！"

刘二奎和马三刀等人看着空荡荡的厂房，又看看远处工人们开会的热烈场面，干着急，没办法。他们想过去阻止工人开会，但看着大家情绪激动，也不敢轻易行动。几个人商量半天，感觉向上级请示是最好的选择。于是，监工、把头们一起去找罗四商量。到了罗四的办公室，监工们正在七嘴八舌地议论：现在全国都在闹工潮，形势不明朗，工人们这几天一个个摩拳擦掌，情绪亢奋，却没有找到发泄的地方，管理起来难度很大。大家商量半天也没有主意，罗四只好去找范良驹商量，等他拿主意。看着罗四走了，监工们躲在办公室等着上面的命令，没有一个人出去，装作什么都不知道、什么都没有看到的样子，乐得逍遥自在。

李广义和程英杰把全厂五百多名工人分成几拨：李广义带着大部分工人去大街游行；黄守信带着几十个工友，在游行的时候向沿街商铺和过路的市民散发传单，宣讲道理，再把传单张贴在大街小巷；程英杰和张巩和等人一起带着工人纠察队，负责维持秩序，防止发生意外；宋明泉带着一百多名工友，去各个工厂宣传动员，发动所有的工友加入游行队伍。

这时，宋明山和史文珍、韩玉枝走进红房子工会。他们进一步商议，为了声援大厂工友的罢工游行，号召所有的人都要行动起来，做到工人罢工、商人罢市、学生罢课。宋明山带着宋明泉小分队的工友，去各个大厂进行动员。史文珍协助韩玉枝到各个学校，动员学生罢课，声援大厂工友的游行。

当局的嗅觉灵敏，得到学生即将罢课游行的消息，军阀头子马督军立刻调动大批军警，把各个学校包围起来，不允许学生出校门上街宣传。但学生们不怕威胁，计划和济南市各界群众在西门广场举行万人集会，声援工人的罢工活动。马督军得知后，马上调驻扎在辛庄军营的骑兵部队前往镇压群众集会，这个骑兵营在铁路大厂以南大约一公里的地方。李广义听到消息后，非常着急，担心骑兵队去镇压聚会的群众，连忙同程英杰和宋明泉商量对策。

"关键时刻，我们一定要有人站出来，绝不能让军阀镇压手无寸铁的学生和市民。"李广义说，"我们要保护他们。"

"李大哥所言极是，我们完全有能力保护聚会的群众！"血气方刚的宋明泉振臂一呼，"工友们，兄弟们，我们走啊，到辛庄去，用咱们的身体把军营的大门堵上，绝不让他们走出营门半步。"

"走，我们走！"薛文英和张有德立刻响应。大家不甘落后，紧跟在他们的身后。在宋明泉的带领下，工人们拿起手里的工具，就要冲出厂门。刘二奎、马三刀等人一看形势不对，立刻把这个情况报告给范良驹。

范良驹极为震怒，使劲拍了一下桌子，咆哮道："我刚出台了'十不准'的严厉政策，他们就要出去集会游行，这是想和我唱对台戏吗？这群工人越来越不像话，上班的时间不老老实实工作，竟然要跑出去游行。以前在厂里游行，闹就闹吧，反正关上厂里的大门，别人也不知道，现在丢人丢到大街上了，整个济南市都知道他们又闹事了。要是上面怪罪下来，大家都别干了！"

牛大发连忙拍马屁，顺着范良驹的口气说："他们真不像话，太过分了！"

范良驹一听，更生气了，双眼冒血盯着牛大发，大声呵斥："我就不知道你们这些厂警一天到晚都忙些什么，难道是吃白饭的闲人吗？都这个时候了，你竟然还傻站在这里，你还有没有脑子？"

牛大发没想到，马屁拍到马蹄子上，平白无故挨了一顿骂，吓得不知道该怎么办好。

范良驹火更大了："你还愣在这里干什么！赶紧把所有的厂警派到大门口，立刻关上厂门，严禁任何人走出大门，谁要敢走出厂门一步，就不要再回来上班了！"

"是！"牛大发不敢怠慢，马上把所有的厂警集合起来，拿着警棍和鞭子跑到厂门口，把住厂门，不让工人外出。牛大发站在厂门中间，对着工友们训话："反了，反了，造反了，你们这群混账东西，不在厂里老老实实地干活，跑到大街上惹是生非，妖言惑众，这还了得？你们都听好了，刚接到厂长的命令，不允许任何人外出。如果有外出游行的，开除！厂长已经震怒了，你们要小心从事，否则大家都没好日子过！"

听了这话，工人们大吃一惊，开除就意味着丢掉饭碗，一家人没有饭吃！很多工友犹豫起来，停下了脚步。

这时候，李广义、薛文英、程英杰从人群中走出来。李广义愤怒地质问："我们实在是生活所迫，为了争取基本的生存权利，才去游行，为啥要开除游行的工人？这是谁家的法律！"

"这是上面的规定！"牛大发趾高气扬地说。

"你们只知道执行上面的规定，只会欺负工人，不顾工人的死活！"宋明泉指着牛大发的鼻子道。

程英杰愤怒地说："现在所有的人都挺身而出，你们竟然抓人，良心何在？厂警兄弟们，请你们闪开，不要阻拦我们的行动。"

"为死难的工人兄弟们报仇！声援罢工！"薛文英举起双手，大声喊起口号，工友们的情绪被激发出来了，他们开始向门口冲去。

看到工人们愤怒的情绪，厂警们害怕惹火烧身，吓得连连后退。眼看防线就要被攻破，牛大发急火攻心，大声喝道："宋明泉，你放肆！"举起警棍，朝着宋明泉砸过去。宋明泉身子敏捷一晃，躲过他的警棍，顺势抓住他的衣领，像提溜小鸡一样，把他拽到马路边上,轻轻一推,他接连几个趔趄,险些摔倒在地。

"谁要敢阻挡我们,就拿石头砸他们!"不知道谁先喊了一声,大家立刻响应,人群发出愤怒的吼声:"打,打!狠狠地打!"立刻,无数块小石头飞向牛大发,若不是他躲得快,准会被砸中。牛大发发出杀猪般的嚎叫:"造反了,你们造反了!"其他的警察一看,都远远躲开了。牛大发一看不妙,就像兔子一样,抬腿就窜出去十几米远。工人们看着他那副滑稽的样子,忍不住哄堂大笑起来。

宋明泉振臂高呼:"工友们,大家都是好样的。我们一起冲出大门,堵住骑兵营,保护游行的学生和市民!""走啊,我们走!"李广义和程英杰一起喊着。在他们的带领下,全厂的工人冲出厂门。

眼看着游行队伍走远了,厂警们不知道从哪里冒出来,立刻围在牛大发的身边,把他掉在地上的帽子和警棍捡起来。牛大发哼哼唧唧地四处一瞧,发现身边没有一个工人,立刻神气起来,双手叉腰,破口大骂:"我看这些混账东西还能蹦跶几天!难道他们还不知道现在的形势和以前不一样了?真不知天高地厚,我早晚会把这些家伙一个个地全收拾了,咱们骑驴看唱本,走着瞧吧!宋明泉,山不转水转,到时候我会让你死得很惨!"

李广义领着工友们,气喘吁吁地向兵营的方向跑去,刚到兵营的门口，就看见一队骑兵骑着高大的战马，手里拿着鞭子和明晃晃的武器，准备从营房里冲出去。这是军阀的精锐部队，养兵千日，用兵一时，他们准备施展身手。

李广义大喝一声："工友们，不要害怕，我们挽起手来，站成一排人墙，不让他们冲出去！"

"放心吧，李大哥，我们一定会阻挡他们的进攻！"面对强敌，工友们毫不畏惧，快速地手拉着手，昂首挺胸地站成一排，把出口堵得水泄不通。李广义、程英杰、宋明泉等人领着工友们站在第一排。薛文英、张有德、黄守信等人领着工友们站在第二排。几百个工友手拉着手，紧紧地站成了一排排铜墙铁壁，把出口堵得严严实实。

看到工人们不怕死的举动，骑兵们打算举起鞭子硬冲出去。关键时刻，李广义大吼一声："前三排的工友们，我们上去抓住他们马头上的缰绳，千万不要松手，一定要死死抓住！像'五四'的时候拦马一样，肯定没问题！"

李广义话音未落，宋明泉第一个站出来，他闪电般地冲上前去，拼尽全身的力气，紧紧抓住领头骑兵的马缰绳，对着身后的工友们喊道："兄弟们，我们冲啊，拖住骑兵营，决不让他们出门！"

"冲啊！"薛文英、程英杰、黄守信等人紧随其后，每个人都抓住一个骑兵的马缰绳，阻止骑兵们的行动。在他们的带动下，工人们冒着生命危险冲上去。骑兵们举起鞭子，使劲地抽打着工人。李广义、宋明泉等人被抽得浑身上下全是血道子，脸上肿得青一块，紫一块，眼里直冒金星，依旧拼尽全身的力气，死死抓住马缰绳，兵营门口人仰马翻，乱成一团。

看着两支队伍胶着在一起，带头的军官冲天开了一枪，然后用枪指着工人们喝道："你们马上闪开，否则我就不客气了，子弹不长眼睛！"

凌厉的枪声，把人吓了一跳，工人们愣住了。关键时刻，李广义挺身而出，大声喊着："士兵兄弟们，学生们集会，是为了声援工人罢工，他们何罪之有？你们为什么要去镇压他们？士兵兄弟们，我们不是为了个人，是为了国家。咱们都是苦兄弟，我们都是一家人，一定要团结起来！"

工人们听了这些话，立刻大声喊起来："我们都是苦兄弟！我们都是一家人！"

程英杰接过李广义的话头，继续说："士兵兄弟们，你们知道手里的枪都是谁造的吗？是我们工人造的。你们身上的衣服，也是我们造的。你们是因为没饭吃，才出来卖苦力的。我们工人为了国家，敢于牺牲生命，你们怎么忍心打我们这些穷朋友？官兵们！大家都是兄弟姐妹，千万不要用手中的武器镇压我们。"

士兵们听了李广义和程英杰的话，觉得很有道理。在他们的眼里，工人兄弟们不再是青面獠牙的恶魔，而是自己的老乡和亲戚朋友。他们不再抽打工人了。

骑兵队队长一看急了,冲着工人喊:"我是军人,军人以服从命令为天职,你们识相点,赶紧闪开,不要妨碍我们执行公务,否则我就不客气了!"他举起战刀,对骑兵们下了死命令,"兄弟们,冲啊!"说完,双腿使劲一夹战马,战马腾地跳起来,飞快地冲出人群。听到军令后,骑兵们紧随其后,纷纷夹起战马,冲了出去,很多工人被骑兵的战马撞倒在地。

看着骑兵走远了,宋明泉急得直跺脚,问李广义和程英杰:"他们对参加游行的学生和市民动手怎么办?"

"大厂的工友都是好样的,关键时刻,我们要站出来保护学生和市民,大家去西门保护他们吧。"李广义举起拳头,大声喊着,"走啊,我们走!"宋明泉等人紧随其后,向西门方向奔去。

骑兵队赶到会场时,学生们已经开始在西门集会,会场乌央央一片,人山人海,人声鼎沸。经过刚才与大厂工人的较量,骑兵队长知道众怒难犯,不敢贸然行事,朝队伍挥了挥手,提缰掉头撤出会场。

史文珍和韩玉枝组织了学校的学生,走到街头散发传单。程英杰也带着一百多名工人走上街头,来到繁华的商埠区,挨家挨户地走进商铺进行宣传。宏济堂乐老板立刻迎出来,程英杰把传单递给乐老板。乐老板看完传单后,对店员们说:"天下兴亡,匹夫有责。虽然我只是个普通的商人，但在大是大非的问题上，我从来都不含糊。大厂工友们为了工人共同的利益举行罢工，我们也要坚决支持，我宣布今天闭店，工钱照发，现在我们马上和大厂的工友们一起上街游行，声援罢工！"

乐老板说完，立刻吩咐伙计关上店门，同程英杰一起走进旁边的商铺，把传单递给掌柜的，告诉他们大罢工游行的事。乐老板对商铺的老板们说："位卑未敢忘忧国，为了声援工友们，我今天停止营业，你们也停止营业，加入游行队伍吧！"在乐老板的感召和带动下，各商铺老板也跟着停止营业，带领伙计走上街头，走进游行队伍中，帮助他们散发传单。

小吃铺的谢老板，看着周围商铺的老板带着伙计前去游行，非常感动，告诉伙计："咱们虽然只是平头百姓，但也不能落后，现在我们熄灭炉火，锁上门，赶紧声援罢工去。"

很多路过的市民看到了传单，知道了军阀的罪行，义愤填膺，纷纷走进游行队伍中，声援京汉铁路工人的罢工。

看着越来越多的市民加入了游行队伍，李广义大声喊道："兄弟姐妹们，他们是为了我们工人而死的，是为国家而死的。难道我们不应该为死难的工人兄弟们报仇吗？"

游行的队伍响起惊天动地的口号声："为死难的工人弟兄报仇！""将罢工进行到底！""打倒军阀！"

在大厂工友们的带动下，所有的商店都关了门，饭店也停了业，就连挖粪的工人也罢工了。社会各界的群众自发加入游行队伍，四处张贴标语，到处分发传单，游行队伍越来越长，浩浩荡荡。

这时，突然警笛大作，侯初升带着荷枪实弹的警察出现在街头。警察们把枪口对着游行队伍，手指扣在扳机上，只要稍微一使劲，子弹就会射出枪膛。看着人群慢慢走近，侯初升手拿喇叭喊道："接到上级命令，任何人都不允许游行，大家必须马上离开，否则我们就要开枪了。"在敌人枪口的逼迫下，游行队伍停了下来，同警察对峙着。

李广义在郑州时，亲眼见到总工会领导冒着枪林弹雨冲锋在前，被他们视死如归的精神感动。他明白，危险的时候，总要有人冲上去，流血的时候，总要有人献身，这是使命。他深吸一口气，挺起胸来，迎着敌人的枪口，慢慢地走向警察。阳光照在他的身上，显得他越发高大。警察们被他震住了，吃惊地看着他冒着死亡的危险，缓缓地走过来，竟然不知所措。

看着李广义步步走近，侯初升手下的队长大声喊道："大家注意了，举起枪来，目标是正前方的工人大队，预备——"

"不要开枪，不要开枪！"李广义边走边挥着手，大声喊道，"警察兄弟们，亲人们，不要开枪，我有话要对你们说。"他摊开双手，示意没有武器，然后边走边说，"天下穷人是一家，我们都是穷苦的兄弟。我们游行不是为了个人，是为了声援'二七'工人大罢工,是为了国家,是为了天下所有的穷人都过上好日子,其中也包括你们,包括你们的父亲母亲,包括你们的兄弟姐妹。我们是为了让穷人都不再当牛做马,任人宰割。难道你们不应该支持我们的斗争吗?我想很多警察兄弟都是济南本地人,游行队伍里肯定有你们的亲戚朋友、兄弟姐妹。难道你们忍心向亲人开枪吗?"

听了李广义的一番话,一些警察不由自主地放下了枪。济南的大街小巷都在议论"二七"惨案,警察们从报纸上,从各个渠道听到了这个消息,非常同情京汉铁路的工友。

李广义看着警察正在犹豫,意识到这是千载难逢的绝佳时机,于是大吼一声:"工友们,冲啊,冲啊!"第一个冒死冲进警察的队伍里,程英杰、薛文英、宋明泉等人也向前冲去。宋明泉身强力壮,跑得最快,转眼就跑到警察队伍中。紧接着,工人纠察队员也冲进警察队伍中。工友们一起喊:"不准开枪,不准开枪!"所有的游行市民一起向前冲去。警察们步步后退,没有对工人开枪,给游行队伍让开一条路,罢工继续进行。

为了进一步声援京汉铁路工人大罢工,李广义、程英杰、黄守信等几个工会代表筹划了一个新的行动,去找山东督军梁中玉论理。

李广义说:"总工会的代表抛家舍业,不顾个人的生死安危,前去和吴佩孚谈判,我们要向他们学习,不畏惧强权,有担当精神！我们找梁督军去，要求他给交通部部长和吴佩孚打电报，撤退包围京汉铁路工会的军警！"

听了这话，委员们沉默了。大家知道目前的形势危急，吉凶难测，军阀变化无常，他们手里有枪。

"如果他不见我们咋办？"黄守信问。

"静观其变，再想下一步的对策。万一我们几个回不来了，大家不要难过，继续战斗。"李广义严肃地说，"任何时候，都不要低估敌人的残暴和狡猾。"

"李大哥，我也跟着你们去，有事咱们可以相互照应。"张有德说。李广义点头同意了。

几个代表第二天来到督军府，通报之后，他们被卫兵领到办公室，随从给他们倒好茶，告诉他们稍等一下。

李广义、程英杰等人等了半天，一个戴着金丝眼镜的军官走进来。李广义站了起来，对他说："我们要见梁督军，让他亲自和我们谈话。"

军官说："抱歉，让大家久等了，我是梁督军的参谋长，姓李。督军正在召开重要的会议，他很忙，派我过来和大家谈话。你们有事和我说，我一定会把各位的意见转达给督军。"

"我们这次是为了'二七'惨案而来，希望督军给交通部部长和吴大帅去电，把包围京汉铁路工会的军警撤走！"李广义说。

"我一定会转达给督军。"李参谋长说，"说实话，我很佩服你们这几个工人代表，大家都是工人的领袖，也都是优秀的人才。督军很赏识你们，也愿意和你们交朋友。如果大家能为督军办事，肯定不会吃亏，下一步都会得到重用，得到提拔，你们可以为工人办更多的事，发挥更大的作用。天下熙熙，皆为利来；天下攘攘，皆为利往。人生在世，都是为了衣食和名利，这样才不会枉活一世。"

"多谢督军的好意。能被督军赏识是我们的荣幸。但现在还是把罢工的事情解决好，先给吴大帅去电报，剩下的事，我们以后再谈吧。"李广义说，"军人是不得干预国家司法的，他们这样做是违法的，一定要给他去电报，把京汉铁路的军队撤掉。"

李参谋长微微一笑："看着大家都是有能力的人，我要提醒大家，希望你们不要被别人煽动，谁也不知道真实的情况如何。至于那些被杀掉的工人，肯定是有原因的，郑州是军事重地，不经允许不能罢工。屡教不改触犯法律的人，自然会受到惩罚。京汉的工潮，影响很大，大家要相信政府肯定会有解决的办法。你们上有父母，下有子女，都是家庭的顶梁柱，需要供养家庭，大家要干好本职工作，好自为之，不要一意孤行，不要再任性从事……"

程英杰一眼看出他的意思，打断他的话："李参谋长的意思是，督军今天不能见我们，对吗？"

李参谋长点点头。

"好，我们走！"李广义说。

在督军府被挡了回来，李广义、程英杰、黄守信等人憋了一肚子气。几个人商量着，必须给军阀施加压力，让他们看到工人的力量不容小觑，但咋干、干啥事，能给军阀施加压力？

"军阀根本不把我们放在眼里，我们必须干点大事，才能引起他们的重视。"程英杰说，"现在，咱们罢工对他们来讲都已经是小打小闹了。他们阴险狡诈，知道工人要吃饭，罢工不能坚持太久，只要时间一长，影响到生活，就会有人动摇，所以必须要干一件大事，让他们重视我们的力量，争取速战速决，短期内见到效果。"

"我同意，现在我们能干的大事是阻拦火车，逼停火车！阻断南北交通，造成巨大的影响，迫使他们接受条件！"李广义坚定地说，"尽美先生告诉我们，不到最后时刻，不做无谓的牺牲。现在最危险的时候来了，我们要为真理而斗争，我们要用生命和鲜血声援大罢工，为死难的兄弟们发声！为他们报仇！"

"干了这件事，不去见他们，他们都会来找咱们。"程英杰说，"这是危险的工作，你们有啥意见？敢不敢干？"

"为了大家的利益，没有我们不敢干的事！我们敢干！"宋明泉说。大家坚定地点点头。

铁路大厂的工人们都知道，要想让军阀答应条件，必须击中他们的命门，点中他们的死穴。津浦路是中国最主要的铁路，是南北交通的要道，也是军事运输的总枢纽，是一条大动脉，大家清楚把南来北往的列车逼停这个行动的分量。李广义想起自己参加山海关的那次罢工，工会的委员们冒着危险，带头卧轨，用自己的生命换来罢工的胜利。当时火车停下的时候，距离工会委员们只有很短的距离了。如果不是司机冒死相助，把车停下，后果将会不堪设想。

想到这里，李广义说："这次行动结果很难预测，大家给家里写封信叮嘱一下。如果我们有什么三长两短，这些信就由别人寄出去，如果没事就销毁，不要让家人担心。带上工具，天亮前出发。"

听了这话，几个工友沉默不语，他们知道这句话的分量，稍后，大家点点头。程英杰给史文珍写了很长的信，想了半天，又烧掉了，他纠结很长时间，最终一句话也没有写。

李广义拿出纸笔，给妻子写了一封信，留下了遗言：

秀梅：

见字如面！你在老家一个人既要管老的，还要管小的，十分辛苦，很早就想把你接到济南，咱俩一起抚养孩子、照顾老人，但因为各种原因一直没有如愿，我很内疚，你能理解我吗？尽美先生曾经多次讲过，这个吃人的社会太不公平，工友们出力最多，却被欺压最重，该到了觉醒起来团结斗争的时候了。在这个关键时期，我哪能只顾咱们小家，不顾工友大家呢，你能支持我吗？告诉你个好

223

消息，大厂已经成立了工会，我们工人团结起来就有希望了。但是那些反动派想尽千方百计打压我们，甚至还妄想采取卑鄙手段镇压我们，我们是决不会被吓倒的，我们愿意用鲜血和生命换来自由平等民主的新世界。我这次去参加工会示威行动，如果真的遇到什么不测，你们一定不要悲伤，一定要好好地活着，要告诉孩子们，他们的父亲是为了工友的权利，是为了光明的事业，是为了创造新世界而牺牲的。希望将来他们长大了，好好读书、好好做人，能继续我未竟的事业。家中如果有困难，可以找大厂张师傅、英杰、文英他们，他们是我最亲的人。

黄守信想起山海关那次卧轨，心有余悸，脸色苍白，但在李广义和程英杰的感染下，战胜了恐惧，也给家里写了一封信，表示自己视死如归的决心。

几个工友写完信，交给了张巩和，让他代为保管。大家相约：如果能顺利完成任务，就把信各自拿走；如果发生不测，张师傅就把信寄出去。

大家各自安排好自己的事，按照约定的时间集合，几个工会委员连夜带着工人们前往车站。天刚亮，就听见一阵汽笛声响，接着响起轰隆隆的火车声，一辆火车缓缓发动，准备出站。

李广义大声说："不能让车开出站，我们必须把这辆火车逼停！否则我们的罢工不可能成功！"说完，他带着程英杰和宋明泉向火车奔去,其他人连忙跟在后面,飞奔到火车旁边,朝火车司机挥着手,大声地喊着:"停车,停车!"

工人的手势和高呼,没能挡住前行的火车,火车依旧不紧不慢地继续前行,丝毫没有停下来的意思,还有不断加快的趋势。李广义心急如焚,如果这列火车开出站台,紧跟着会有更多的火车开出去,这就意味着行动失败。

在这千钧一发的时刻,李广义大吼一声:"不能让火车出站!"火车依旧慢悠悠地开着。此时,李广义知道,必须采取非常措施才能截停火车。他想起了山海关罢工卧轨的经历,立刻毫不犹豫地跨上轨道,横卧在冰凉的铁轨上。

程英杰、宋明泉等人立刻明白了他的意思,紧跟着一起横卧在铁轨上。看到委员们奋不顾身躺在铁轨上,身后的工友们也毫不犹豫地效仿他们,横卧在冰凉的铁轨上,决心用鲜血和生命声援"二七"大罢工。

火车司机张师傅看见这么多同胞卧躺在铁轨上,吓得一身冷汗,大声喊着:"大事不好,要出人命了!马上刹车!"说着就准备紧急刹车。

"你在干什么?为什么要刹车?不能停,继续开!"机务科的英国纠察贝克大声喊着,阻止他的行动。

"赶紧刹车,赶紧刹车,你看前面的铁轨上卧躺了那么多人,再不刹车,就要出人命了!要是这些人有个三长两短,父母孩子怎么活下去？无数个家庭就要毁灭了！"眼看着火车开向卧轨的工人，张师傅心急如焚。他家里有很多亲戚在铁路局上班，还有朋友在济南的铁路局上班，说不定卧轨的工友中就有自己的亲友，他坚决不能伤害他们。

"躺在铁轨上，是他们的错，他们想妨碍我们的工作，不能让他们得逞！"贝克振振有词地说，"出人命和我们没有关系，我们在工作，任何人都不能耽误工作！"

"工作，工作！难道你不知道人命关天吗？"张师傅被英国纠察的冷酷震怒，心都跳到嗓子眼里了，浑身直冒冷汗，几乎站立不稳，使劲拉着汽笛，继续准备刹车，"不停车会出人命的，躺在铁轨上的都是我的兄弟，都是我的同胞！"

贝克非常不满，从张师傅手里抢过火车的手把，不以为然，"放心吧，不会出人命的，他们只是做个样子给我们看，吓唬我们，我敢打包票，一会我们的火车过去，所有的人都会爬起来逃走的，我们不要被他们迷惑，他们在吓唬我们。"

这时候，车轮滚滚，轰鸣声阵阵，火车离人们越来越近，眼看着就要压过来了。李广义卧在冰冷的铁轨上，听到铁轨上车轮震动的声音越来越近。但他和所有的卧轨工人一样岿然不动，大家决心用生命换取罢工的胜利，他们知道，只有坚持到最后，才会有希望。

张师傅心急火燎，火车再开，就要压到同胞兄弟的身上，马上就要出人命了。他看贝克根本不顾中国工人的死活，还在拼命地开车，怒火中烧，抬起手来，用尽全身的力气，照着贝克的脸上"啪"一下，甩了一个巴掌，嘴里骂着："我打死你这个没有人性的畜生，我杀了你这个没人性的混账，快点滚蛋！"

贝克冷不丁地挨了个大嘴巴，正要还手，被张师傅猛地推倒在煤堆上。然后，张师傅拼命地抢回手把，来了个急刹车。由于惯性，火车依旧在铁轨上滑行。张师傅急火攻心，他发疯般地喊着，用尽平生所有的力气去刹车，他不敢想象下一步会有什么可怕的事发生，吓得闭上了眼睛，绝望地等着不可预知的结果。

李广义闭着眼睛卧躺在铁轨上，已把生死置之度外。火车越来越近，铁轨上震动的声音越来越大，越来越重，震得耳朵发聋，他的神经越来越紧张。他知道，这样做非常危险，可能会搭上性命，但此时形势危急，没有更好的选择，只能用生命和鲜血去换取罢工的胜利。工友们静静地卧在铁轨上，看着越来越近的火车，没有一个人退缩。此时，火车终于放慢速度，慢慢地停了下来。

过了很长时间，张师傅才敢睁开眼睛。他发现，火车车头和卧轨的工人之间，只有一节车厢的距离。他浑身上下全是冷汗，就像刚从水池子里捞出来一样。他长长地出了一口气。看着火车猛然刹住，俯卧在车头前的工人们昂起头来。看着火车停稳当了，他们从铁轨上爬起来，喊着口号，冲到火车的旁边，紧紧地包围住火车。

李广义和薛文英、宋明泉、程英杰等人，顺势跳上司机室，亲自接手了火车的车头,把火车熄火。在工会委员们的带动下,工人们把所有过路的火车,全部截停,并且摇炉熄火,就连特快列车也不放过。宋明泉把一辆机车开到总道岔跟前,歪倒在那里,机车把出库的通道堵死了。这样,所有的火车都无法通过,铁路线就彻底瘫痪了,这是个极为严重的事故,产生了巨大的冲击波。

看到工人们把交通枢纽的火车逼停了,大厂的监工们气得七窍生烟。刘二奎和马三刀不敢怠慢,立刻上报。没有多久,就听见警笛大作,侯初升带着一队警察飞奔而来。他们看见浩浩荡荡的工人队伍,手持木棍的工人纠察队员站在队伍的最前面。工人们喊着口号:"打倒军阀!绝不屈服!""为死难的工人弟兄报仇!"口号声声震全城,面对荷枪实弹的警察,没有任何人退缩。工人们怒目圆睁,勇敢地和警察对峙着。

截断交通的斗争声势浩大,在宋明山的动员下,济南的市民们纷纷赶到车站声援他们。工人们的行动很快就惊动督军梁中玉,梁中玉马上派李参谋长赶过去交涉,让工人派代表到督军府谈判。

在李参谋长的引导下,李广义等人走进督军府的办公室。几个卫兵走过来,对李参谋长耳语几句。他点点头,对李广义和薛文英等人说:"督军刚开完会,有请各位到会议室谈话。"

梁中玉额头很高,身躯肥胖,留着两撇胡子,一身戎装,坐在宽大的办公桌后面。看见工人代表们进来,他拍着桌子,极为不满地说:"你们好大的胆子,竟然敢阻断交通,损坏国家财产,罪大恶极！这是犯罪行为，要掉脑袋的！"

看着工友们不说话，梁中玉喝了一口水，放缓口气继续说："最近几天，吴大帅和交通部部长都给我发电报了，叮嘱我一定要严密监视你们的行动，严厉禁止一切罢工和其他违法的行为。你们都是有家有口的人，不要再做出格的事，希望大家好自为之，不要听信谗言，成为别有用心人的棋子。"

李广义不卑不亢，软中带硬："我们所做的一切都是为了国家，为了工人的利益。我们几个被监视没有关系，但整个铁路的工人，你们是监视不了的。"

梁中玉一愣，起身，背着手来回踱步，说："你们都是优秀的工人，不但技术高，还有一定的威望。该干什么，不该干什么，我想李参谋长早就给你们说清楚了。总之，希望你们专心干自己的事，别的事不用你们操心，更不要跟随别人上街胡闹，我不希望再发生游行罢工的事。"

程英杰控制住情绪，尽量用平和的语气据理力争："督军有所不知，工人遭受工头们深重的压迫，经常被无故扣钱，被无故开除，京汉铁路的工人是为了反抗工头的压迫，争取经济利益，争取自由，争取做人的权利。他们是迫不得已而为之，并不是任性胡闹。但是当局竟然私自开枪杀害工人，影响极为恶劣。如果当局有诚意解决问题，希望马上撤退京汉铁路的所有军队，答应他们的要求。我们自然不愿意再多事了。不过，根据现在的情况，当局没有表现出一点点解决问题的诚意。所以，我们只能站出来。"

程英杰的一席话，有理有据有节，梁中玉无言以对，他沉吟片刻，停止踱步，说："你们的话并不是没有道理，能够和平解决是最好的办法。你们也不要被某些人煽动。如果你们不闹工潮，不给当局添麻烦，就更好了。"

"希望梁督军配合我们的行动，给吴大帅发电报，撤退包围京汉铁路工会的军警，不再镇压手无寸铁的工人，和平解决一切问题，我们自然也就不会再有别的事了。如果您拒不发电报，我们还会继续逼停所有火车。"李广义直视着梁督军，平静地说。

"嗯，这个嘛——"梁中玉又踱起步来，来来回回，像走马灯似的，最后停下步子，捋着胡子，"这样吧，给我一点时间，思考用什么措辞给吴大帅发电报，请他撤退包围京汉铁路工会的军警。"

听了这句话，代表们相互看了一眼，露出了胜利的微笑。

李广义、薛文英、程英杰几个谈判代表回到大厂后，冷静地分析形势，商量下一步的工作。目前斗争取得了初步的胜利，如果继续罢工，工人的收入会受到影响，还可能造成流血牺牲。工会代表一致决定，保存革命火种，全路罢工的计划暂时延缓。

斗争取得了胜利，但李广义和程英杰等几个工会的委员因为出面领导了罢工，被军阀、警察局和厂里的监工、把头们密切监视。不过，他们没有丝毫退缩，依旧为工友们办事，是大家的主心骨。

第九章　理发师齐心抗捐　侯初升分化瓦解

这天，宋明泉上街找丁大湖理发。当年，丁大湖因为没有给刘二奎随份子，被刘二奎找借口撵走了。丁大湖走投无路时，宋明山介绍他去朋友的理发店当学徒。

丁大湖非常聪明，很快就学会所有的手艺，成了受欢迎的理发师傅。挣钱以后，他想着自己开店，就在大厂附近找了个小门头房，但租房子的钱凑不够，正一筹莫展的时候，宋明山再次出钱帮他渡过难关。在宋家兄弟的帮助下，丁大湖渐渐站稳了脚跟。丁大湖视宋家兄弟为恩人。为了提高他的觉悟，宋明泉经常邀请他去红房子参加活动。在大家的启发帮助下，丁大湖懂得了很多道理，思想也在不断进步。

但今天，丁大湖就像换了一个人，跟霜打的茄子一样，看见宋明泉也提不起精神。宋明泉纳闷，问他遇到啥难事了。

"唉！"丁大湖长叹一声，"这个生意，干不下去了，说不定哪天就要关门大吉了。"说完,递给宋明泉一张传单。

宋明泉打开传单,只见上面写着:在济南理发业征收卫生执照捐……每个理发店每月征税两元,剃头铺每月征税一元,串街挑担每月征税两角。

"一个月才挣几个钱?每个月就征税两元,太过分了!"宋明泉非常生气。

"我这么个小店铺,是小本生意,本来就挣得不多,房租却一分钱不能少。如果每月征税两元,我连吃饭的钱都不够。"丁大湖一边给宋明泉理发,一边絮絮叨叨,"做人太难了,我们整天低三下四地看人脸色,遇到不讲理的无赖客人还不给钱,根本找不到说理的地方。一年四季从早忙到晚,勉强糊口,现在每个月还要交两块大洋的税!这不是要我们的命吗?他们要把我们逼上绝路,真是没有天理了。大理发店的师傅没问题,我们这些小理发匠,怎么可能拿出这么多钱?"

丁大湖正说着,一个理发师傅风风火火地跑进来:"丁师傅,快点跟我们开会去,大家都在外面等着你,商量抗捐的事。"

"嗯,嗯,我这就来!"丁大湖口里应着,手一刻不停,麻利地给宋明泉理完发,抱歉地说,"我就不给你洗头了,下次好好补上。"

"没事儿,没事儿,你赶紧去吧。"宋明泉脱下围裙,低下头,用手胡拉几下头发,正要告辞离开,被丁大湖一把拉住。

丁大湖说:"我想起来了,你是大厂工会的领导,见多识广,过来帮我们想办法,跟我一起走吧。"说罢,锁上店门,拔腿就走。

宋明泉跟着丁大湖,匆忙赶到会场。会场坐满了人,丁大湖一打听,在理发界的领头人马师傅和张师傅的号召下,全城七百多位理发工人都来了。理发协会的邢会长和赵副会长也参加了大会。台上摆着两张桌子,邢会长和赵副会长坐在中央,马师傅和张师傅坐在两侧。

会议开始后,主持大会的马师傅说:"这次大会,主要商量征收卫生执照捐的事,目前文件的实施办法,已经下发到每个人的手里,大家有什么看法,可以谈谈。"

马师傅说完,张师傅接着说:"大家的苦,我都知道!现在经济不景气,生意难做,挣钱越来越少,每月交完房租,填饱肚子,就剩不下钱了,怎么可能有多余的钱去交捐?真是强人所难!"

"对,我们没钱交捐。"台下的理发师傅大声喊起来,"坚决抗议征捐,抗议!抗议!"

"但是,上面让我们交,我们也不能不交。"这时,邢会长说话了,"我思来想去,终于想出个万全之策,大家先交纳一半,应付一下,到时候上面怪罪下来,我也好为大家说话,说不定到时候剩下的一半就不用交了。"

赵副会长紧跟着说:"我同意,上边定下来的事,也不可能再

233

改主意了，咱们先交一半。我想，大家能承担起这点小钱，也给上面足够的面子，皆大欢喜，何乐而不为？"

马师傅当即反驳："你们家大业大，不在乎这点小钱。但大多数理发师傅饭都吃不饱，交不上钱！"

张师傅紧跟了一句："你们用我们的血汗钱去巴结当官的，好保住你们会长的头衔，这算盘打得真好，但你们考虑我们的死活没有？"

坐在台下的宋明泉忍不住站起来，大声说道："邢会长，我看你这话的真正目的是先让工人交一半的钱，然后再逼着工人交上另一半，对不对？"

邢会长有些恼火，见说话者是个生面孔，问道："你是哪位？我怎么没有见过你？"

"他是我的朋友，铁路大厂工会的委员，人家大厂工会领导工人和厂里做斗争，取得了胜利。厂里给工人们涨了工钱，发了福利，缩短了工作时间。在厂里，工人有很高的地位，工会代表可以直接和厂长对话。可是，我们理发工人一年忙到头，连饭都吃不饱，如果我们也像大厂工友一样行动起来，上面肯定不会再欺负我们了。所以，我专程把他请过来，给我们点拨点拨！"坐在旁边的丁大湖站起来说。

"我们有眼不识泰山，刚才怠慢了。"张师傅、马师傅站起来，双手抱拳表示欢迎，"欢迎铁路大厂工会的领导前来指导我们的工作！"

"谢谢大家，我们都是一家人。我觉着，如果上面非要交捐，必须先发布提高理发价目的公告，否则免谈！"宋明泉说，"他们肯定不会同意提高理发价格的，所以我们也坚决不同意交捐！如果我们有自己的工会，领着大家作斗争，肯定能够抗捐成功！"

宋明泉的话赢得热烈的掌声，大家纷纷说好，喊道："我们一定要抗捐成功！"

邢会长脸上挂不住，气呼呼地说："我是为了大家好，要是你们不交，后果自负。"

"我们选你当会长，是为我们说话的，现在你竟然出卖我们的利益，上面说什么你就随声附和，只想着自己升官发财，根本不考虑我们的死活！"丁大湖参加过红房子的活动，思想有了很大的变化，知道权利需要自己争取，他不再懦弱，敢于反抗了。

大家憋着一肚子气，正好没处发，看见邢会长竟然胳膊肘往外拐，终于找到发火的地方了，丁大湖话音未落，会场上喊声震天："走狗，走狗，滚出去！"

邢会长恼羞成怒，朝台下一个黑衣人使了个眼色。黑衣人起身，朝会场旁边一扬手，人群中站起几个彪形大汉，虎着脸，朝丁大湖围过来。

刚刚坐下的宋明泉，见来者不善，"霍"地站起来，挡在丁大湖前面，冷冷地说："怎么，大庭广众之下，你们还想动粗不成？"

为首的，是个身材魁梧、满脸横肉的大块头，他径直走到宋明泉面前。坐在旁边的几个理发工人见势不妙，纷纷避让，让出一块空地。全场鸦雀无声，哪怕一根针掉到地上，也能听到响声。空气中充满着火药味，仿佛只要有一点火星，就会轰然爆炸。

大块头比宋明泉高出一头，俯视着宋明泉，伸出一根手指，戳着宋明泉的脑门："王八羔子，谁让你多管闲事！你是找死……"

宋明泉右手迅捷往上一抬，只听"咔嚓……扑通……"，围观者眼睛一晃，就见一个庞大身躯轰然倒下。转瞬之间，会场响起连声惨叫："哎哟……妈呀……"令人毛骨悚然。众人回过神来，才发觉大块头跪在地上，脸上表情痛苦不堪，刚才戳宋明泉的那只手指，被宋明泉两只手指捏着，朝后呈直角弯曲，显然是已经折断了。

大块头头上青筋直暴，汗如雨下，嘴巴歪斜着，含糊不清告饶："好汉饶命，好汉饶命，疼死我了……"

大块头的几个手下，大概是救主心切，呼啦一下扑上来，有一个还抄起板凳。旁边的人不干了，有人高声喊道："这么多人打一个人，这不是欺负人吗？"还有人接着喊："我们也上！""对，我们也上！"说着，就有人抄起板凳。

眨眼间，两拨人就缠到了一起，你给我一拳，我踢你一脚。后来，大家都操起身边能用得上的家伙，板凳、椅子都用上了，还有人不知道从哪里找出了棍子，有人从裤子上解下来皮带，一时间桌椅板凳横飞，打得难解难分。邢会长的人虽然会拳脚功夫，毕竟力量悬殊，渐渐落了下风，被揍得鼻青脸肿。

双方正在酣战中，突然警笛大作，一队手拿警棍的警察冲了进来。原来，邢会长手下的人害怕出事，第一时间跑到警察局报警。警察局就在会场的对面，警察局的人经常去邢会长那里理发，和他的关系非常好。看到眼前混乱的场面，领头的警察大吼一声："都给我住手，违令者立刻逮捕！"

警察人多势众，又带着武器，很快就把场面控制住，把带头动手的几个理发师傅带走了。第二天，济南各大报纸刊登了理发工人因为抗捐打架，有六个师傅被警察抓走的事。因为理发在日常生活中必不可少，所以市民们非常关注这件事。

理发工人抗捐的事情陷入了僵局，正当马师傅、张师傅和工友们一筹莫展的时候，王尽美和宋明山走进理发师傅当中。原来，宋明泉离开会场后，就去把这事告诉了大哥宋明山。宋明山非常重视，连忙去找王尽美，正好王尽美刚从外地回来。在王尽美的办公室，宋明山遇见了早他一步来的史文珍。大家一起商量对策，王尽美认为这是发动群众、建立工会的好机会。

于是，王尽美、宋明山、史文珍和马师傅、张师傅等人一起，召集理发界的骨干分子开会。宋明泉也领着李广义、程英杰、黄守信、张有德来了。师傅们用期盼的眼光看着王尽美和宋明山。马师傅说:"大家现在进退两难,请为我们指一条出路。"

宋明山说:"团结就是力量,我们一定要团结起来,坚持斗争。小打小闹成不了气候,我们要来一场大的行动,有足够的声势才能给当局造成压力,下面请尽美先生给我们指点迷津。"大家鼓起掌来。

王尽美说:"斗争胜利的例子很多,以前铁路大厂的工友们受到监工、把头们欺负,过着非人的生活,经过斗争,工友最终迫使厂方接受了条件,给工人加薪、减少工作时间。所以,我们必须坚持斗争,否则永远也抬不起头来。"说到这里,王尽美把李广义和程英杰拉到身边,"我给大家介绍几位朋友,这是铁路大厂的李广义和程英杰,他们为了工友的利益,几次去天津谈判,最终迫使厂方答应了条件。他们知道大家遇到了困难,主动过来帮助大家开展工作。他们的斗争经验非常丰富,大家可以多听听他们的想法。"

王尽美的话给了大家信心和勇气,就像漆黑的屋子突然开了一扇窗。马师傅说:"你们来得太及时了,我们听说大厂的工人运动搞得轰轰烈烈,你们是我们的老大哥,也是我们学习的榜样。"

"都是朋友,不要客气。能活下去的人,都不会铤而走险,是他们把我们逼上了梁山。"李广义说,"根据我们的经验,黎明之前是最黑暗的时候,当斗争进行到最艰苦、最激烈的时候,只要坚持下去,就能看到光明。越是这个时候,我们越不能后退,必须勇敢地迎着困难走上前。在座的都是理发行业中有威望的人,在斗争中，一定要有为了大家的利益牺牲自己的决心，没有牺牲就不会有胜利。"他话音刚落，立刻响起了热烈的掌声。

"我们罢工胜利后，工会的地位明显提高。现在每次工会开会，工人们都把机器关了，暂时停工。我们停工，只要告诉他们时间，厂长和工头们也不干预。以前这个待遇连想都不敢想，也是不可能的。自从罢工胜利后，厂长对工会的人很客气，监工和把头的态度也好多了，几个恶霸工头被我们修理后，也夹起了尾巴，见了我们主动打招呼。转变最快的是办公大楼的门卫，以前别说是普通工人，就连监工、把头他们也不放在眼里。罢工胜利后，工会委员到办公大楼去办事，门卫就像见了当官的一样，点头哈腰，满脸堆笑，主动招呼，连忙禀报。办公室的人员听到后，立刻出来迎接我们，给我们端茶倒水，非常客气。"程英杰说。

李广义说："是的，铁路大厂工会的地位提升很快，这都是我们斗争得来的。如果我们不抗争，今天还会被他们踩在脚下，随意欺负。工友们，我们一定要团结起来，为了我们的权利而斗争！"

"我们每次行动，市民们都毫不犹豫地伸出援助之手，现在你们遇到困难，我们绝对不会袖手旁观。"程英杰说，"我们坚决支持理发工人的罢工！更希望理发工人早日成立工会。"

在场的理发师傅听后，坐不住了，恨不得马上成立工会。张师傅摩拳擦掌："原来工会的力量这么大！我们也组织工会吧，让工会领着我们抗捐，领着我们罢工！"

"听了大厂工友们的话，我感触很深，权利是自己争取的，不会从天上掉下来。大厂的兄弟是我们的榜样，我们一定要向你们学习，坚决不会后退。和大厂工人集中在一起的情况不同，理发工人虽然人很多，但非常分散，组织联络起来非常困难。所以，成立工会非常必要。咱们也学习大厂的工友，成立工会。为了大家的利益，我愿意做出牺牲，坚决斗争到底！"马师傅说，"感谢你们的出手帮助！"

听了几个人的话，理发师傅们深受鼓舞，他们看到了希望。

在王尽美和李广义等人的筹划下，理发工人决定第二天早上六点在千佛山召开大会，会后举行罢工游行，争取自己的权利。大家商量好了游行的口号，分头准备游行的横幅和彩旗。程英杰和宋明泉帮他们分好了游行的小组，指定好每组的行动组长，王尽美帮助师傅们印好了标语和传单，张巩和带着工人纠察队前去维持秩序。

第二天一早，济南市所有的理发工人和串街理发匠们，都赶到千佛山下开会。李广义、程英杰和宋明泉带着铁路大厂的一群工友，前来为他们助阵，很多市民也自发地加入他们的行列中。参加聚会的有三四千人。

大家到齐后，王尽美走到台阶上，发表了慷慨激昂的演讲："天下的劳动者都要团结起来，争取自己的权利，要进行坚决的斗争。我们的要求是免去卫生执照捐，释放被捕工人，准许自由组织工会等。当局必须答应我们提出的所有条件，这三项条件缺一不可，否则我们坚决不会停止斗争。"

王尽美说出了大家的心里话，讲话被热烈的掌声打断。

开完会后，开始了示威游行。李广义、程英杰、宋明泉和马师傅、张师傅等人，站在队伍的最前面，举着彩旗、横幅，喊着口号，沿着繁华的商埠游行，并向行人分发传单。队伍的两边是工人纠察队，防备意外事件的发生。史文珍作为报社记者，用相机记录了这次大会。

一群巡警正在大街上巡逻，看见游行队伍，立刻握紧警棍，走上前去，喝道："散开，散开！游行队伍赶紧散开，市民们不要围观，不要影响市民的正常生活！"

宋明泉和张巩和带着几个工人纠察队员走过来。宋明泉对带头的巡警说："我们在争取自己的权利，没有影响市民的生活。"

"你们这是聚众闹事，赶紧走开！"巡警很不客气地说。

"该走开的是你们！"宋明泉双眼瞪着巡警，他旁边的几个纠察队员也喊道，"请不要影响我们！"

几个巡警一看形势不妙，害怕吃亏，扭头撤退，立刻向上报告。侯初升接到消息后，派出警察赶到现场恐吓工人。但工人群情激奋，斗志昂扬，继续游行。当游行队伍走到南圩子门时，只见警察们当街拦截，坚决不让通过。侯初升站在台阶上，大声地说："我是警察局的侯局长，负责维持治安。请工友们原地等候，停止游行，我们去警察厅请示厅长。"

"我们一定要见到厅长,否则他们不会答应我们的条件。"马师傅说。

理发行工人跟着喊:"对,我们要见厅长!"

侯初升说:"大家要以大局为重,你们游行的目的不是闹事,而是减免捐税。大家还是走正常程序吧,你们原地等候,我去厅里请示厅长,把大家的意见转达给他。如果厅长不同意你们提出的条件,我就不再制止大家的游行,允许你们进入警察厅去请愿。如果警察厅同意了你们的条件,大家就立刻散去。你们说好不好?"

"只要你们别耍花招,真为我们请示,我们就可以等。但如果你们要耍花招,我们就不客气了。"马师傅说完,回头问游行的理发工人:"大家说对不对?"

"对!"所有工友一起喊。

马师傅带着理发工人一起喊口号:"免去卫生执照捐!释放被捕工人!准许自由组织工会!"

"好,我们这就过去,大家就地等待消息。"侯初升说完后,带着一部分警察离开了。

"他们会答应我们的条件吗?"马师傅问王尽美和李广义等人。

"形势瞬息万变,谁也不知道下一刻会发生什么。我们做好各种准备,静观其变,直到他们答应我们的所有条件!斗争的关键时刻,我们一定要沉住气,坚持到底就是胜利。"王尽美的话就像一颗定心丸，理发工人听后连连点头。时间一分一秒地过去，所有人的心都悬在空中，焦急不安地等着候初升带回好消息，但候初升就像在人间蒸发了一样，音信全无。

两个小时过去了，正当大家深感绝望的时候，候初升终于出现了。马师傅、张师傅迎面走过去，所有的眼睛都在紧紧地盯着候初升，只见他连连点头，说："警察厅答应大家提出的三个条件了！"

"免去卫生执照捐，全部释放被捕工人，准许自由组织工会，这些条件都答应了吗？"马师傅问。

"是的，他们答应了大家所有的条件！"候初升说，"按照约定，现在大家就地解散，回店开门营业！"

马师傅很兴奋，往台阶上一站，挥着手臂，朝游行队伍喊道："工友们，警察厅长答应了我们的全部条件，我们胜利了！这次胜利让我们知道了团结就是力量，坚持到底就是胜利！"

游行队伍爆发出欢呼声，所有人跟着喊："我们胜利了，我们终于胜利了！坚持到底就是胜利！"

"我再说一遍，现在，你们，所有的人，立刻停止罢工游行，就地解散，赶紧复工！"候初升说。

"工友们，大家复工去吧。"张师傅喊道。

罢工斗争的胜利鼓舞了理发工人们，他们终于认识到，只有组织起来才能取得胜利。理发工人们革命热情高涨，成立了济南市理发业工会，这是济南最早的工会之一，对后来的工人运动起到积极的推动作用。

王尽美从长辛店铁路工会要来工会组织简章，帮助工会订阅了长辛店工会办的《工人报》。在党的领导下，理发工会成为领导济南理发工人战斗的核心组织。工会快速发展，几个月后就辐射到了济南周边地区。

在王尽美的领导下，济南的工人运动风起云涌，取得了一次又一次的胜利，为工友们争取了很多权利。但敌人不甘心失败，伺机反扑。此时，李广义和程英杰等几个工会委员上了黑名单，被军阀、警察局和厂里的监工、把头密切监视。

侯初升被梁中玉召到督军府，毕恭毕敬地站着，听着督军训话。

"这群理发匠平时一盘散沙，这次居然闹出这么大的动静，你身为警察局长，是怎么维护治安的？"梁中玉不满地说。

"理发工人很分散，照理说，闹不出多大动静。我想，这次游行应该是有高人在幕后指导。"侯初升蹙着眉头，"在他们的游行队伍中，我看见很多铁路大厂工会的委员，肯定是他们在背后煽风点火。如果不是他们指示，这群理发的肯定成不了大气候。"

"又是大厂这群闹工潮的人！"梁中玉一听，气不打一处来，"他们都是暴动的危险分子，只要罢工游行就少不了他们，他们竟敢把全国大动脉的火车逼停了，还跑到我这里谈条件，这次又鼓动理发匠闹事。他们到处煽风点火，妖言惑众，是一切动乱的导火索。我们必须严密地监视他们的行动，你这就去找铁路大厂的负责人，让他们进行严格的整顿。告诉他们，如果再闹出一点乱子，就赶紧滚蛋。"

侯初升不敢怠慢，马上带人去铁路大厂，找范良驹商量对策。

范良驹一看，侯初升脸拉得有半尺长，不敢怠慢，连忙让罗四召集手下头目过来开会。

侯初升转达了梁中玉的意见，对范良驹说："近来你们厂工潮闹得很厉害，罢工游行，围攻厂部大楼，多次去天津请愿，逼停火车，去督军府闹事，和理发工人一起游行，到处煽风点火，蛊惑人心。这些事都传到大帅的耳朵里了，他非常生气。大帅的心情很不好，刚才冲我发了一通脾气，让我转告你，再这样下去，后果很严重！我想你还是小心为妙。你们抓紧梳理一下，看他们都干过哪些出格的事。"

范良驹额头直冒汗，拿出手绢擦擦汗珠，为自己找台阶下："从我上任起，我就采取强硬措施，从严治厂，对他们决不姑息。但侯局长也知道，现在大环境很不好。尤其是铁路上，济南是个交通枢纽，各种各样的人来来往往，有很多心怀叵测的人煽风点火，工人的消息很灵通。"

侯初升不以为然："你是一厂之主，难道就听之任之，把所有的责任都推得一干二净，不打算采取行动吗？"

范良驹慌忙应道："一直在想办法，但没有找到合适的办法。这件事很棘手，据我所知，从去年年初到现在，各地工潮泛滥，全国各地闹工会，一直没有消停过，大大小小的工潮有一百多次，近三十万人参加。听说他们闹着成立什么总工会，成立总工会就会闹大罢工，这个问题很严重。现在厂长很不好当，牵扯到很多问题，不但要管生产，完成上面下达的各种紧急任务，还要管工人，工人也不听话，有工会给他们撑腰，动不动就罢工，不好惹。"

侯初升说："不能再听之任之了，我们要想办法控制工人闹工潮，你有什么好主意？"

"如果大家配合，采取严厉的措施，就能压制下去。"范良驹说，"一些工人在厂里工作的时间长了，工钱高，架子大，不好支使。如果是新工人就不会这样，他们的工钱低，听话。所以，把闹事不听话的人开除一批，再换上一批新人，情况会好很多。但是铁路大厂的工作繁重，技术要求高。经常来很多紧急的工作，这就要求员工要有足够的稳定性，否则不能按时完成任务，也不能保证工作的质量。新工人需要一段时间才能掌握技术，所以也不能频繁地换人。"

侯初升眉头紧锁，有些不满："你翻来覆去每次都是这几句话，我的耳朵都听出老茧了，你就不能再说点别的？告诉你，我们不能让他们成一块铁板，要分化瓦解一批，让他们相互猜疑。要给可以利用的人足够的好处，让他们帮我们做事，对那些带头闹事的工人采取严厉的措施。"

说罢，侯初升拿出一份名单，让大家传阅，说："这是督军给我的名单，名单上是找督军闹事的工人。按照督军的意思，得给他们点颜色看看，我要把这些人都抓进来，给督军一个交代。你们看看这个名单，有什么想法吗？督军说了，对提供有价值资料的人，定有重赏，赏钱我们已经准备好了，全是白花花的现大洋，还有金条，就看大家能不能领到这笔钱了。"

几个人传阅着这份名单，表情不一，多数人很兴奋，尤其是刘二奎。最近工人风头正劲，他知道众怒难犯，所以夹着尾巴做人，不敢造次，这下好了，警察要出重手了，他憋了很久的恶气可以出了。只有赵半斤没吭声，他心里同情工人，但嘴上不敢反对。

刘二奎乐得直扭身子，几乎要从椅子上弹起来，忙着给侯初升献策："李广义、薛文英、程英杰、宋明泉这些人都是铁板一块，找过他们几次，横竖不买账，给钱也不收，是一条道走到黑的死硬分子，没必要和他们浪费时间。黄守信和张有德干工会虽然很积极，但他们贪财，上次给他们钱的时候，他们虽然扭捏半天，但并没有拒绝。可以做这两个人的工作，软硬兼施，给他们点厉害尝尝，找到突破口，分化瓦解。"

侯初升正中下怀，竖起大拇指："好主意，看来刘监工平时工作非常踏实，对这些人了如指掌，你的话非常有价值，你到警察局领赏钱。希望大家都像刘监工一样，随时给我们提供有价值的情报。开完会后，我就把名单上的人都抓进来，重点做这两个人的工作。他们只要进了警察局的门，哪怕是铁嘴钢牙，我也要撬开！"

车间里，工人们正在干活，突然，冲进来一队荷枪实弹的警察，领路的，正是厂警牛大发和监工刘二奎、把头马三刀。他们走到宋明泉、黄守信、张有德等人的身边，二话不说，上去就用绳子把他们五花大绑起来，推上警车，眼睛蒙上黑布，直接带走了。由于事先没有任何预兆，工人们来不及做出任何反应。

刘二奎从警察局拿到一笔可观的赏钱，非常高兴。他没有想到，原来钱可以来得这么快。于是，他得意洋洋地带着相好小桃红，到泰丰楼吃大餐。小桃红打扮得很妖艳，说话嗲声嗲气，把刘二奎搞得神魂颠倒。小桃红看着刘二奎正在兴头上，娇滴滴地说，她看上了一条珍珠项链，那个珠子非常光滑圆润，和她身上这件旗袍非常般配，但遗憾的是手头上的钱不够。为了博得美人欢心，刘二奎答应等发了工钱就给她买下来。小桃红听了后，脸上的笑容立刻就消失得无影无踪，噘着嘴说："你可真会说话，等你发了工钱，估计那串珍珠项链早就卖出去了。"

刘二奎看她不高兴了，咬着牙，从皮包里拿出一沓钱，让她吃完饭马上就去买下来。小桃红接过钞票，开心地数起来。刘二奎问钱够不够，小桃红眉开眼笑地说，够买两串珍珠项链了。

看着小桃红这么高兴，刘二奎故意叹口气，小桃红问他有啥心事。刘二奎说，听说厂里最近正在考虑给一部分人涨工钱，名额极少，只有几个。另外，表现好的监工还要发红包，红包分几个等级，最高等级的红包数目很大。如果能评到最高级，一定给她准备一份厚礼。小桃红听后欣喜若狂，问他怎么才能评到最高级。刘二奎对她耳语一番，小桃红开始犹豫，禁不住刘二奎软硬兼施，只好点头同意。

在刘二奎的再三邀请下，范良驹终于答应赴宴。当范良驹走进酒店包间时，打扮妖冶的小桃红热情地迎了上去。刘二奎殷勤地给他倒酒，三个人相谈甚欢。席间，小桃红频频劝酒。开始范良驹还算矜持，在酒精和小桃红香水味的双重攻击下，渐渐地把持不住，眼神变得迷离了。

看着范良驹燥热起来，刘二奎又添了一把柴，说小桃红唱戏非常好听，很快就要成为戏院的台柱子了，让她来一曲。范良驹连连说好，于是小桃红扭腰摆臀，嗲声嗲气地唱了一段京剧《贵妃醉酒》。

范良驹是个票友，此时十分陶醉，手上合着节拍，嘴里轻声哼着，眼睛围着小桃红胸、臀上下游离，一副酒不醉人人自醉的模样。刘二奎见火候差不多了，朝小桃红使一个眼色，悄无声息掩上门，知趣地溜出去了。

一曲唱罢，范良驹使劲鼓掌，端起酒杯，要同小桃红干一个。

不知啥时，小桃红解开了旗袍上面的两粒纽扣，半露着胸，拿着杯子，扭着臀，走到范良驹身边，伸出一双白藕般的纤纤玉手，含情脉脉地看着范良驹，同他碰杯。范良驹双眼直勾勾地盯着小桃红，只见她略施粉黛，粉面桃花，眉目含情，朱唇轻启，一颦一笑皆是情，一顾一盼皆有意，虽然不是倾国倾城貌，却也是百媚千娇，不由得心荡神驰，喉咙里竟发出一声响，禁不住咽了下口水，为了掩饰，赶紧举起酒杯，"咕嘟"一声干了杯。

这一幕，被小桃红看在眼里。她故意一个趔趄，往范良驹身上歪，趁范良驹接住时，就势往范良驹怀里倒，嘴巴"恰巧"碰到范良驹的嘴。范良驹彻底失防，再也控制不住自己，一把搂住小桃红，张开大嘴就贴上去，一股浓烈的大蒜味，熏得小桃红险些呕吐。她强忍着，紧紧吸吮着范良驹的舌头。范良驹腹下热流翻滚，蠢蠢欲动，手不安分起来，伸进小桃红的衣裳里，使劲揉搓。小桃红适时发出呻吟声，一手搭在范良驹的"地中海"上，一手抚摸着他。

刘二奎不早不晚，偏偏在这个时候推门进来。小桃红慌忙站起来，此时已是头发凌乱、衣裳不整，装作很害羞的模样，故意手忙脚乱地东遮西掩，加剧场面的尴尬。范良驹猝不及防，更是狼狈，仅剩的几根头发耷拉在脑门上，成了自己行为不检的铁证。

刘二奎夸张地"啊"了一声，连声说"对不起"，退出房间并关上门。过了约二十分钟，才敲门进来。此时，范良驹已端端正正坐着，头发整理得纹丝不乱，恢复了往日的威严。小桃红也齐齐整整，毫无破绽。刘二奎装作啥事也没发生过，恭恭敬敬地向范良驹敬酒。经历这一个插曲，范良驹和刘二奎的关系瞬间密切了。三人有说有笑，把酒言欢。

看看火候差不多了，刘二奎感激涕零地说："厂长，自您来后，对我关心无微不至、恩重如山，是我的再生父母。从今往后，我愿意鞍前马后为您效劳，您指向哪，我就打向哪。"说着，掏出一个厚厚的信封，双手捧了过去，"这是我孝敬您的，请您笑纳。"

范良驹假意推辞后，半推半就地接过来，暗暗捏了一下，塞进随身携带的公文包里。

黄守信被几个警察带进一间屋子里，有人取下蒙在他眼睛上的黑布，他的双手依然被绑着。他揉了揉眼睛，屋里站着几个人，除了牛大发，其他人都不认识，但个个都是彪形大汉，满脸横肉。他愤怒地说："这是哪里？光天化日之下，你们随意抓捕工人，我抗议，抗议！"

一个打手走上前去，不由分说，照着他的脸上狠狠地扇了几个耳光，又踹了他两脚。黄守信站立不稳，险些摔倒。没等着他反应过来，几个打手又把他推倒在地，扬起皮鞭子，使劲朝着他身上猛抽。黄守信被打得皮开肉绽，浑身上下尽是皮鞭血印子，他一边惨叫,一边质问:"你们凭啥打人?我犯哪条法了?"

"死到临头,还要嘴硬?也不看看这是哪里!"几个打手轮番抽打着,黄守信痛得晕了过去。打手拿出凉水,朝着他的头上泼下去。黄守信苏醒过来,大声叫屈:"我没有犯罪,凭啥抓我?"

牛大发用鞭子指着黄守信:"你给我闭嘴!这里是你撒野的地方吗?一天天不老实干活,到处惹是生非闹工潮,还当什么会长,和我们作对。想找死?我让你死!"打手们又拿起鞭子,照着黄守信使劲地抽起来。他被抽出一道道血口子,发出一阵阵惨叫。

这时,侯初升背着手,踱着步进来,朝打手呵斥道:"住手!太过分了!我让你们把黄先生请进来,谁让你们把他抓过来的?赶紧松绑!"

"遵命!"牛大发立刻放下鞭子,对身边的打手说,"赶紧松绑!"一个打手马上跑过去,解开黄守信身上的绳子。

黄守信气愤地说:"为啥把我带到这里?我是守法的工人,为啥要抓我?"

侯初升微微一笑:"不做亏心事,不怕鬼敲门。为啥请你来,难道你不清楚?"

"说吧,你们要干啥?"黄守信头一拧,"我是堂堂正正的人,一心为工友着想,不会为你们做任何违背良心的事,奉劝你们不要打我的主意,我把名誉看得比命都重要。"

"好!黄先生是条汉子,但有些话,还是不要过早说。正好今天有行动，带他过去看看。"侯初升拍了拍手，朝手下努努嘴，"把另外的人也请进来。"

不一会儿，外面一阵嘈杂的脚步声，张有德被五花大绑地推进来，他的双眼也蒙着黑布。"你们这样做是违法的，我抗议！"张有德还没有站稳就大声吼起来。打手们不由分说，拿起鞭子，照着他身上就是一顿猛抽，张有德惨叫起来。打手又是一顿拳打脚踢，把张有德打得鼻青脸肿。黄守信明白了，原来这是警察局的杀威棒，不管谁进来，先让你吃一顿鞭子，再狠揍一顿，后面的审问就顺畅多了。

侯初升挥挥手，命令道："给张先生松绑！"旁边的警察解开张有德身上的绳子，扯掉他眼睛上的黑布。侯初升皮笑肉不笑地说："今天邀请两位过来，有事商量。"

"邀请？哼！"黄守信使劲地把脊背挺直，冷冷地说，"哪有这样邀请人的？"

"道不同不相为谋，大路朝天，咱们各走一边。"张有德说，"请你们放明白，我是有原则的人，不会出卖朋友，不会给你们干任何事。"

"话不能这么说，你们最好考虑一下。"侯初升说完，给牛大发使了一个眼色。牛大发和打手们把黄守信和张有德带到隔壁的审讯室，只见里面的老虎凳上绑着一个人，被鞭子抽得血肉模糊，几乎成了血人，一动不动地斜靠在老虎凳上，已经昏死过去。

253

"这怎么行？赶紧让他醒过来。"侯初升说，"我倒要看看他的嘴有多硬！"

"遵命！"一盆凉水浇在头上，那人慢慢睁开眼睛。看着他清醒过来，一个打手拿出枪来对着他的脑袋，厉声说："再给你一次机会，你到底招还是不招？再不招，我就送你上路了！"

"我为理想而死，为工人阶级的解放而死，死得其所！你们不要废话，动手吧！"那个人的声音虽然微弱，但语气非常坚定，"终于解脱了，痛痛快快地让我去死吧！"

"想死，没那么容易，我们会让你求生不得、求死不能，死不了活受罪。"牛大发呵斥道，"上刑！拿烙铁过来，给我烫！竹签准备！"打手们拿出烧红的烙铁，朝着血淋淋的伤口上使劲地烫着。那人发出一阵惨叫，然后又闻到一股肉烧焦的味道。

黄守信吓得闭上眼睛，一阵恶心，直想呕吐。他本能地想跑，但双腿直哆嗦，就像踩在棉花上，根本迈不开步。张有德脸色惨白，目光呆滞，也吓得紧闭双眼。

"黄先生、张先生，你们睁开眼睛，好戏还在后头呢！"侯初升笑嘻嘻地说。

黄守信勉强睁开眼睛，只见打手把那人的双手绑在柱子上，用尖锐的竹签从每个手指尖钉进去。十指连心，那人浑身颤抖，额头上冒出豆大的汗珠，已经痛得叫不出声来，但没有求饶，没有哭泣，很快就再次昏死过去。黄守信看得胆战心惊，神经受不了这样强烈的刺激，感到天旋地转、头晕目眩，瘫坐在地上。张有德也紧紧闭着眼睛。

这一切，都被侯初升看在眼里。他故意问："姓黄的、姓张的，你们这是咋了？哪里不舒服？"

"我……"黄守信的声音像蚊子一样小，"你们下手太重了。"

"你们太残忍了！"张有德小声嘟囔道。

侯初升命令手下："把他俩带过来！"说罢，转身出门，走到刚才那间屋子里。牛大发和几个打手押着黄守信和张有德，也尾随其后。

侯初升一抬腿，侧身坐在桌子上，掏出烟盒，抽出一支点上，口里吐出烟圈儿，歪着头问："怎么样？愿意和我们合作吗？同我们合作，就可以免受这些皮肉之苦。要是不合作，你们可以当英雄好汉，我成全你们，就像刚才那样，从头到尾来一遍。等我失去耐心时，或者送一颗子弹，或者把你们装到麻袋里，扔到黄河里喂鱼。也不排除找个荒郊野岭，把你们都埋起来。总之，有一千种办法让你们在人间蒸发，咋样？我保证不会有任何人找到你们。"

审讯室里死一般的沉寂，没有任何人说话。侯初升死死盯着黄守信，只见他脸色惨白，两眼发直，一动不动，仿佛灵魂出窍了。

过了很久，黄守信感觉嗓子眼里冒烟，连吞咽都困难，嗫嚅道："给我……一杯水。"

侯初升一示意，立刻有人送上一杯水。黄守信接过来，大口大口喝起来，喝完后，又向侯初升要烟抽。侯初升很配合，不仅给他烟，还亲自为他点上。

黄守信轻轻吸了一口，既不吐出，也不咽下。他是在拖延时间，他还没有下决心。良知告诉他，不能苟且偷生，不能出卖同胞，不能向敌人求饶，更不能同敌人合作，但刚才的场面吓得他魂飞魄散，他受不了这样的皮肉之苦，他相信姓侯的不是打诳语，这些人心狠手辣，沉河活埋都做得出。

侯初升看出苗头，追问一句："黄先生，你有啥想法？"

黄守信思想仍在激烈博弈，是坚持到底，还是丢掉人格？他举棋不定。

侯初升口气严厉起来："我再问一句，你有什么想法？不要拖延！"

黄守信又口干舌燥，使劲地咽了一下，哆哆嗦嗦地问："你们想让我干什么？"

侯初升用命令的口吻说："同我们合作，按照我们的指令办事！"

黄守信低下头去。他明白，如果答应，就意味着背叛；如果不答应，只有死路一条。显然，自己已别无选择。想到这里，他心如刀绞，万念俱灰，很不情愿地"嗯"了一声。

"这就对了嘛！"侯初升满意地点点头，"你们这些工会的人不好好工作，整天带头闹工潮，动不动就领着全厂的工人罢工，真能折腾。你们活腻歪了？瞎闹腾啥？刚才你都看见了，告诉你，再折腾下去，他的今天就是你的明天……要是哪天再听见你们闹腾，就不客气了，你们就会神不知鬼不觉地消失，别怪我们没有提前打招呼！"

听了这些话，黄守信浑身直冒冷汗，身子禁不住战栗起来。

侯初升看了一眼黄守信，继续说："你们带头闹工潮不就是为了钱吗？只要和我们合作，要钱有钱，要权有权，想当官，就给你个官当当。保你有权有势，绝对不吃亏。要是不合作，再去闹工潮，恐怕脑袋就会搬家。我想黄先生是个聪明人，肯定知道何去何从吧？"

"嘿嘿！还用说？他怎么可能放着阳关道不走，偏走独木桥？"牛大发口气里带着嘲笑。

"谢谢你们指了一条明路，我知道该咋办了。"黄守信面如死灰，感觉灵魂已经出窍，变成了行尸走肉。他心想，好汉不吃眼前亏，先平安过完这关再说。

"知道就好，回去以后，不要再惹是生非。"侯初升从桌上挪下屁股，走到黄守信跟前，拍了拍他的肩膀，示意手下取过一只包，从里面拿出一包银元，在手上掂了掂，又取出一张支票，一起递给黄守信："这是给你的奖赏，希望你好自为之！"

黄守信看到银元和支票，灰暗的眼睛重现光泽。这样一笔巨款，得干多少年的苦力才能挣到？有了这些钱，可以给老家的父母置地、盖新房子，还可以把老婆孩子接过来。他分明看到了新生活的希望。

侯初升说："你继续干你的工作，有什么风吹草动的，及时汇报。"

"一定汇报！"黄守信嘴上答应着，心里却忐忑不安。从今往后，自己脚踩两只船，两边都不能得罪，必须谨慎行事，掌握好平衡。要是工会知道自己被收买了，肯定会采取严厉的措施，后果不堪设想。

侯初升挥挥手，命令手下："你们把黄先生请到休息室。"

看着黄守信走出去，侯初升转身对张有德说："听说你家里人口多，上有父母，下有三个孩子，全靠你一个人的工钱。你挣的钱不够养家，平时老婆出去打零工。如果你有不测，一家人都要流落街头，喝西北风……家里这么困难，你怎么还有心思闹工潮？是不是听了别人煽动，误入歧途？"

"我……"张有德张了张口，无言以对。

"刚才你也看见了，黄守信很聪明，识时务者为俊杰嘛。你怎么考虑的？"侯初升说，"和我们合作，前途一片光明，如果干得好，我会找机会推荐你当段长，这可是肥差。你看，这些钱都是你的。"侯初升指指桌子上的一盘银元，"要钱，还是要命，你看着办。"

张有德瞟了一眼银元，低头不语……

牛大发注意到了他的细微动作，笑嘻嘻地说："嘿嘿，我想你肯定要钱，钱是个好东西。督军的一点小意思，这只是开始，以后会定期拿到钱。"

"这个……"张有德嗫嚅着，最终下了决心，抬起头，对侯初升说，"我会给工友们做工作，以后让他们少闹事。"

"不错，要是他们闹事了，你提前和我们沟通。"侯初升含笑点头，逼近一步，"最好解散工会，这样他们就不闹事了。"

"这个……这个……"张有德大吃一惊，解散工会，肯定会被工友们整死，他不敢，也做不到。他想推托，但瞅了瞅侯初升的脸色，又瞟了一眼桌上的银元，嗫嚅道："我……试试。"

第十章　处低潮逆流而行　遇工伤智募抚恤

宋明泉等几个委员被抓走后，李广义和程英杰立刻去找史文珍商量对策。在史文珍的办公室，他们看见了宋明山。原来宋明山也得到了消息，也为此事而来。大家商量了半天，没有找到对策，非常着急。宋明山说："救人需要花钱，我这里有些钱，但不一定能满足他们的胃口。"

史文珍忽然想起了什么，莞尔一笑："宋大哥别着急，有人会乖乖地掏腰包，不用咱们花一分钱。解铃还须系铃人，抓人这件事和范良驹有关系，我有办法，让范良驹出面找侯初升要人。"

几个人吃惊地盯着她，不明白她的意思。

史文珍娓娓道来："在经一纬三路有个聚华戏院，戏院里有很多漂亮的女演员。刘二奎有个相好，叫小桃红，虽然只是个跑龙套的小角色，但十分风骚。刘二奎被糊弄得五迷三道，给老婆孩子花钱很抠门，对小桃红却一掷千金，为了讨小桃红的欢心，给她买了很多贵重的礼物，从工人身上盘剥来的钱，全花在她身上了，月薪常常入不敷出，削尖脑袋想办法捞钱，经常从厂里顺走值钱的机器和零件变卖。"

宋明山对大家说："看来，文珍最近一直暗中调查刘二奎，继续说下去。"

史文珍点点头："他的事我全知道。是他提议，也是他动笔，写了一封诬告我父亲的信，信上都是莫须有的罪名。是他带头挑动厂里的监工在上面签字，因为他的诬告和陷害，我父亲才被撤职。他是我的仇人，我肯定会密切关注他的举动。多亏程英杰的帮忙，我才有机会拍到这么多照片。开始我只想着给父亲报仇，没想到这些照片还能起到更大的作用。"

史文珍从抽屉中拿出一沓照片给大家看。程英杰看到照片笑起来，这些照片有的是他和文珍一起拍的，有的是文珍自己拍的，他没有见过。照片的内容很丰富，每个照片背后都有一个故事：有刘二奎和小桃红约会的照片，有刘二奎和小桃红喝酒的照片，有刘二奎、小桃红和范良驹喝酒的照片，也有范良驹和小桃红抱在一起的丑态。

史文珍拿起一张照片，对大家说："范良驹是个票友，经常去戏院听京剧。因为小桃红的缘故，刘二奎可以拿到免费票，他经常给范良驹送票。为了讨好范良驹，刘二奎还专门在泰丰楼宴请范良驹，让小桃红作陪。那天我正好和社长一起招待客人，就在他们旁边的包间里，他们喝得醉醺醺的，门也没有关好，被我拍到了。范良驹投桃报李，对刘二奎很关照，调工钱时，给他调得很高。人在做，天在看，这些照片就是咱们斗争的武器。范良驹是靠老丈人的关系当上厂长的，他老婆非常厉害，他很怕老婆。要是他老婆看到这些照片，估计会把他吃了。我再告诉他，如果不按照我们的要求去做，就会把这些照片刊登在报纸上，这可是爆炸性的桃色新闻。所有的人都会知道这件事，他就会身败名裂，肯定会被撤职查办。我相信，他会老老实实地去找侯初升要人。"

"你找他谈话太危险，我们陪着你一起去。"李广义说。

"杀鸡焉用宰牛刀，你们不用去，我也不出面。咱们给他写封匿名信，告诉他，如果两天之内不放人，就等着看报纸吧。让他不知道风从哪边吹来，不知道箭从哪里射来，更不知道对手是谁。要知道，看得见的敌人不可怕，看不见的敌人才可怕。"史文珍说完，李广义等人笑了，对史文珍心生敬佩。

宋明山说："这个计划可以。我再补充一点，咱们双管齐下。广义、英杰，你们马上回厂，和张师傅动员工友们，到厂部办公楼前集合，要求放人，咱们再给范良驹点上一把火，这是压倒骆驼的最后一根稻草，他一定会乖乖就范！"

"我们这就回厂安排。"李广义说完，就和程英杰一起回厂了。

范良驹呆呆地坐在办公室里,面前的桌上,摊着一个拆开的牛皮信封、一封信和几张照片。看了内容后,他心神不定。要是媳妇知道这件事,准会扒掉他一层皮。他能走到今天,全靠老丈人的栽培,所以媳妇在家说一不二。他的老丈人在天津铁路局担任要职,手握实权。本来,天津铁路局接到诬告信后,按惯例派人调查史嘉言,没有发现什么违规的大事,走完过场后,这件事就过去了。但范良驹的老丈人硬是找借口调离史嘉言,借机给范良驹腾出位子。范良驹临上任前,老丈人给他交底:如果干好了,将来遇到升迁的机会,帮他说话很容易;如果难干,只要别犯错误,遇到好机会,也能帮他说上话;要是犯了错误,惹出麻烦,造成不好的影响,那就帮不上忙了。如今,报社如果刊登这些照片,肯定会闹得满城风雨,甭说将来难以升迁,眼下这个厂长也可能当不下去了。

范良驹正想着心事,忽听楼下一群人愤怒地喊口号:"放人,再不放人,我们就要罢工了!"这时,刘二奎急急走进来。范良驹看见刘二奎,眉头就皱起来。他搞不清楚这些照片是谁拍的,但同刘二奎肯定有关系。他开始讨厌刘二奎了,觉得他是个成事不足败事有余的家伙,自己遇到这些倒霉事都和他有关,这样的小人不可不防。

范良驹自视甚高,认为自己是个志向远大的人,当年读大学的时候,立志实业救国,后来有了老岳丈这棵大树,雄心更大了。虽然世事沧桑,他变得油滑世故,但他从骨子里看不起刘二奎这种贪财好色、没有道德底线的人，自认为不能同这种小人同流合污。他又想起刘二奎为了赏钱给侯初升出谋划策的事，刘二奎很可能已经同侯初升勾搭在一起，成了侯初升安插在身边的眼线。想到这里，他心中对刘二奎的厌烦又多了几分。但不敬小人等于玩虎，他没有表露出不满，只是淡淡地问："有什么事？"

刘二奎原以为，自那天之后，范良驹对自己会热情有加，但从对方的脸色看，似乎有隐隐的冷气，毕竟是心中有鬼，他恭恭敬敬地说："工人们不好好上工，又在楼底下闹罢工，要求放人。要是他们真罢工了，上面给咱们的紧急任务就不能按时完成了，请厂长定夺。"

"这个嘛，警察局只会添乱，整天就知道抓人，他们根本不知道，我们是工厂，上面经常给我们安排紧急任务，完不成任务就要影响全局……"范良驹皱了皱眉，显得有些烦躁，起身踱到窗前，看着楼下聚集的人群，不小心把桌子上的牛皮信封碰到地上，几张照片也掉到了地上。范良驹只顾看楼下的人群，没有察觉到。

刘二奎偷眼一瞧照片，差点晕倒，趁范良驹盯着窗外看，一个激灵，匆匆拿出一张，迅速塞进口袋，然后把其他照片塞进牛皮信封，放回桌子上。做完这一切，他的心几乎跳出了嗓子眼。待范良驹转过身来时，他找了个借口，匆匆离去。

刘二奎走后，范良驹拿定主意，去找侯初升，请他放人。

看到范良驹来访，侯初升有些奇怪，让周围的随从下去，屋里只剩他们两个人。范良驹说明来意,告诉他现在工友又开始闹事,准备罢工,但不巧的是上面给了紧急任务,还需要用人。为了完成任务,必须安抚工友,请求他尽快放人。侯初升为难地说:"你看,督军都吩咐下来了,我必须执行,要是我把人放了,哪天督军问起来,我也不好交代。"

范良驹拿出一根金条,递给侯初升。侯初升看见金条,眼睛一亮,故作推辞。范良驹不由分说,直接塞到了他的抽屉里:"一点小意思,何足挂齿。咱们这次抓工会委员有两个目的,一是给督军一个交代,再一个是从工友中找出几个可以合作的人做眼线,这是重点,其他的人都是陪衬,抓他们是为了掩人耳目。我想侯局长已经大功告成,梁督军问起来,还望您多多帮我美言几句。"

看在金条的份上,侯初升心花怒放,这次行动的目的达到了,督军那边可以交代,找到了眼线,又拿到了一根金条,真是一箭三雕,超出了预期,堪称完美。何不再做个顺水人情?于是,侯初升爽快地说:"没问题,大家都是朋友,能帮就尽量帮,我知道范厂长的工作难做,这样吧,我这就让人把他们放了!"

听了这话,范良驹长出一口气,心上的石头终于落了地。

宋明泉等人回到了大厂,工友们非常高兴,程英杰夸史文珍智勇双全,对她赞不绝口。但史文珍却沉思起来,对大家说:"这件事太顺利了,我反倒不踏实,总感觉哪里不对,却想不出来什么地方有问题,也许时间会证明一切,咱们静观其变吧。"

宋明山若有所思地看着她，也意识到了什么。

这天，李广义、程英杰、宋明泉、黄守信、张有德等几个委员在李广义的家里秘密聚会，商量与其他工厂联合起来斗争的事。程英杰说："目前，铁路大厂、兵工厂、纱厂这三个厂都是单打独斗，我们应该研究如何开展更大规模的斗争。如果咱们把另外两个厂联合起来，组成三厂联盟，不管哪个厂举行罢工或者游行，其他两个厂的工人第一时间过去支援，这样，会有更大的声势。大家认为这个方案如何？"

程英杰的建议得到了大家一致赞同，李广义说："这个想法非常好，团结起来力量大，三个厂有五千多名工人，联合起来斗争，声势就大多了，肯定比一个厂更有效果。"

程英杰继续说："最近这段时间，我经常去兵工厂、纱厂进行动员，我认为三个工厂都要有负责的联络人，宋明泉的哥哥、弟弟都在这两个厂上班，我认为宋明泉可以当咱们厂的联络人。明泉，你和宋大哥沟通，让他告诉我们什么时候配合他们的行动。宋大哥的经验丰富，有他指导，纱厂的罢工一定能成功！"

宋明泉说："没问题，昨天我刚听大哥说起，纱厂的大罢工处于胶着状态，工会的领导和厂方正在谈判，他们已经僵持很长一段时间了，今天我再去找他了解情况。"

几个委员七嘴八舌地讨论起来，气氛很热烈。黄守信和张有德却呆坐着，一言不发。李广义奇怪地问黄守信："以前你是最积极的一个，今天怎么不说话了？"

听了这话，黄守信的大脑急速运转，最近发生的事就像一场噩梦，他整夜睡不好觉，精神恍惚，他想着明哲保身，但又不能做得太明显。要是工友们看出自己的异常，就会有麻烦，最好的办法是拖延，让他们习惯自己的变化。"这个，我感觉……"黄守信欲言又止。

"干啥吞吞吐吐的？有什么看法也说说。你的脸色不对，生病了？"程英杰问。

黄守信的心咯噔一下，差点跳出嗓子眼，慌忙摇头，又点点头："最近肠胃不好，总是发烧，浑身难受，头疼，身体不行……我认为现在形势不妙，军阀对工人镇压得很厉害，到处都是血雨腥风，咱们这样做很危险。上次我们去找军阀，肯定被他们盯上了，出了事大家一个也跑不掉。大家上有老，下有小的，敌人手里的屠刀沾满鲜血，咱们为什么要以卵击石？河南的形势非常严峻，工运的负责人被迫离开，郑州工会遭到破坏，很多工会都被封了，工人们争得的权益大多作废。所以，现阶段的工作，要以保存实力为主，不要轻举妄动。"

大家吃惊地看着黄守信，没有想到一向积极热心的黄守信会说出这些话。宋明泉不满地说："黄守信，你这是啥话？越是在低潮的时候，咱们越应该坚持斗争。无论形势多么严峻，咱们都要无所畏惧。"

李广义说:"军阀的镇压,只能激起工人们更大的怒火,大家不会屈服,咱们应该时刻想着为死难的工友伸张正义,团结起来,声援工会的斗争。但不排除有些投机者被敌人吓破了胆,从此消极起来,不再涉及工会的任何行动,也不排除有些人出卖工友,成了我们的敌人。"

李广义的无心之语,恰巧击中黄守信的心病,他慌忙掩饰道:"对对,是我的不对,我同意大家的意见,咱们应该斗争,应该斗争。"

张有德的心里也是一惊一乍,如过山车一般,他硬着头皮,言不由衷地说:"那是,那是。"

黄守信把媳妇打发回娘家,请张有德到家里吃饭。两人都是工会的积极分子,经常见面,但私交不多,现在两人成了同一根绳上的蚂蚱,想跑也跑不掉了。

"目前的形势变化太快,没想到转眼间发生这样的变故,不过也没有办法。最近几天,我在想,人活一世,草木一秋,咱们不为自己活,也要为家人活,走到这一步也是万般无奈。我本来想着继续斗争,无奈胳膊拧不过大腿,成了可耻的逃兵。这不是我的本意,我看不起自己!现在手里有点小钱,也不敢花,怕别人看出门道。咱们势单力薄,不能以卵击石。"黄守信说着,重重地叹了口气。

"你以为我愿意这样？大厂的兄弟们一起进厂，一起盖房子，一起成立工会，一起斗争，大家情同手足，谁知道……唉，不说也罢，保命要紧，上了这条贼船，咱们都下不来了。"张有德长叹一口气，劝黄守信，也是劝自己，"现在咱们什么也不说了，走到哪一步说哪一步的话，到哪座山唱哪座山的歌。今天我有件重要的事与你商量，侯初升要求我们想办法解散工会，这个工作不好办。我想来想去，感觉你是会长，你宣布解散工会比较合适。"

黄守信听了这话，苦笑了一下，说："让我宣布解散工会？我哪有那么大的能量？"

张有德说："这件事太棘手，我实在想不出好法子。"

黄守信长吁短叹："昨天晚上开会你都看见了。我说现在要小心行事，他们都和我瞪眼。要是我宣布解散工会，他们还不撕了我？"

"你说得有理，我们没有这么大的本事，他们太高估我们了。"张有德愁眉苦脸，"可这是上面的命令，拿人钱财，替人消灾，咱们总不能一点事也不干吧？不好办，但又不能不办。想干得干，不想干也得干啊。"

张有德的这句话，戳中了黄守信的软肋，他拍着脑门说："让我解散工会，谈何容易？唉，想当年，年轻气盛，看到不平事时，脑门子一发热，就想往上冲，打抱不平。现在想想，真是幼稚。都怪咱们自己，太能出风头，被人盯上了。"

两个人低头喝起闷酒,屋子里一阵沉默。黄守信眼珠子一转,想出一个主意:"找个晚上,趁工会办公室没人的时候,把工会的牌子摘下来,然后向侯局长和范厂长汇报,告诉他们工会解散了,咱们就算完成了任务,让他们知道咱们干活了。"

张有德听后,竖起大拇指,连说"高,高",挽起袖子,想着吃完饭干。黄守信连忙说:"坐下,坐下,不要着急。白天人来人往,绝对不能摘牌子,要是被工人纠察队发现,咱俩就惨了。今天晚上我家里没其他人,你就住在我这里,咱们半夜两三点的时候去。到时候见机行事,要是没人就下手,这样,上面问起来,也能有个交代了。"

张有德听后,连着给黄守信敬了三杯酒:"黄大哥所言极是,以后我就跟着您混。"

半夜三更,黄守信和张有德悄悄摸到工会大门附近,在树后面的阴影里观察着周围的环境。万籁俱寂,没有一丝声音,连一只狗也没有。

"走!"黄守信一挥手,两人蹑手蹑脚走到工会门口。黄守信用随身带来的工具,卸下了工会的牌子。张有德扛牌子,两个鬼影一闪,迅速撤退,消失在茫茫的夜色中。

黄守信和张有德的叛变,带来一系列反应,导致厂里的工人运动陷入低潮,当局趁机强行解散铁路大厂工会。

风雨如晦,大槐树木叶纷落,但枝干清癯,最后几片叶子倔强坚持，不肯低头。

1924年2月7日，中国共产党在北京秘密召开全国铁路工人代表大会，正式成立全国铁路总工会。总工会的一个重要任务是，设法恢复全国各地被军阀封禁解散的工会，还要把没有工会的地方迅速组织起来。党组织派遣大量优秀的党员，进驻重要的基层组织，开展工人运动。

这年冬天，刘鹏程接受党组织派遣，到铁路大厂发展党员，领导工人运动。刘鹏程是一名职业革命家，中学毕业后，王尽美邀请他到济南，协助自己编辑《齐鲁青年》杂志。当年，刘鹏程就是在王尽美的介绍下加入的中国共产党。

李广义接到上级通知，到饭店同一位同志接头。按照事先的约定，接头的人坐在左边窗户的双人桌上。他走进饭店，见窗户边双人桌上坐着一个人，穿着黑色衣服，一副工人打扮，正在低头看报纸，便上前问："请问这位师傅从哪里来？看的是什么报纸？"

那人抬起头回答："从千佛山来，我看的是《齐美报》。"

李广义说："这么巧？我也经常去千佛山，也喜欢看这个报纸，您最喜欢看哪个记者的文章？"

那人说："我最喜欢看文珍记者写的文章。"

李广义顺利地接上了头。原来，他就是刘鹏程。吃完饭后，李广义把刘鹏程领回家。

进门后，李广义激动地说："刘鹏程同志，我盼星星盼月亮，终于把您盼来了，现在工人运动陷入了低潮。在敌人分化瓦解的政策下，一些意志薄弱的分子开始消极起来，有人投敌叛变。我们的工会被反动军阀取消了，厂里又恢复了原先的沉寂，工人们又开始散了，工头们打骂工人、勒索工人的现象也开始抬头。大家的心里都憋着一口气，等待着时机。现在好了，您过来领着我们战斗了！"

"广义同志，局面很快就会有所改变，这次我的工作就是发展党员，建立企业党支部！我们先把以前工会的骨干分子发展进来。"刘鹏程紧握住李广义的手，"广义同志，为了更方便地接近工人，广泛地发起工人运动，我想进厂当工人，和工人们做朋友。你有什么好的想法？"

"太好了，程英杰、宋明泉他们都是可靠的工友，下一步可以发展他们入党。正好厂里下个月要招人，你来应聘吧。"李广义说，"不过，入厂考试很严格，不知道你干没干过油漆之类的工作？"

"没有干过，但我可以尝试。"刘鹏程说。

虽然刘鹏程没有做过油漆匠的工作，但在李广义的指点下，凭着聪慧的资质，顺利通过层层考核，进入铁路大厂，成为一名学徒工，并很快融入工人之中，与程英杰、宋明泉等人成了朋友。

铁路大厂的工作时间很长，没有星期天，一年到头几乎没有节假日。冬天每天工作十个小时，春秋两季每天工作十二到十四个小时，夏天工作十六个小时。每天早上六点半，工厂拉第一声预备汽笛，这时候工人必须赶到工厂大门口。厂门打开后，工人们去号牌房摘取自己的号牌，接着跑步去工作。在第二声上工汽笛响起来之前，把号牌挂在号牌处固定的位置，第二声汽笛拉响的时候，就应该准备好开工了。中午十一点半收工后，工人们从号牌处拿下号牌，挂到大门口号牌房固定的位置，才能去吃饭。下午一点半入厂后，再重复一遍上午的程序。工人上班后，监工们来到厂门口的号牌房，检查工人的出工情况，并进行记录，把做好的记录作为发工钱的依据。如果工人在第二声汽笛响的时候，还没有来到工作场地，就算迟到了。迟到一次，白干一天活，还要扣钱。如果工人有伤病，家里有事请假，也要扣工钱。只有每天正常上班，才有可能拿到全月的工钱。饭碗来之不易，谁都不想丢饭碗，保住饭碗最重要的是不能迟到。为了不迟到，很多工人早上上班，就带着午饭在工厂吃，在厂里待到下午收工，才把号牌挂回大门口的号牌房。

为了更好地接触工友，刘鹏程在中大槐树组织了自办食堂——"饭团"。工友们自带午饭，聚到一起吃，交流信息，联络感情。在与工人们同吃同住同劳动的过程中，刘鹏程结交了大量的朋友，了解到了工厂情况和工人的疾苦，用各种方法组织骨干和积极分子，提高他们的觉悟，为开展工运工作打下了坚实的基础。

这天下班后,薛文英邀请刘鹏程到家里坐坐,刘鹏程欣然前往。他走进薛文英的小屋子,脱掉外面的大衣,挽起了袖子。薛文英看见他的胳膊上刺了一棵青松,就不解地问:"你这是赶时髦,在胳膊上文身吗?"刘鹏程笑笑,没有接话。

薛文英邀请他坐下来吃饭,桌子上摆着一碟花生米、一盘土豆丝、一瓶酒。两人坐下喝酒,越聊越投机,有种相见恨晚的感觉。薛文英想起自己刚从老家黄岛来济南的时候,举目无亲,两眼一抹黑。后来,找到了朋友,和几个工友一起盖了房子,才在济南扎下根。薛文英看着刘鹏程说:"如果你不嫌弃,这儿就是你的家,以后下班过来住吧。存点钱,我找几个工友帮你盖好房子,再搬出去住。"

刘鹏程知道,薛文英非常好客,家里来来往往不断人,要是能和他同吃同住,肯定是千载难逢的良机。于是,他说:"天下工友一家人,终于有家了。我不能白住你的房子,咱们的饭费我掏,每月再给你一块钱的房租。如果你不答应,我就不住!"

"大家都是工友,我不要。"薛文英说,"你刚进厂,我就感觉你很聪明,一些复杂的工序,别的新学徒要学两三个月,而你一学就会。进厂才两个月,就掌握了关键的技术,开始带徒弟了,这样的天赋,非常人所有,最起码我接触的工友里很少有这样的人。你经常给工友们谈心、讲道理,关心他们的生活,和每个人相处得都非常好,这些表明,你不是一个普通的工人,你是一个心怀大志，为了完成某种使命有备而来的人。苦力身份并不能掩盖你内心的信念。你和尽美先生一样，是我们工人朝思暮想的领路人！"

刘鹏程笑笑，放下筷子，笑眯眯地说："文英，我对你观察好久了，你血气方刚，正气凛然，敢作敢为，侠胆忠肠，怜贫惜弱，待人像一团伙，在工友中威信很高。你愿意加入中国共产党，和我们一起并肩战斗吗？"

薛文英一个激灵，盯着刘鹏程的眼睛："这么说，你是共产党员？"

刘鹏程微笑着点点头。

薛文英坐直身子，坚定地说："我愿意！"

"好！"刘鹏程紧紧握住薛文英的手，"我愿意介绍你入党！"

"太好啦！"薛文英霍地站起，挺直身板，使劲一拍胸膛："党叫我干啥，我就干啥！"

刘鹏程起身拉着薛文英坐下，严肃地说："薛文英同志，共产党员随时都有被抓、被杀头的危险。在目前的情况下，共产党员要保守党的机密，党的事情不能告诉任何人，包括自己的父母、妻子。你能做到吗？"

听了这话，薛文英吃了一惊，大惑不解："加入中国共产党是一件光荣神圣的事，应该光明磊落，为什么要保密，不能告诉家人？应该告诉家人，让他们感到光荣，让他们支持我们的工作。"

刘鹏程摇摇头，脸色凝重："现在反动势力非常强大，为了革命事业的成功，我们的党组织不得不转入地下进行斗争。我们不公开自己的身份，是为了更好地领导工人运动。加入了共产党，思想上就要有转变，要快速提高自己的斗争能力。作为工人运动的领导人，我们站得要比一般工人高，看得比他们更远。敌人是极为狡猾阴险的，他们会用各种办法破坏和瓦解我们的工作。同他们作斗争，还要讲究策略，要注意保存党的实力，仅仅凭着一腔热血一味地蛮干，是错误的，会造成不必要的牺牲。当然保密只是暂时的，将来胜利的时候，就不用再保密了。"

刘鹏程耐心地做着思想工作，他知道，一个工人要成长为一名党员，需要指导，需要不断地提高认识。

薛文英仔细咀嚼刘鹏程的话，许久，点点头："我想明白了，我们保密，是为了更好地工作，是为了保存党的实力，是为了更好地同敌人进行斗争！"

"对！"刘鹏程拉了一下凳子，更加靠近薛文英，"如果不幸被捕，只要不被叛徒当面指认出来，坚决不能承认自己是共产党员。对于党的机密，坚决不能透露，就是敌人把刀架在脖子上也不能讲，你能做到吗？你能把自己的一切，包括生命交给党吗？你能为共产主义牺牲一切吗？"

薛文英一拳擂在桌上，震得碗筷跳起舞来："我能做到！我愿意把自己的一切包括生命献给党，为共产主义牺牲一切！"

刘鹏程郑重地对薛文英说:"薛文英同志,从今天开始,你就是光荣的中国共产党党员了,为了实现共产主义事业,你要英勇奋斗,不惜牺牲自己的一切!"

"嗯,嗯!"薛文英使劲点着头,"林祥谦为了工人阶级的事业,被敌人砍死。还有不少同志被敌人杀死。他们都是为了工人阶级,为了天下人而死,死得其所。我要以他们为榜样,赴汤蹈火,哪怕是粉身碎骨,也在所不惜!"

刘鹏程赞许地点点头:"下一步,我们会发展更多的党员并肩战斗!"

薛文英想起什么,对刘鹏程说:"如果你要找人谈话,可以到咱们家来,这里是谈话的好地方,安全,不会引起别人的注意。"

刘鹏程指着胳膊上的文身,告诉薛文英:"你不是想知道我为什么文身吗?我们的工作面临着各种危险,我做好了准备,想着万一哪天遇到危险,家里人可以根据胳膊上的记号找到我。"

薛文英恍然大悟,用崇拜的眼光看着刘鹏程,告诉他,宋明泉是工会的积极分子,喜欢帮助别人,敢于挺身而出为工人办事,在每次斗争中都冲在最前面,遇到困难从不退缩,为了工会的事业,可以牺牲自己的一切,在工人中有很高的威信,是可以发展的对象。刘鹏程很感兴趣,答应好好考察一下。

经过一段时间的观察,刘鹏程非常认可宋明泉,于是就找他谈心。宋明泉像见到老朋友一样,向刘鹏程掏心窝子:"做人就要顶天立地，活着就要有个人样，有尊严。不能老受厂主、把头的欺压，厂主和把头是一群欺软怕硬的家伙，吃柿子单拣软的捏，我看不惯他们欺负老实人，就想为大家出口气……如果受他们的欺压，不如豁上命和他们拼。我是堂堂男子汉，不怕惹事，更不怕杀头。"

一番掷地有声的话，深得刘鹏程认同。他紧紧握住宋明泉的手说："工人受压迫最深，只有起来革命才能推翻剥削阶级，过上好日子。我介绍你加入共产党，你愿意把自己的一切交给党吗？"

"我愿意！"宋明泉激动地说，在刘鹏程的见证下，宋明泉对着党旗庄严宣誓。宣誓完毕后，刘鹏程对宋明泉说："宋明泉同志，从今天起，你就是中国共产党的党员了，希望你为共产主义事业奋斗终生！不怕牺牲自己的一切。要严守党的秘密，党的活动上不传父母，下不传妻子，你能做到吗？"

宋明泉激动得热泪盈眶："我能做到！我愿意为共产主义事业牺牲一切，包括生命！"

刘鹏程在李广义的推荐下，经过精心考察，发展了包括程英杰在内的多名党员，建立起党支部。党支部吸收了一批新鲜血液，战斗力大大增强，更广泛地团结和动员群众，有效地开展了对敌斗争。不久，厂里又发展了多名青年团员。这些党员和团员时刻不忘自己的使命，积极联系身边的工人，在他们的努力下，铁路大厂的工会很快就秘密恢复了。

在李广义的建议下，工会吸取以前的教训，纯洁工会的队伍，不再让厂里的监工和把头们参加新的工会。工会从会长到会员，都是清一色的普通工人，大多数都是地下党员、团员和骨干分子。工会带着工人积极开展讨要工钱和争自由的活动，工人运动慢慢地恢复了活力。

1925年初，中共津浦铁路大槐树机厂党支部正式成立，这是山东省成立的第一个企业党支部，刘鹏程临时担任支部书记。党支部成立后，为工友们办了很多实事。

这天，架车厂的王师傅在绞杠下检修进厂的机车。机车进厂检修的时候，需要先开到架车的台位上，这架车台位有四根大绞杠，每根大绞杠由四个工人推着转，才能慢慢地将机车架起来，然后再把车轮推出去。王师傅准备过去推绞杠，站在旁边的薛文英对他说："王师傅，你先等等，绞杠底下的螺丝松动了，螺丝松了有危险，等着钳工过来，把螺丝拧紧一下，咱们再推绞杠吧。这可是人命关天的大事，千万不能大意！"

王师傅看着绞杠，不以为然地说："这个机器用了很多年，螺丝松点很正常。我来厂里很多年，早就熟悉它们的脾气。咱们还是快点干活吧。你看，马工头拿着鞭子盯着咱们看，要是动作慢点，说不定他的鞭子又抽过来了。"说完就走过去，准备干活。

这时，绞杠开始歪斜，王师傅没有察觉，薛文英发觉不对，惊呼道:"王师傅,不要过去……"

说时迟,那时快,薛文英话音未落,绞杠突然倒下,狠狠地砸在王师傅的头上,整个过程只有几秒钟。在场的几个工友都愣住了,等反应过来的时候,王师傅已经倒在血泊中。工友们大声呼喊着他的名字,但王师傅却没有任何反应。

听到喊声后,李广义、程英杰、宋明泉等人赶紧跑过来施救。宋明泉带着几个身强力壮的工人使劲把绞杠移开,李广义把手放在王师傅的鼻子上,发现他已经没有呼吸了,无可奈何地摇摇头。

"王师傅,王师傅!"工友们撕心裂肺地喊着。

马三刀一看工人纷纷扔下工具,都往这边跑,明明知道出事了,却不问青红皂白,扯着脖子呵斥:"你们在干什么?为什么不干活?"见没人理他,担心没人干活后会遭上司怪罪,马上向刘二奎报告。

刘二奎立刻跑过来,见工人们正围在王师傅身边,立刻火冒三丈:"你们在干什么?又在偷懒?谁让你们停工的,赶紧干活,干活。你们不知道最近厂里的任务重,要是完不成任务,就要扣工钱吗?"一边说,一边抡起手里的木棍就要打人。

"住手!"刘鹏程怒不可遏,大喝一声,"放下你的棍子!你还有没有人性?人都不行了,我们为什么不能救人?"

工人们愤怒地责问:"对,我们为什么不能救人?你还有人性吗?"

刘二奎看着刘鹏程，恶狠狠地说："你刚来才几天，翅膀还没硬，就开始顶嘴了。我让你尝尝棍子的滋味！"说完，举起棍子就往刘鹏程的背上砸。马三刀也狗仗人势，拿起棍子朝刘鹏程的腿上砸。

刘鹏程轻蔑地哼了一声，身子轻轻一闪躲过，闪到刘二奎的身后，拉住刘二奎的胳膊，轻轻一扭，刘二奎立刻发出杀猪般的叫声："哎哟，哎哟！"

宋明泉一个箭步上去，一把夺走马三刀的棍子，用棍子指着刘二奎和马三刀的鼻子说："人命关天的大事，告诉你们，今天大家心情不好，识趣点！骨头是不是又痒痒了，别怪我没有提醒你们！"

刘二奎和马三刀以前吃过工人们的亏，被工人群殴后收敛很多。刘二奎这次学精了，连忙灰溜溜地跑到总监办公室，向罗四汇报情况。罗四向范良驹汇报，范良驹派工程司察去现场查看情况。

工程司察很快就到了，工人们指望他能主持公道，为王师傅说几句话。工程司察直奔架车的台位，仔细检查台位上的四根绞杠，察看绞杠上螺丝松动的情况，又检查绞杠是否摔坏。检查完毕后，找了几个技术工人，很快就把螺丝拧好，把绞杠抬起来放好了。

程英杰同工程司察交涉，问他王师傅已经不行了，厂里如何处理这件事。工程司察说，他只负责厂里的技术工作，不清楚工人的事，让程英杰找其他人问问。听了他的话，工友们的心里一阵冰凉，质问他："你不是厂长派过来负责这件事的人吗？为什么只关心机器，不关心工友的死活？"

"我再说一遍，我只负责技术工作。"工程司察说完，扭头就走了。

程英杰火冒三丈，气得直跺脚："什么世道！出了事故，厂长只关心机器损坏没有，至于人的死活根本不关心。据说因公伤亡工友的医疗和丧葬费概不负责。看来厂方是靠不住了，要靠我们自己！"

大家的心情非常沉痛，李广义、程英杰等人找了一块木板，轻轻地把王师傅放上去，把他的遗体抬回了家。王师傅家连张像样的凳子也没有，小矮桌上放着槐树叶、谷糠、棒子面三合一的窝窝头，还有碗没半点油花的菜汤。王师傅的妻子哭得死去活来。

李广义召集工会委员们，商量如何帮助王家料理后事。王师傅家境困难，工会的几个委员带头捐款，又去各个车间动员大家捐款。在委员们的带动下，工友们积极响应号召，捐款非常踊跃。但现在厂里拖欠工钱，工友口袋里的钱不多，大家实在太穷了，很多人拖家带口的，没到月底就开始挨饿。工友们勒紧裤腰带，尽了最大的努力，还是心有余而力不足。

薛文英说："只靠工友们，也拿不出多少钱。我想着让厂里那些有头有脸的人物都捐款！监工、把头的孩子满月、爹娘过寿，甚至八竿子拨拉不到的亲戚有了红白喜事，都要从工人微薄的工钱里扣钱，让工人给他们凑份子。现在，王师傅被砸死了，他们也必须拿钱，否则天理难容。他们不能随太少，想把我们当叫花子来欺负，绝对不行！"

李广义说："我们一定要为王师傅讨公道！厂方太过分了，在他们的眼里，工人的命还比不上机器！"

宋明泉建议擒贼先擒王，让厂长第一个掏钱。如果他不掏钱，就和他讲理。如果讲理讲不通，就围住办公室，斗争到底！如果厂长能随份子，别人就好说了。

工友们商量着，如果大家都去，他们会说是闹事，肯定会找麻烦。现在有组织了，干事要有计划，思考周全，采取合理的办法解决。最终大家选了几个人，由宋明泉挑头向范良驹要钱。宋明泉毫不犹豫地接了这个任务。

刘鹏程说："宋明泉好样的！我们不能眼看着工友就这么死了，竟然还没有抚恤金。工会要出面跟厂方交涉，争取我们应该得到的权利！"

刘鹏程找出一件旧的白衬衣，撕成一条条布条，让大家缠在头上。几个人带着白布条，直奔厂长办公大楼。宋明泉走进范良驹的办公室，告诉范良驹，厂里的王师傅被砸死了，他家里的孤儿寡母过不下去，希望厂里能给他们一点抚恤金。

范良驹喊来王秘书，问他："工人因公伤亡的医疗和丧葬费，厂里有什么规定？"

王秘书说:"厂里规定,工人的人身安全自己负责,在厂里因公伤亡,医疗和丧葬费厂方概不负责。"

范良驹轻描淡写地说:"你们听见了吗?工厂是创造利润和价值的地方,一个萝卜一个坑,不是慈善机构,不养闲人,更不养废物。厂里从来没有给抚恤金的规定,我不能带头开这个先例。"

"这个规定太不近人情了,工人被砸死了,厂长不能袖手旁观。既然厂里不能拿钱给王师傅抚恤金,那么厂长带头给他随份子钱吧。"宋明泉说,"他是你的员工,在厂里出了事故,于情于理,你都应该给钱!"

"什么?你说什么?!"范良驹的脸瞬间变成紫茄子,腾地站起来,使劲一拍桌子,"你们太过分了,敛份子敛到我头上了!还有王法吗?"

看着范良驹震怒的样子,宋明泉的火气更大,也腾地一下站起来,针锋相对地说:"王师傅是个老实人,他活着的时候当牛做马,拼死拼活地为厂里干活,现在他被砸死了,家里拿不出一分钱料理后事,一家老小连饭都吃不上,你让孤儿寡母怎么活下去?现在全厂的工友都捐了钱,作为一厂之长,难道你就不捐款吗!"

听了宋明泉的慷慨陈词,范良驹无言以对,慢慢地坐下。俗话说:愣的怕横的,横的怕不要命的。理智告诉他,这些人都是些不怕死的亡命徒,敢闹工潮,一言不合就罢工。不要为一点小事激怒他们,不就是一块钱的事吗,小不忍则乱大谋。想到这里,范良驹拿出一块银元，放在桌子上："谁也没想到会发生这样的事，想到他们家孤儿寡母今后的生活，我也很难受，这是我的一点心意，请你们收下吧！"

看到范良驹只拿出一块银元，宋明泉不乐意了，不满地问："就拿出一块钱？请问厂长，您家里有事，全厂工友每人扣多少份子钱？"

"不是每人扣一块钱吗？"范良驹说，"我随一块钱也不少了。"

"每人扣一块钱不假，我们一个月才挣几块，您一个月挣多少钱？我们的一块钱和你的一块钱意义一样吗？"李广义问，"一块钱你能拿得出手吗？应该带头多拿钱！"

被几个工人围着，范良驹知道今天躲不过去，只好又从抽屉里拿出九块银元，放在桌子上："这是十块银元，也算是我对王师傅一家老小的心意。"

看到范良驹的态度明显好转，李广义和宋明泉对视了一下，大家也客气很多。宋明泉抱拳对范良驹表示感谢："我代表王师傅一家老小，也代表全厂的工友，对您表示感谢！"

几个人走出厂部大楼，刚走进架车场，远远看见罗四正在和刘二奎、马三刀等人说话。李广义说："他们来得正好，咱们找他们要钱去，一个都不能少！"

"这几个家伙平时喝了我们这么多血，今天也让他们吐吐血!"宋明泉说着,径直迎着他们走过去。俗话说,狭路相逢勇者胜,几个人看见他们风风火火地走过来,就开始发怵。王师傅刚死,工人们群情激愤,他们生怕惹火烧身。于是,罗四主动上前打招呼:"几位这是要去干什么?"

宋明泉开门见山:"我们刚从厂长办公室出来,范厂长带头随了十元的份子钱,请你们几位也捐款吧。"

罗四吃了一惊,有些不信:"你是说厂长也随了十元份子钱?真的假的?"宋明泉摊开手里的十元钱,给他们看:"难道这还有假?这是厂长刚随的份子钱。"

几个人相信了,想着厂长都随份子了,要是不随,肯定说不过去。但随多少合适?罗四的反应很敏捷,当即掏出一个银元递过去:"唉,王师傅是个老实人,谁能想到会发生这样的事。这是我的一点心意,拿着吧。"

看着罗总监掏出一块钱,旁边的几个人只好不情愿地拿出一块钱。宋明泉看到他们不情不愿的样子,非常不满,大声说:"罗总监,厂长捐了十元,您在厂里可是响当当的大人物,竟然才捐一块钱?"

刘二奎连忙赔着笑脸说:"明泉兄弟,一块钱也是钱,对吧?别管钱多钱少,只要意思到了就行。"

宋明泉眼睛一瞪:"范厂长都捐了十元,你们才捐一块钱,说不过去吧?必须捐十元!一分钱也不能少!"

"对，一定要捐十元！"李广义说。

罗四的眉头皱起来，捐十元，这不是要命吗？不行，绝对不能捐这么多。他眉头一皱，计上心来，连忙又拿出几元钱："明泉兄弟，知道您是个热心人，也知道王师傅家的孤儿寡母很不容易，这是五元，不成敬意，请您收下。"把钱递给宋明泉，迈步就开溜，随后转过头来向宋明泉解释，"你看我的脑子真不好使，范厂长喊我开会去，一忙起来，把这件大事忘了，先走了！"

刘二奎、马三刀等几个人看着罗总监拿出五元钱溜了，也上行下效，纷纷拿出五元钱，转眼就跑没影了。李广义等人走进主管赵半斤的办公室，说明来意，赵半斤主动捐了十元。

宋明泉和李广义等人收了一圈钱后，李广义和程英杰等人张罗着给王师傅办了后事，剩下的钱都给了他妻子。

王师傅的妻子拿到钱后，眼泪又止不住流下来，连连磕了几个响头，哑着嗓子说："感谢工会，感谢恩人！听大家说，这是自建厂以来，工友们第一次向厂长、监工、把头敛份子，你们给了我们娘俩一条生路。本来以为孩子爹不在了，我们就要沦落街头，没想到工会帮了我们这么大的忙。如果没有工会，我们也活不下去了！"

"快起来！快起来！"李广义连忙把她扶起来，"我们几个工会的兄弟商量好了，你和孩子最好去沧州的老家，你的父母兄弟们都在，大家可相互照应一下。我们托人问了，你们老家有卖地的，正商量着给你们买几亩地，将来你们娘俩也有立足的地方。"

宋明泉和赵素兰夫妻二人自告奋勇，坐火车把王师傅的妻儿送回老家，帮助买了几亩地，安顿好了以后的生活。

这件事，在工人中的影响极大，党支部专门开了会，总结这次争人权和争自由的斗争经验。

刘鹏程说："王师傅的身后事终于解决了，厂里的工友们看到工会的力量，也感受到了工会的温暖，这对我们下一步开展工作非常有利，大家的斗志会更高涨。团结就是力量，工友们都说只有跟着工会，才能过上人的生活，大家的心向工会靠得更近了。现在，监工和把头看到工会为工人说话，老实多了。"

"这些年，工厂把年轻力壮的工人吞进来，榨干他们的血汗，再当成废物吐出去。老弱病残的工人被辞退后，一家老小一无所有，沿街乞讨，成为流民。为了减少这种惨剧，我们今后要多想点办法，救济这些失业的工人。"李广义说。

晚上，刘鹏程拿着一瓶酒，提了几个卤菜，走进李广义的小屋子。李广义赶紧拿出几个盘子，分别装好，摆在桌子上。

刘鹏程给李广义倒了一杯酒，郑重地说："现在斗争形势发展很快，在大家的帮助下，我在大厂建立党支部的任务已经完成了。组织上又给我安排了一项重要任务，我马上就要去开辟新的战场，迎接新的挑战了。我向组织推荐你接替我的工作，已经得到了批准，组织任命你为第一届党支部书记。以后工厂党支部的重任就交给你了,你是经过组织严格考察的优秀党员,完全有能力把这副千斤的担子挑起来。希望你不要辜负大家的期望,干好这个工作。我对厂里说家里老人生病需要照顾,明天就不来了。因为工作需要,我得悄悄地离开,不要惊动别人。"

李广义刚想敬酒,听到这番话,放下了酒杯,眼圈禁不住红起来,感慨地说:"你自从进厂以后,吃苦受累,很快站稳脚跟,同工友们心气相通、同舟共济,把一批进步工友带进了党内,带着工友们从低谷中走出来。工友们都觉得有了主心骨,都觉得有了奔头,都把你当亲人看。你这抬脚说走就走的,我真是舍不得!"说到这里,说不下去了,伸出粗糙的手,禁不住抹起眼泪。

刘鹏程看在眼里,心里很不舍,忍住伤感,笑着劝李广义:"我们都是革命的种子,哪里需要就到哪里生根发芽。入党后,为了开展工人运动,我四海为家,天下工友都是我的家人朋友,工人阶级觉悟高,是共产党最可依靠的力量。你不要伤心难过,我们很快就会有相见的那一天。"

李广义百感交集,想着要给刘鹏程捎点礼物走,可是四下环顾,实在没啥值钱的东西,忽然想起妻子刚送来的新棉袄,这是他最值钱的家当,连忙取出来,双手递给刘鹏程:"这是你嫂子刚送来的,你就穿上吧。"

刘鹏程慌忙往外推:"这咋行!这是你的过冬衣裳,我咋能拿走?"

"我身上这件旧的还能对付几年,你的衣裳太单薄,正好穿上。"李广义一双大手紧紧摁住,不容刘鹏程说半个不字,"外面兵荒马乱,又是天寒地冻的,你一个人东奔西走,没人照顾,就当是我陪伴着你。咱们一定会有再见的那一天!请组织放心,我一定不会辜负组织的信任!"

刘鹏程百般推托,李广义就是不依。他拗不过,只好接过来。他明白,这哪是一件普通的棉袄,这分明是李广义——不,是大厂工友的一片赤诚之心,这也是共产党的力量源泉。

第十一章　遭报复生活困顿　吃大户以牙还牙

李广义和程英杰去拜访王尽美。办公室门敞开着，他俩径直走进去，见王尽美一边咳嗽，一边伏案疾书。王尽美抬头见是他俩，放下手中的笔，站起来高兴地说："你们的工作开展得非常好，大家继续努力！"被王尽美这一表扬，李广义和程英杰有些难为情地笑了。

桌子上堆满了书，显得有些凌乱，王尽美乘这个空当，收拾起桌子，对两人说："最近，我主编了新报纸《晨钟报》，需要稿子，昨天灵感来了，一晚上写了六七篇文章，一下子写到凌晨四点。主要是写纱厂工人生活困苦和工头压迫、剥削工人的内容。你们过来看看，多提点意见。"说到这里，又是一阵剧烈的咳嗽。

"写到了四点？这样身体吃不消，病情会加重的。不能再这样熬夜了，一定要注意多休息。"李广义心疼地说，"上次见面，我就感觉您咳嗽得很厉害，这次好像又加重了。"

王尽美不停地咳嗽，依然轻描淡写："没关系，没关系，老毛病了，年轻有本钱，能扛住病，我很快就会好。"

几个人正说着话，王思立走了进来。他穿着一身长袍，脚上是一双棕色的皮鞋。李广义觉得这双皮鞋眼熟，想了半天，终于想起来，范良驹也有一双这样的皮鞋，知道这双皮鞋不便宜。李广义暗暗发现，同王尽美朴素的穿戴相比，王思立穿得很华丽。

王思立笑着说："我说这里怎么这么热闹，原来大厂的朋友过来了，快请坐。告诉你们，尽美先生身兼多职，不但编报纸、写稿子，还负责印刷、卖报纸。他经常穿着工人的服装，戴着鸭舌帽，背着蓝布的书包，把报纸放在书包里，在人群中卖报纸。如果不仔细看，真看不出是他。"

程英杰连忙说："我们也可以去卖报纸，我们的报纸很受欢迎，看来要多印点。"

大家笑起来，王尽美又剧烈地咳嗽起来，他喝了口水润润嗓子，没想到喝完水后，咳嗽得更厉害了。程英杰关切地说："尽美先生，您应该去医院检查一下，把病治好，身体最要紧。"

王尽美摆摆手，努力止住咳，说："组织上的活动经费非常紧张。治病需要花很多钱，还要耗费时间和精力。现在革命工作千头万绪，有很多重要的会议需要我去讲话，还有很多稿件等着写，没有时间想这些事。我马上要去青岛开展工人运动了，等那边工作有了眉目，我再休息。"

王思立告诉李广义和程英杰："尽美先生就像一个高速运转的陀螺，一刻也不停止。年初的时候，他在趵突泉边药王庙演讲，没多久就吐血不止，昏倒在地，被紧急送往医院。住院不到一个星期，病情刚有好转，就拖着病弱的身体悄悄出院，接着去北京和青岛出差，一分钟都没有闲着。这件事他不让我告诉大家，生怕你们担心。我和恩铭已经劝过他很多次了，他根本听不进去，还是这么拼命地工作，真让人着急。"

看着大家满脸担忧，王尽美笑着说："你们放心，我会注意的。咱们还是先谈工作吧。恩铭去青岛很长时间了，目前，他在《胶澳日报》任副刊的编辑，接触的人多。他告诉我，青岛好像一片干净的沃土，随地可以种植革命的种子。经过恩铭的努力奋战，青岛革命工作从无到有，从小到大，现在，青岛的工人运动正在蓬勃兴起。"

"如果尽美先生也去青岛，这片丰腴的沃土，很快就能结出累累的硕果了。"程英杰说。

没多久，王尽美到青岛，全身心地投入到工作中。在他的领导下，青岛的革命工作进一步开展起来。青岛纱厂工人第一次同盟的罢工进行了二十多天，王尽美和邓恩铭夜以继日地展开工作。邓恩铭把所有的时间和精力都用在指挥罢工斗争上，忙得几乎没有吃饭的时间，饿极了就喝白开水、啃玉米面饼子。后来邓恩铭不幸被捕，好在没有暴露真实身份，在大家的努力下得救，但被驱逐出了青岛。

邓恩铭离开青岛后，王尽美更加忙碌了，拖着病弱的身体，向民众宣传革命思想，到工厂开展工运活动，还熬夜写作。因为操劳过度，王尽美的肺部恶化为二期肺病，仍以顽强的意志与病魔抗争，继续坚持工作。在王尽美和所有战友的努力下，青岛工人罢工终于取得了胜利。

在庆祝大会上，工友们为自己的胜利欢呼跳跃。看到工友们争取到了自己的权利，王尽美十分开心。突然，他感到肺部一阵剧烈的疼痛，喘不上气来，悄悄走到僻静之处，一手扶着墙，一手按住胸口。这时，一阵剧烈的咳嗽袭来，他大口吐出带着咸味的液体，发现吐出来的是血，赶忙从口袋里拿出治疗咳嗽的药，使劲地咽了下去，咳嗽暂时平息下来。此时，他已浑身虚脱，额头上虚汗淋漓。他拿出手绢，擦掉嘴边的血迹，强撑着回到住处。

因劳累过度，王尽美卧床不起，缠绵病榻，在大家的劝说下，只好决定回老家休养。

王尽美离开家乡后，因为工作繁忙，很少回家，现在终于和妻子、孩子团聚了。他的病情不断加重，经常陷入昏睡的状态中，醒来后，看见妻子红肿的双眼和憔悴的面容，虽然心里很难过，但依旧笑着宽慰她："人，有生就有死，死并不可怕。"

这天，王尽美躺在床上，正昏昏沉沉时，听到一个熟悉的声音："尽美先生，好点了吗？"他睁开眼睛，看见是李广义和程英杰等几个铁路大厂的工会委员，带着营养品过来看他。

李广义发现，王尽美瘦了许多，躺在床上不停地咳嗽，心疼不已。

王尽美强打起精神，冲大家微笑着点点头，吃力地说："虽然大家在工作中会遇到很多困难，但我们的前途一定是光明的。我的病怕是不能好了，你们要好好为党工作。我本应死在战场上，但想不到竟会死在病床上。"

听了王尽美这番感人肺腑的话，李广义和程英杰眼睛湿润了。李广义安慰道："你好好休息，不要操心工作上的事，肯定能好起来的，到时候咱们还会一起战斗！"

"希望能好起来。"王尽美的话被剧烈的咳嗽打断。他拿出纸放在嘴边，咳出来几口鲜血。李广义不禁潸然泪下，劝王尽美尽快住院治疗，否则会贻误病情。几个人说了一会儿话，李广义看到王尽美有些疲倦，就和程英杰一起告辞了。

休养一段时间后，王尽美的病情不见好转，只好去青岛住院治疗。在医院里，他一边治疗，一边关注着党组织工作和工人运动。他在弥留之际，还在想着手头的工作，非常牵挂大家，让母亲请来青岛党组织的负责人，在病床上对大家说："全体同志要好好工作，为无产阶级和全人类的解放和共产主义的彻底实现而奋斗到底！"

年仅二十七岁的王尽美，在青岛病逝了。消息传到济南，工友们伤心不已，专门为他举行了小型的哀悼会，寄托哀思。李广义说："我们一定要记住尽美先生的话，好好工作，为共产主义奋斗到底！"

这天，李广义接到任务，派他作为代表去外地开会。开会前，他想起好久没有回家，该去看看家人了。当他走进家门的时候，妻子王秀梅高兴极了："广义回来了？这一路上累了吧，快坐下休息，我这就给你做饭。"没过多长时间，王秀梅端出一碗热气腾腾的炝锅面放在桌子上。面条上面，卧着一个香喷喷的荷包蛋，旁边是几根香菜，面条汤里还有几滴香油。

"啊，真香，好久没有吃到这么香的饭了，哪里的饭也比不上家里的香。"李广义端过面条，大口地吃起来。很快，一碗面条就被他风卷残云般地吃完了。王秀梅又盛了一碗，然后在旁边心满意足地看着李广义大口吃面条，心疼地问他："怎么饿成这样？"

"不是我饿，是你做的面条太香了，能吃上这样好吃的面条，真幸福！"李广义说。

"快过来。"王秀梅说。李广义抬头一看，只见两个孩子躲在门后，偷偷地看着他。李广义冲他们招手，笑着说："咱孩子又长高了，我都认不出来了，快过来。"听了这句话，两个孩子就像老鼠见了猫一样，转身跑得没影了。

"孩子都不认识你了。"王秀梅说,"我看你一个人在外面也不是长久的办法。现在咱们在济南有房子了,你这次回家别着急走,咱们收拾一下,我带着孩子和你去济南,怎么样?"

听了这话,李广义很心酸,他也希望全家团聚,但他几乎没有清闲的时候,现在的斗争形势越来越艰巨,身上的担子更重了,没有心思再忙更多事了。想到这里,李广义说:"我也希望你们早点过来,但最近工作太忙,等着忙完这一阵就考虑。"

王秀梅噘着嘴,不满地说:"每次我一说团聚,你就说很忙。"李广义说:"你的父母身体不好,要是你到济南了,谁照顾他们?"

"把他们接过去,住一起不行吗?"王秀梅说。

从内心讲,李广义非常期待全家团聚。但斗争形势越来越严峻,自己是党员,又是工会的负责人,每次与厂方斗争,都要冒着危险冲在第一线,他不希望牵连到家人。要是他们去了济南,知道自己的处境,肯定会提心吊胆。他不忍心家人担惊受怕,只好找些妻子能接受的理由。他想了一会,说:"济南的房子是我亲手盖的,非常小,仅够一家人勉强容身,如果把老人接来,根本住不下。我再存点钱盖个小房子,然后把你们接到济南,好不好?"

"嗯,济南的什么东西都贵,花钱多。老人身体不好,把他们放在家里,我也不放心。"王秀梅觉得丈夫说得有理,说,"你一个人在济南注意安全,多给家里报平安,让我心里踏实点。"

李广义感激地看着妻子:"遇到你是我的福气,有你照顾家里,我在外面才能放心。"

王秀梅搔了丈夫一拳:"哼!嘴巴像抹了蜜似的,没事就给我灌迷魂汤。这次你在家里多住几天,陪陪孩子,他们都不认识你了。"

李广义欲言又止,他想告诉妻子,自己只能在家里待一个晚上,上级派他去参加一个重要的会议。李广义想了半天,也没有忍心告诉妻子,他已经买好了明天的车票,他不想看到妻子极度失望的表情,更不想听到她的哭声。他知道,今后的工作会越来越艰巨,他没有更多的时间和精力用在家庭上,他要做好各种准备,去迎接更大、更危险的挑战,以后回家的时间会越来越少……

第二天早上,王秀梅醒来,发现丈夫已经离开,在桌子上留着一封信,急忙打开信,读着读着,不禁流起泪来:

离开家乡去济南的那天,你送我到村边的柳树下。那时,我们新婚不久,正是浓情蜜意时。其实,我不想走,我想留在家里陪你一生一世,永不分离。但我身不由己,朋友给我介绍了一个不错的工作,我要去争取。我要承担起赡养父母、照顾孩子的担子。为了让一家人有更好的生活,我们只能忍受暂时的分离。只要我找到工作,有了房子,就把你接到济南。我转身的时候,看见你眼中的泪水哗哗地流淌。问世间情为何物,直教人生死相许。那一刻,我不敢回头，心中有千般滋味，真想留下来，不走了……

非常幸运，我在济南找到了好工作，在一起考工的工友中，我拿到了最高的薪金，每个月都给家里按时邮钱，我想团聚的日子越来越近了，我们肯定能过上好日子。后来，我的工作越来越忙，经常四处奔波，和家里联系得少了。这段时间，你照顾父母，抚养孩子，非常辛苦。让你做了这么多事，我很愧疚。我很忙，但我也很乐观，不会失望和悲观。空闲时，我经常想家，想你和孩子。结婚这么多年，我们聚少离多，你非常期待团聚的那天，我又何尝不希望我们在一起？

你牵挂着我，我也在想着你们。只要条件允许，我们会团聚在一起，有困难一起扛。我们都盼着那一天。为了减少痛苦，你不要总想着我，把想我的时间分给孩子们，多关心他们的成长，把更多的希望寄托在孩子身上，他们是未来，我们今天所做的一切，都是为了让他们过上好的生活。我的时间不属于个人，我要做更多有意义的事，我活得非常充实，有价值。我有很多话要和你说，但又不知道说什么话能安慰你。无论我在不在你身边，都希望你开心地生活。有你，有孩子，就有家。

李广义开完会，坐火车赶回厂里。这次外出，他看到津浦铁路被军阀分割成了三段，处于半停顿的状态。沿途铁路工人的处境非常凄苦，他想到厂里工友的处境也不好，心情很沉重，决定回到厂里立刻开会研究对策，组织一场斗争，为工友们争取更多的权利。

听说李广义回来了，工友们立刻到红房子聚会，听他传达最新的消息，商量下一步的斗争。李广义说："现在，山东的形势非常严峻，大家都知道'张大帅万税'，他一来山东就开始征收苛捐杂税。在重税的压迫下，物价飞涨，通货膨胀。除了工钱不涨，其他的都在涨，米面粮油这些生活用品的价格直线上升，工友们的日子很难过。"

宋明泉气愤地说："工钱缩水了，以前到点就发工钱，现在经常拖欠。很多工友一个月六块大洋，大部分被张大帅扣留充作军饷，每个月只发不到一半，大部分还是军用票和储蓄券。在市场上，这些票券一元只能当三角用，买米买面人家都不要，都是些空头支票、坑人券。经他一盘剥，钱越发越少，有时候一个月的工钱连一袋面也买不到。咱们饿着肚子还要加班加点地干活。工人们用鲜血换来的八小时工作制被取消了，每天干十二个小时以上，真没有活路了。"

李广义说："是该要账了，他们欠咱们的太多了，工钱拖欠这么长的时间，工友们都强烈要求发还欠薪。我想，咱们听取民意，组织工人开展一次索要欠薪的斗争！"

李广义的提议得到大家的一致赞同，工会的委员们开始商量具体的工作步骤。工友们有了一定的斗争经验，很快就商量出了结果。大家决定先礼后兵，先派代表过去和厂长谈话，告诉他工友们的要求不高，最好能把欠款全部发放，如果发放不了，也要发一部分。如果厂长不答应，大家就行动起来，根据斗争形势的需要，采取怠工或者罢工的方式，表示抗议。

李广义、薛文英、程英杰代表工友，找厂长交涉发工钱的事。他们走进厂办大楼，门卫见到他们，不敢怠慢，连忙禀报。

范良驹听到通报后，眉头皱了起来，使劲地拍一下桌子，在屋里快速走了几步，随后又坐下，沉思一会儿，无可奈何地说："让他们进来吧。"

李广义等人走进办公室，范良驹冷冷地说："又是你们几个，这次是为了什么事？"

李广义平静地："无事不登三宝殿，厂长应该知道，我们很长一段时间没有发工钱，工人的日子过不下去了。希望厂长体恤工人们，不要再扣发工钱，把欠发的工钱补发下来。"

范良驹手一摊，苦着脸，摆出一副为难的样子："你们就是为这件事来的？唉，巧妇难为无米之炊，不是我不想发钱，是上面不给钱。要是有钱，早就发下去了。厂里看起来很大，其实没有多少流动资金……"

薛文英忍不住，打断范良驹的话："作为一厂之长，怎么能看着工友们吃不上饭，饿着肚子干活？"

范良驹有些不悦，手指敲着桌面："这不是我造成的，有钱我能不发吗？我只是个厂长，奉上级的命令行事。现在的形势不比以前，以前对工会没有限制。张大帅执政后，发布了几十道命令，全是限制工会的，周围很多工厂的工会都被封了，带头闹事的人被抓进监狱，很多参加工会的工友都被开除了。报纸、杂志也被查封了几家，下一步咱们厂也会有行动。希望你们不要总是挑头闹事，如果你们不听劝阻一意孤行，后果不堪设想。大家都是聪明人，出来混都是为了挣钱，识时务者为俊杰，还是多想想自己，不要乱惹事了。"

程英杰眉毛拧成两个疙瘩，追问道："这么说厂方不打算解决问题了？我们还以为你能帮大家，谁知道你根本没有诚意。"

"不是不解决，是解决不了。要是能解决，我还会拖到现在？"范良驹不肯让步。

李广义知道再说下去也没有用，向大家使了个眼色，几个人转身走出厂长办公室。大家走到偏僻处，开了个碰头会，一致决定，发动全厂的工友，在厂部办公大楼前集会，采取激烈的行动索要欠薪，争取权利。

集会这天，薛文英手里拿着铁棍，和张巩和一起，站在工人纠察队伍的前面，语调激昂："厂方拖欠我们很长时间的工钱，现在大家连饭都吃不上，一家老小全饿着肚子。我们要活下去，必须拿到钱！现在大家包围厂长大楼！让厂方把拖欠的工钱发给我们。"

宋明泉振臂一呼，工友们闻风而动，全厂的工人聚集在厂部大楼前，压抑在心中的怒火爆发了，他们为了生存，为了争取权利而斗争，用尽全力愤怒地喊着口号："我们要吃饭！""反对再发坑人券！"

斗争是残酷的，也是瞬息万变的。范良驹召集手下商量对策，决定采取强硬的措施，对工人的斗争进行镇压。

一队持枪的警察进入工厂。罗四走到台阶上，拿出准备好的稿子念道："根据厂里的决定，开除李广义、薛文英……十个工人，解散工会。如发现再有参加工会等聚众闹事的行为，立刻开除，永不录用！"

听了这话，工人们非常吃惊，举起拳头喊："我们抗议！我们抗议！如果开除他们，我们都不干了！"

罗四大声说："安静，安静！这是厂里的命令！"

薛文英挽起袖子，直接跑到台阶上，像老鹰抓小鸡一样，一把攥住罗四的衣领："什么厂里的命令，分明是你们监工公报私仇，你们早就看我们不顺眼，对不对？终于找到报仇的机会了。告诉你，只要我一使劲，你的脖子就会被折断，你信不信？"

平时耀武扬威的罗四，看到薛文英的眼睛喷火，拳头发出嘎巴嘎巴的声音，气焰立刻矮了三分，赶紧告饶："我信，我信，老薛，薛老，你冤枉我了。最近几天，我家里有事没过来，厂里发生的事我一概不知。我只是把厂里的决定念一遍。"

薛文英吼道："你是说，这是范厂长的意思？我这就找他讲理去。"

罗四只好说了实话:"实话告诉你,这也不是范厂长的意思。他虽然很严厉,但对工友比较照顾,大家平时抬头不见低头见的,他不愿意把事情闹大,更不愿意得罪人。据我了解,这是警察局的意思。现在的形势是宁可错杀一千,也不放过一个。侯局长也不知道听到什么风声,说是厂里有共产党员,他说工友们闹事不只是讨薪要钱,而是一场精心组织的活动。范厂长胆小怕事,不得不这样做。"

看到薛文英冲到前面,工人们也涌上来,警察立即把枪对准大家,拉动了枪栓,准备扣动扳机。眼看一场流血事件即将发生,千钧一发之际,李广义挺身而出,制止大家的行动:"工友们,冷静,冷静,他们有枪,我们不要做无谓的牺牲!"

薛文英卡住罗四的脖子:"不,我们要和他们拼了,我们不活了,大家同归于尽吧!"

听了这话,李广义非常感动,但他更担心工友们的安危。于是,他推开警察的枪,张开双臂,拼尽全身的力气,紧紧地拽住薛文英,朝着薛文英背上捶打了一拳。这一拳把薛文英打醒了,明白了李广义的良苦用心——宁愿牺牲自己,也不要暴露组织。

晚上,工友们聚集到李广义的家里,薛文英气愤地说:"为什么要开除我们,解散工会?这是违法的,我们坚决抗议!大家继续围攻厂部大楼,让他撤销这个命令!"

"留得青山在,不怕没柴烧。大家冷静一下,不要冲动。"李广义说，"这次厂里开除了工会的十个骨干，留下的骨干不多了。我们损失极大，形势很严峻。留下的人要注意安全，保存好实力，领着工友们继续斗争，我觉得暂时把活动地点秘密转到厂外比较好。"

"我同意，咱们暂时不要轻举妄动，以保存实力为主。"程英杰说，"广义哥，你是为了给大家谋福利才丢掉饭碗的，我们一定会为你出这口气！根据可靠的消息，他们又收买并提拔了一批人，监视大家的行动，最近一定要小心，再小心！"

李广义说："这次他们开除了大批工人，大家的生活会遇到很多困难，我们在开展运动的同时，也要解决工友和他们家属的吃饭问题，我们可以捐款。"说着就拿出三元钱。宋明泉把钱还给李广义，说："你现在没工作了，这点钱留下来吧。我很快就要发工钱了，我先捐三元。"

李广义执意不让，又把钱放在桌上："我的家属不在身边，能省下钱帮助那些拖家带口的工友，他们更需要钱。"

1927年，蒋介石发动"四一二"反革命政变，国民党在各地秘密追杀共产党人。在蒋介石"宁可错杀一千，不可放过一个"的政策下，全国的革命形势急转直下。白色恐怖越来越严重，工人只要罢工就被抓起来，被怀疑是共产党。工会的积极分子被捕，大批工人失业，工运陷入了低潮。

作为党在山东工运活动中心的济南铁路大厂,早就被敌人列为重点镇压对象,形势非常严峻。厂里招了很多新工人,新进来的工人鱼龙混杂,有不少是厂方收买的打听工人动向的探子。有些工人和他们说了几句牢骚话,就被莫名其妙地拘留或者开除了。摆在铁路大厂工会领导面前最重要的事,是解决大批失业工人的吃饭问题。他们多次开会,一直没有想出解决的办法。

李广义被开除后,生活非常困难,他害怕家人担心,没有把这事告诉家里,用以前的积蓄按月给家里寄钱,自己却吃得很简单。他四处找工作,却没有找到合适的。

晚上,李广义拖着疲惫的脚步,饥肠辘辘地回到小屋,打开面缸盖,发现里面已经没有粮食了。他叹了一口气,把盖子盖上,知道晚上又要挨饿了。这时候,听到敲门声,打开门,只见宋明泉端着一个锅走进屋来,锅上放着一个布袋子。宋明泉把锅和袋子放在桌子上,对李广义说:"你弟妹做了一大锅白菜炖肉,烙了几个火烧,我们刚吃完饭,就给你送过来了。赶紧吃吧,一会儿就凉了。"

李广义打开锅盖,使劲地吸了一口,咂吧着嘴:"真是及时雨,我早就饿得前胸贴后背了,你怎么知道我爱吃这一口?好久没有吃饱饭了。真香,你媳妇做饭的手艺比饭店的大厨都好,我就不客气了。"说完,大口吃起来,把一锅菜吃得干干净净。

宋明泉很心酸,眼圈发红:"你是为了工友们才吃不上饭的。

这两天和我大哥谈起这件事,他说有个朋友在机械厂上班,那里正好缺人。我想着你在大厂工作很长时间了,刷油漆、修理机器的活样样精通,去机械厂上班,完全可以胜任。但那里的工钱比咱们厂少一些,你能接受吗?"

"能接受。你真是雪中送炭,知道我急需工作,就给我送饭碗来了。最近厂里的工作怎么样?"李广义问。

"现在厂里的形势非常严峻,新进厂不少人,大家也搞不清楚他们的来历,所以近期没有什么活动。大哥让我通知你,厂党支部的活动地点秘密转移到了蝎子山附近的村子里,就是我老岳丈家原来的房子,那里一直空着没人住,正好可以做我们的活动地点。"

"我去过蝎子山,那个小村子孤零零地在荒郊野岭里,附近没有别的村子,几乎没人去,是个比较安全的秘密据点。"李广义说。

为了避人耳目,工友们开会都是独来独往,分头行动。宋明泉和宋明山在家里迎接客人。程英杰最先走进宋明泉的家,他穿着一件短大衣,标准的工人形象。接着进来的是李广义,穿戴整齐,一副普通市民的装扮。下一个是薛文英,手里拿着货郎鼓,打扮成走街串巷的小商贩。张巩和拿着礼物,装扮成走亲访友的农民。随后又进来不少人。赵素兰热情地招呼着大家,把他们领进东屋,殷勤地给大家准备茶水。工友们到齐后,赵素兰走出屋门,坐在门口一边晒太阳,一边缝衣服,负责给大家望风。

宋明山看着在座的工友说:"今天咱们商量一下,咋解决失业工人的吃饭问题。这也是工会的中心工作,非常重要。上级指示,鉴于当前的严峻形势,我们要保存实力,避免牺牲,做好潜伏和隐蔽工作,不采取公开的暴力行动,不和工头们发生冲突,采用合法的经济斗争形式,不要被抓住把柄,以免吃亏。目前很多工运积极分子被开除,他们居无定所,流落街头,需要帮助。有些工友有了顾虑,不再参加工会的活动了。所以以前的办法不适合当前的斗争,咱们必须想出新的策略,保证最小的伤亡和损失,圆满地完成任务。"

大家陷入了沉思中。薛文英说:"听说厂里有师傅被开除后,生活陷入了困境。他上有老下有小,一家几张嘴全靠一个人的工钱,现在没有工作,没有活路,只好硬着头皮把周围的亲戚朋友都借了一遍,最后跑到罗四家里下跪叩头,求罗四给条活路。现在刘二奎的气焰极为嚣张,昨天他给大家训话,威胁大家不好好干活就要被开除。"

李广义说:"听说罗四要过寿了,我想去见他。都是'老朋友'了,好长时间没见面了,他应该很激动。我们被逼上梁山,生活没着落,整天饿肚子,有时候连稀饭都喝不上,他们却顿顿有酒有肉,越来越威风神气。必须好好地给他'祝寿'!让监工们不要忘记我们。"

工友们你一言我一语，商量出来很多好办法。因为失业的工人很多，罗四家不够大家吃的，需要扩大战果。

程英杰出了个主意："冤有头债有主，和大家作对的不止罗四一家。大家都要发动起来，让失业工人找自己的冤家对头去算账——哪个工头开除的你，你就领着家里的老人和孩子到他的家里去，放开肚子，使劲吃喝。一天不行吃两天，两天不行吃三天。这样一箭双雕，既救济了工友，让他们填饱了肚子，也逼着监工、把头们让大家复工，解决了工人们长久的生计问题。"

李广义赞许道："这个办法非常好！现在的失业工人太多了，一直没有合适的解决办法，如果这次行动能成功，就可以帮助更多人解决失业的问题。我们准备行动吧，他们不仁，就别怪我们不义了。这次行动就是吃大户。"

会议一直开到天黑，大家不断碰撞出新的灵感，反复讨论活动的细节，制订了行动方案，对斗争的前景充满信心。开完会后，大家按照各自的路线撤退，准备回去后要大干一场。

工友们走后，赵素兰麻利地收拾起来。看到客人们神秘而严肃的神情，她知道他们在商量大事，但是究竟商量啥事，她并不想打听，每次进屋给客人们续水后，她从不停留，总是快速退出，只是心里有隐隐的担忧，怕他们会惹出祸来。

宋明泉一边帮着收拾，一边柔声说道："以前，你问过我很多次，我什么也没说，因为我们有组织纪律，不允许和家人说。你问急了，我只能告诉你，我所做的一切都是为了国家，为了让更多的人过上好日子，我知道你似懂非懂。刚才大哥说，要和你谈话。"

宋明山走进来，对赵素兰说："你为我们做了很多事，是个可靠的人，咱们都谈开吧。明泉是共产党员，我和你大嫂也是共产党员，咱们家有很多共产党员。我们在入党的那一刻，已经做好了为共产主义献身的准备，做好了牺牲自己去推翻这个人吃人的社会的准备。我们所做的一切，都是为了让劳苦大众不再受苦受难，为了我们的后代不再受到剥削和压迫，过上自由幸福的生活。我说的这些全是人命关天的大事，所有你看到的、听到的，一句话也不能向外人透露，包括你娘家的人，就是敌人把刀架在你的脖子上，把枪放在你的脑袋上，你也不能讲。知道吗？"

赵素兰是个直性子，心里有啥藏不住话，听了宋明山这番话，她快言快语，不解地问："大哥，你和大嫂都是有本事的人，也有好工作，咱们一家人能过上好日子，你们为什么要过这样提心吊胆、随时可能掉脑袋的日子？我们整天也担惊受怕，总是担心你们出事。咱们不能安安稳稳地生活吗？我知道你们都是为了国家，可是国家这么大，爱国人人有份，也不光靠咱们一家。"

宋明山耐心地说："如果大家都为了自己，关起门来过小日子，不管国家，那这个国家还有什么希望和未来？历史选择了我们去牺牲，能为正义的事业奋斗献身，是我们的光荣。人各有志，不要强求。"

赵素兰收拾停当，洗了把抹布，在围裙上擦擦手，对宋明山说："我很佩服你们的胆量和勇气，虽然我读书不多，但我懂道理。既然你们决定了，我会支持的。"

宋明泉想了想，狠了狠心说："我还要告诉你，万一哪天你找不到我和大哥了，一定要抚养孩子，照顾老人，好好地活下去！你要明白这些话的意思，形势越来越严峻，我们要做好任何准备。"

一听这话，赵素兰的眼泪顿时夺眶而出。她抿了抿嘴，坚定地点点头："放心吧，家里有我！"

宋明泉赶紧扶着妻子的肩膀，笑嘻嘻地安慰道："我只是这样一说，你不要担心，有很多人和我们在一起战斗，将来我们的后代会过上幸福的生活的！"

罗四是厂里的元老，也是厂里的实权人物，一直在这里当监工，服务过几任厂长。通过拜把子、拉帮结派，他在厂里形成一股势力，监工和把头大多数是他的心腹小兄弟。因为罗四的根基深厚，上至厂长，下到工人，都忌惮他三分。范良驹刚上任的时候，亲自到他家里拜访。厂里任命监工、招纳新工人，都会征求他的意见。这么重要的人物过五十岁"大寿"，成了厂里人尽皆知的"大事"。范良驹提前几天就把寿礼送到他家里，全厂的大小监工每人都准备了一份厚礼，想着好好巴结他，取得他的信任，以获得进一步提拔。所以，不用罗四安排，监工们成立了一个祝寿筹备会，由刘二奎主持安排宴会的各项事宜。

刘二奎每天向罗四早请示、晚汇报，言听计从，几乎踏破罗四办公室的门槛。只要是罗四的命令，他不说一个"不"字，是罗四的心腹。罗四很器重刘二奎，放心地让他做寿宴的总管，主持寿礼的仪式。

刘二奎不负厚望，提前一个月就扣下工人的工钱作为贺礼，用来支付贺寿的各项开支，还去报社邀请记者参加寿宴并采访，又差了几个手下去罗四家里，把罗四家的四合院打扫干净，把客厅装扮得非常喜庆。

罗四的寿宴场面很大。他穿戴整齐，油头粉面，满面红光地端坐在太师椅上。刘二奎身穿长袍马褂，头戴呢子礼帽，身上斜披红色缎带，双手垂立，站在一边，随时听候吩咐。

看看时辰差不多了，刘二奎向罗四请示："可以开始了吗？"

罗四点点头，刘二奎清清嗓子，高声喊道："良辰已到，福星高照，祝罗总监福如东海长流水，寿比南山不老松。祝寿仪式现在开始，奏乐！"

刘二奎的话音刚落，四合院中央的鼓乐班立刻吹打起来，一时间鼓乐齐鸣，非常热闹。祝寿仪式按照事先排练的剧本，有序地进行着。先是本家家眷按照长幼顺序，给罗四行大礼祝寿。接着，是他手下那群监工、把头们，依次上前给他行大礼祝寿。行礼完毕，贵宾去客厅，其他客人去左右厢房开始大快朵颐。很快，酒桌上传来划拳行令的声音，声音越来越大，酒宴渐渐地进入高潮，屋里飘着酒香和美食的味道。

刘二奎不会放过任何讨好罗四的机会，他端着酒杯，第一个走到罗四身边，准备敬酒。忽然，马三刀上气不接下气地跑进大厅，扯着刘二奎的袖子，来到客厅外的走廊上，结结巴巴地说："不好了，他们……他们也来拜寿了！他们也来拜寿了！"

刘二奎气不打一处来，踹了他一脚："有人来拜寿不是好事吗？看你大惊小怪的样子，上不了台面。我怎么告诉你们的，今天是罗总监的寿辰，让你们说话的时候面带笑容，你不长脑子？"

马三刀哭丧着脸，惊慌失措："我是说，来的这些客人，不在咱们邀请的名单上！"

刘二奎脑袋"嗡"一声，脑门子冒出豆大的汗珠，两腿打颤：是不是自己一时疏忽，漏下了重要的大人物？为了这场寿宴，他向罗四拍着胸脯，保证办得体面风光，为此没少耗费脑子，事无巨细，都安排得妥妥帖帖，自认为天衣无缝了，谁知道还会出这样的差错！想到这里，他强作镇定："你说清楚点，到底谁来拜寿，是谁？"

"来了一群不速之客！"马三刀刚刚缓过气来，说话也利索了，"李广义和宋明泉带着一群人堵在门口，吵着要进来给罗总监拜寿，肯定是不怀好意！"

罗四眼尖，见马三刀惊慌的样子，估计出了啥差错，也跟着走了出来，正好听到马三刀的话，心里咯噔了一下。他明白，来者不善，善者不来，这群人肯定是来寻衅闹事的。

"又是这伙人！每次挑头闹事的都少不了他们，难道他们不知道今天是罗总监的寿宴吗？是不是吃了熊心豹子胆？看我不好好地收拾他们！"刘二奎说完，怒气冲冲地就要走出去。

"且慢！"老谋深算的罗四连忙制止刘二奎，"今天是我的寿辰，图个喜庆，要是激怒这帮工人，搞不好他们会闹事，冲了我的喜气。咱们先按兵不动，以静制动。只要他们不过分找事，就以安抚为主。今天来的可都是位高权重的贵宾，千万别惊动了他们。小不忍则乱大谋。"

"大哥，请放心，我都明白，一定会小心从事，不会扫大家的兴。"看着罗四心事重重的样子，刘二奎心领神会。

"嗯，你办事，我放心，去吧。"罗四朝刘二奎挥挥手，装作没事人似的，踱着方步回到客厅。

刘二奎原来以为，来的只是被开除的几个人，到大门口一看，才知道问题的严重性。李广义和宋明泉的身后，除了被开除的工人，还有一群老老少少，有被人搀扶着的老人，有抱在怀里的婴儿，有挂着鼻涕的孩子，一些人手里还拿着锅碗瓢盆，黑压压地站了一大片，吵吵嚷嚷着要进门给罗总监拜寿，要进去喝喜酒。几个门卫堵在门口，坚决不让他们进。

宋明泉不满地说："我们都是罗总监手下的工友，今天总监过寿，我们给他拜寿，有啥不对？为啥不让我们进去？这不是看不起我们吗？"

几个门卫见来了这么多人，知道来硬的不行，带着央求口气说："我们只是看大门的。没有罗总监的吩咐，任何人不准入内。如果我们把大家放进去，罗总监怪罪下来，我们可吃不了兜着走。烦请各位多多包涵，别给我们添麻烦。"

双方你说一句，我顶一句，吵得不可开交。看着眼前的场景，刘二奎暗暗叫苦，脑子飞快地转动着。他尝过这些人的苦头，知道惹不起，可是如果不阻止，把这群人放进来，等于大象进了瓷器店，肯定会闹得鸡飞狗跳，罗四不会轻饶他。这可咋办？他进也不是，退也不是。

正当刘二奎进退两难时，宋明泉一眼瞥见了他，赶紧叫住："刘监工，你来评评这个理，作为多年的老同事，我们给罗总监拜寿，他们为什么连大门也不让我们进？"

门卫像遇到了救星，一把拽住刘二奎："刘监工，您来得正是时候，您是主事的，他们硬是闯进去，您看咋办好？"

"刘监工，我们都是懂规矩的人，这两年厂里一直拖欠大家的工钱，现在工友的手里都没有钱，很难拿出更多的钱凑份子。为了给罗总监祝寿，前些天我们在厂里已经随了份子。今天我们又凑了点钱，专程去一大糕点店给他买了几包点心，东西虽然不多，也是大家的一番心意。"宋明泉说完，把手里的点心举高了给刘二奎看。

"我们现在都被开除了，找不到工作，流落街头，一连几天都吃不饱饭，在这么困难的情况下，还不忘给罗总监祝寿，为什么不让我们进去拜寿？"薛文英也把手里的点心举起来，给刘二奎看。在场的其他工人，也纷纷举起点心。

刘二奎一时不知说啥好。他很明白，这些人哪里是来祝寿的？分明是来砸场子的。但是，伸手不打笑脸人，开口不骂送礼人，强攥他们走也不合适。他眼珠子一转，终于想出了好办法，故意对门卫瞪眼："工友们拿着礼物过来拜寿，这是对罗总监的一片心意，你们怎么能不接受礼物呢？你们也太不近人情了！"

训斥完门卫，刘二奎朝大家拱拱手，皮笑肉不笑地说："难得大家的一片心，专程给罗总监买了这么多点心，我一定转达给罗总监。但是屋子太小，你们的人太多，大家先把礼物放下，要不改天再来？"

李广义向宋明泉使了个眼色，宋明泉会意，不满地说："罗总监怎么没有出来？我们想着当面给他拜寿。我们大老远过来，结果连人都见不到，说不过去吧？"

刘二奎连连拱手，急急地说："我再说一遍，大家的心意罗总监领了，但今天客人太多，罗总监很忙，没有时间招呼各位，还请大家见谅。各位把礼物留下来，先忙去吧。"

李广义上前一步，坚定地说："不行，我们是给罗总监祝寿的，进不去门，怎么给他祝寿？大家说是不是这个理？"

"对！我们一定要亲自拜见罗总监！"工友们一起大喊起来，"我们要给罗总监拜寿！祝罗总监万寿无疆！祝罗总监万寿无疆！"

大家一边喊，一边就往院子里冲，门卫哪里拦得住？人群就像决堤的洪水一样涌了进去。

刘二奎一看大事不好，生怕他们涌进客厅，急中生智，对李广义说："既然大家都进来了，那就到西边的院子里就餐吧，那里有酒有肉，大家可以尽情享用。"

"感谢你的好意，恭敬不如从命，我们就不客气了。"宋明泉手一挥，"工友们，大家走啊，去西边的院子吃酒席去！"

事已至此，刘二奎只好无奈地把大家往西院引。

西院摆了十多张方桌，桌上摆满菜肴，有很多客人正在吃饭，有几桌还空着没人，大概是预备着的，李广义和宋明泉先把老人孩子安顿到空桌上，让工友们自己找空位子。工友们也不客气，各自找到空位后，大喇喇地坐下，同其他客人挤在一起，转眼间就把十多张桌子塞得满满的。宋明泉大声说："工友们，既然罗总监给我们准备了丰盛的酒席，大家也不要客气，开吃！"

这群失业工人和家眷很久没有吃顿饱饭了，看到这么丰盛的酒席，闻到这么诱人的香味，不要说孩子们口水直流，连大人们也按捺不住了。宋明泉话音未落，大伙儿仿佛猛虎下山，只见筷子飞舞，但闻碗碟叮当。各桌原先的客人，皆非空手而来，都想饱餐一顿，把寿礼钱吃回去，只是碍着场面，故作斯文，你敬我让，慢悠悠地边喝边聊。一见这阵势，也沉不住气了，顾不上说话，纷纷加入抢食行列。不一会儿，风卷残云般，十多桌酒席吃得一干二净，连汤也喝光了。这可把跑堂的累坏了，频频往厨房跑，一个劲催厨师。厨师有个通病：最不乐意见剩菜，会让人觉得厨艺不精。今天几个厨师也是如此，听跑堂的一说，以为客人满意菜品，来了劲，甩开膀子，把厨房里所有能做的都给做了。工人们毫不客气，来一碗，灭一碗；来两碗，灭一双。一边吃，一边吆五喝六，故意把桌上搞得杯盘狼藉。其他客人渐渐看出了苗头，察觉到他们是来闹事的，担心受牵连，填饱肚子后，匆匆离开。工人们不管那一套，一个劲地催跑堂上饭上菜。

看到眼前的一幕，刘二奎再也忍不住了，脸拉得越来越长。这时，跑堂又端上来一盆汤，走到他身边时，不小心把汤溢出来，正巧溅到他身上。他的怒火终于爆发了，大吼一声，抬起脚来，狠狠踢了跑堂一脚。跑堂一个趔趄，手里的汤盆脱了手，摔得远远的，"咣当"一声，汤盆摔得粉碎，汤和菜也散落一地，把正在吃饭的人吓了一跳，大家吃惊地看着刘二奎。宋明泉腾地从椅子上站起来，撸起袖子，怒吼一声："姓刘的，你这是啥意思？"

刘二奎咬牙切齿，双手叉腰，恨恨地说："啥意思，还用我说吗？你们这是来吃饭还是来捣乱的？今天罗总监过大寿，不便发火,要是平时,我早就翻脸了。识相点,赶紧走人,否则会让你们吃不了兜着走!"

宋明泉鼻子哼一声:"刘二奎,你是在威胁我吗?以前你经常告诉我们,吃饱饭才有力气干活。罗总监过寿,我们怎能辜负他的一片好心?要是我们饿着肚子回家,这不是笑话吗?"

刘二奎指着宋明泉鼻子:"姓宋的,每次都是你挑头闹事,要是不想干,说清楚赶紧走,别等着我把你开除了。"

宋明泉不紧不慢,面带讥笑:"你厉害,你有本事,我倒是想问一句,我一没偷懒,二没犯错误,你凭啥开除我?"

"别以为大家都是傻瓜,只有你一个人聪明,你是来者不善,我知道你是咋想的。我看你是活腻歪了!"刘二奎的鼻子都快气歪了,恶狠狠地威胁宋明泉。

"刘二奎,你把话说清楚,说话要摸摸良心,今天是罗总监的大寿,工友们好心好意前来祝寿,你请不起大家吃饭,就别请。我是来祝寿的,不是来受气的,请你放尊重点!"宋明泉说完,使劲拍了一下桌子,几个瓷勺子被震到桌子底下,碎了一地。

李广义接过话茬:"好心过来祝寿,连饭也不让吃饱。刘监工,你好厉害啊,一直看我们不顺眼,托你的福,我已经被开除了,现在又想开除宋明泉,请问这个厂是你家开的,对吧?只要你看谁不顺眼,想让谁走,谁就得走,是吧?"

薛文英也忍不住了,指着刘二奎说:"这个厂是大家的,不是你家的,凭什么你看谁不顺眼就让谁走?你就是想着一手遮天,太气人了!"

几个工友的火气上来了,就听见"咣当"一声,旁边的酒桌被人掀翻在地,满桌的盘子和碗在地上摔了个粉碎。工人们立刻从西院撤退,呼啦,全都跑到了东边的院子里,看见这里还有好几桌酒席没人吃,马上坐过去。这次他们拿起食物,没有放到嘴里,而是装到早就准备好的袋子和盆里,准备带回家,第二天继续吃。在东院吃饭的客人,看着这群人把食物全装起来,准备拿走,非常吃惊,搞不明白他们是什么来头。

刘二奎被气得直翻白眼,心里暗暗叫苦,这些人是冲着罗总监来的,现在倒好,自己成了众矢之的,怎么办?这时,马三刀悄悄拉他的衣角,压低声音说:"情况不妙,咱们找罗总监去。"

一语惊醒梦中人,刘二奎发现自己无法控制局面,不想当着这么多人的面出洋相,赶紧找台阶下。两人跑到贵宾厅,悄悄把罗总监拉到旁边的偏房,添油加醋地说:"这些穷鬼,吃了也就白吃了,谁知道他们还兜着走,把饭菜都装起来,准备拿回家,都是些什么事?没有王法了!咱们把警察喊过来,把他们都抓到警察局去,关进大牢,严刑拷打!"

罗四气得浑身上下直哆嗦。这时候,几个监工得知消息,走进偏房,摩拳擦掌:"大哥,只要您一声令下,我们马上出动人马,好好把他们教训一下!"

罗四沉吟着，一时拿不定主意。他恨不得用枪崩了这群人，但这是在他家里，他不得不投鼠忌器。

就在罗四左右为难时，史文珍手里拿着相机，背着一只小包，从贵宾厅走出来，装作无意的样子进入偏房。很巧，刘二奎到报社时，也是史文珍接待的。她看着请帖，想着宋明山谈起过吃寿宴的行动，担心工友遇到麻烦，于是过来暗中相助。

听到监工们的话，她把罗四拉到偏房外，压低声音说："刚才，我同桌的几个记者说，发愁找不到有价值的新闻，如果今天发生冲突，明天济南所有报纸都会登出来，到时候，您的颜面何在？您屋里尽是值钱的家当，还挂着这么多名人字画，要是动起手，场面会失控，这些家当和字画难免会毁坏，损失可就大了。工人们已经被逼到绝路上，万一他们一怒之下点把火，您家就没了。"

这番话，听得罗四头皮发麻。两害相权取其轻，相比这些严重的后果，工人们吃点喝点、拿点饭菜，也没多大损失。罗四连连点头："有道理，有道理，感谢你在关键时刻指点迷津。"

说罢，罗四回到偏房，对几个手下说："大家知道什么是穷急生疯吗？这群被开除的工人，很多人跑到大街上要饭。要是把他们逼上绝路，他们就会走极端，也许会半夜三更放火把我们的家烧了，杀人放火、背后捅刀子的事，他们也干得出来。咱们都是有家有业的人，要小心从事，千万不要被他们当成出气筒。小不忍则乱大谋。他们演戏，咱们也陪着演。他们说是来祝寿的，咱们就当是祝寿的吧。只要他们不偷不抢，不杀人不放火，别把寿宴搅和了，别让我在贵客面前出洋相，天下就太平。咱们也别去和他们斗了。"

"大哥所言极是，这群穷鬼越来越能装，明明一肚子坏水，却还一脸无辜，太可恨了！"刘二奎赶紧附和，"看起来是一团棉花，但打过去的时候，才发现里面全是钢针。"

"破财免灾，酒席上的饭菜，他们想吃什么随便他们吃，他们想拿什么随便他们拿，吃不了就兜着走，咱们图个耳根子清净。"罗四无可奈何地说。监工、把头们一肚子恶气，既然罗四这么说，他们只好退在一边，不再说话。

罗四想，开除工人是全厂的决定，又不是自己定下来的，很多监工为了发泄私愤，把平日和自己作对的工人开除了，这个锅不能自己背。冤有头债有主，这是收买人心的好时机，千万不能放过。想到这里，罗四折身来到东院。工人们坐在桌子前，正忙着往袋子里装食物，看到他进来，一时愣住了，面面相觑，有些不知所措。

罗四满脸堆笑，双手抱拳，摆出一副热情的样子，乐呵呵地说："各位工友，难得大家的一片心意，知道我喜欢吃糕点，专程给我送了这么多，让我感激涕零！"

说到这里，他装模作样地擦了擦眼睛，继续说："今天到场的工友，大家共事多年，缘分极深，工友们对我非常支持，我心里都清楚。大家能想到我，这份恩情，我永远不会忘。从今往后，你们要是有什么事,尽管开口,只要我能办到的,我会赴汤蹈火,万死不辞!"

说完,他对着满院里的人深鞠一躬,接着说:"最近,家里老人身体不好,我很少去厂里上班。那天早上开会,我只是按照厂里的意思,宣读了一下被开除的名单,整件事我一点也不知情。今天客人太多,如果哪点做得不好,看在我们共事多年的份上,多多包涵。刘监工,快去通知后厨,继续上菜,千万不能怠慢客人。"

听了罗四的话,宋明泉的嘴差点撇到耳朵上,大家的心和明镜一样,知道这个老狐狸在为自己撇清责任。什么他不知道工友被开除的事,说的比唱的好听。罗四演戏,大家也陪着他演。宋明泉朗声喊道:"谢谢罗总监,祝您福如东海长流水,寿比南山不老松。"喊完后,故意看着刘二奎,只见他呆呆地站在一边,脸上一阵红一阵白。

罗四给刘二奎使了个眼色,刘二奎只好垂头丧气地走到厨房,喊厨师加菜。罗四又拉住李广义和宋明泉的手,兄弟长兄弟短地说个不停。工人们看到罗四服软了,心里很舒坦。

这时,跑堂端上来热气腾腾的馒头和菜肴,放在桌子上,大家又开始忙着往袋子里装,新上来的菜很快就被大家分个精光。在李广义和宋明泉的指挥下,工友们拿好各自打包的饭菜,心满意足地扬长而去。

罗四赔着笑脸,向工人们拱手道别。直到工人们离开后,罗四才长吁一口气,庆幸没有惊动贵宾厅的要员们。

罗四急急回到贵宾厅，赔着小心极尽巴结，终于让贵宾们打着饱嗝，尽兴而归。当送走最后一位客人时，罗四一屁股瘫坐在躺椅上，全身像散了架似的。老婆闺女围在身边，小心地服侍着，老婆给他捶背，闺女给他端水，生怕他想不开会生病。

罗四的老婆小心翼翼地说："我刚才听几个工人说，下一步要去其他监工家里吃饭，看来他们不是只冲着咱家来的，没必要生这么大的气。我看这事只是个开始，一时半会儿完不了，不知道下一步哪家该倒霉了。"

罗四正懊恼着，听了这话，心情舒坦了很多，抬起头，睁开眼，盯着老婆问："有这事儿？那敢情好！嘿嘿！"

晚上，李广义、薛文英等人开会，总结今天的战果。李广义非常开心地说："好久没吃饱饭了，托罗四的福，终于吃饱喝足了，这一仗打得扬眉吐气。罗四天生是个好演员，他没去演戏，可惜了他的天赋，这会儿，估计他还没缓过气来！"

工友们笑起来。程英杰说："善有善报，恶有恶报。平时不给他随份子的工友，没少穿过他的小鞋，这次开除这么多人，他咋会不知道？这条老奸巨猾的狐狸，当面一团火，背地一把刀。很多工友都被他迷惑了。第一阶段的斗争开展得很顺利，大家好好努力，继续进行下一步的斗争。让这些欺压工友的家伙们尝尝咱们的厉害。大家加油干！"

几天之后的中午，李广义门前，工友越聚越多，每个人的手里都拿着碗筷，有的还拿着袋子。程英杰拿着一个铁盆，叮叮当当地敲打着，大家说说笑笑，聊着天，就像过年一样热闹，正等着李广义下命令。

李广义拿着一个大碗，对大家说："今天的目标，是几个作恶多端的工头家，我负责刘二奎这一路，大家加油！"浩浩荡荡的队伍，分几路出发……

晚上，刘二奎回到家里，其老婆一把鼻涕一把泪，向他哭诉说，李广义带着一群人跑到家里，逼着她做了几桌饭菜，吃饱喝足才离开。刘二奎气得七窍生烟，一溜烟跑到罗四家，刚跨进大门，就带着哭腔喊："亲哥啊，亲哥，快点为我做主啊！"

罗四正和一群监工、把头说着话，听到外面刘二奎的声音，连忙走出来，问他出了什么事。刘二奎哭丧着脸，颠三倒四地把事情说了一遍。

罗四叹了一口气，招招手让他进屋。刘二奎进屋一看，屋里坐着几个监工、把头，个个愁眉不展、唉声叹气。他突然明白了，今天遭殃的不止他一家，大家都是难兄难弟。

马三刀眉头紧皱，叹了一口气："我家里也来了一大窝工人，他们饭量大得惊人，一个人吃好几个人的饭。临走时还拿了一大堆东西。再这么没完没了地搞下去，我家很快就给吃垮了。我们扛不住了，最好让警察把他们全抓进监狱，以解心头之恨。"

监工、把头们团团围着罗四，像看救星一样看着他。没想到一向威风凛凛的罗总监，这次也老实了，双手抱住头，沉吟半晌，说："他们不抢不夺，不杀人不放火，不罢工不游行，没有任何暴力行动。只是到家里坐坐，随便吃点饭，把你吃得没脾气，这招够毒，够狠！我看出来了，他们都憋着一肚子怨气，早就串通好了，正在找发泄的机会，对他们动武肯定不行。"

几个人凑在一起，商量到了深夜，也没有想出好办法。大家都感到很棘手，硬扛不得，安抚不甘心，没人知道该怎么办。

第二天，刘二奎发现一群人向自己家走来，吓得从后门溜出来，跑到很远的地方，躲在一个角落里，看见他们果然走进了自己家，只好又跑到罗四家里，发现几个工头来得比他更早。

马三刀又在倒苦水："我看他们吃上瘾了，本来我想着让老婆带孩子跑到娘家躲两天，谁知道他们一大早就堵在家门口，他们娘几个谁也走不了，只能在家里好吃好喝地伺候他们。今天晚上不能回家了，昨天晚上母老虎发飙，和我闹了整整一夜。"

马三刀的话，引起大家的共鸣，你一言、我一语，开始倒起苦水："我家那口子阴着脸，就像谁欠她几百块大洋。只要有一句话惹到她，她就会摔盘子砸碗，大哭大闹，神经错乱。现在家里鸡飞狗跳、鬼哭狼嚎的，我都快扛不住了，都是这帮家伙们搞的鬼。"

"大哥，您是我们的亲大哥，兄弟们跟您这么多年，您说向南，我们绝不向北。您说向东，我们绝对不会向西。现在大家有难，您可要给我们做主啊。大哥，你家大业大，可以供他们吃喝。我们都是小门小户，他们早晚把我们吃垮搅散了。"

几个监工就像一群苍蝇，围着罗四絮絮叨叨，罗四听得头都要炸了，跺着脚说："行了，行了，大家都别吵吵了，这次领头闹事的是哪些人？他们要达到什么目的？你们能接受他们的条件吗？"

刘二奎赶紧说："李广义他们想让被开除的工人回厂上班，他们还要求厂里答应不再随便开除工人。谁也不想让这些人回厂上班，但他们闹得太厉害，可以暂时让他们回厂察看。等着这场工潮过去，再决定他们的去留。"

大家表示同意，只要别再到家里闹事，可以勉强接受他们回厂上班。

罗四说："既然大家都同意了，咱们就定下来。因为回厂上班的人太多，我要和范厂长说一声，如果他答应了，咱们就托人找李广义谈话。"

听了他的话，工头们长出一口气。这种提心吊胆的日子，他们过够了，盼着早一天结束。

过了两天，厂里发出通知，所有被开除的工人，可以重新回厂上班，但必须勤勉工作，遵守厂纪厂规，不得聚众闹事。

第二天，李广义、薛文英等人气昂昂地上班时，工友们呼啦一下围上来，自发地鼓掌欢迎他们，就像欢迎凯旋的英雄。

这天晚上，工会委员们又到蝎子山开会，宋明山也参加了。这次会开得扬眉吐气，李广义说："刘二奎和马三刀找我谈话，表示要和解。他们还说，只要大家不闹事，以后厂里就不再随意开除工人。"

薛文英说："监工、把头们总是欺负工友，这是病，需要开猛药方治。吃大户这剂药方开得好，这次发动失业工人带着家属到工头家吃饭的做法，既解决了失业工人的吃饭问题，也惩罚了那些工头，真是一举两得。这次他们主动服软，大快人心！"

"上级党组织要求近期斗争的策略是保存实力，避免牺牲，不公开采取暴力行动，用合法的经济斗争形式达到政治目的，提高工人阶级的觉悟。现在罗四一伙已经服软，监工和把头也不敢再嚣张，表示不再轻易开除工人。这次斗争达到了预期的目的，工人们对这个结果表示满意，我们可以接受他们的条件，斗争可以告一段落。"宋明山说，"大家意下如何？"

大家一致赞同。李广义说："经过大家的努力，这次斗争达到了预期的目的，胜利结束了。但帮助失业工人的任务依旧很艰巨，我们要继续做好收尾工作，争取帮助更多的工友。"

宋明山作了总结发言："帮助济南失业工人的斗争，是从大厂工人吃工头开始的，这次的斗争解决了部分失业工友的吃饭问题，帮助更多的失业工友渡过难关。这种斗争形式，为党领导全省失业工人的运动，提供了一条可以推广借鉴的经验，上级领导对大厂的斗争给予了高度评价。"

第十二章　陷囹圄大义凛然　除叛徒庙会设伏

　　黄守信忐忑不安地走进厂长办公室。他很奇怪，一向不来往的范厂长，怎么突然要召见自己。

　　刘二奎也在厂长办公室，见他进来，从沙发上站起来，满脸堆笑，热情地打招呼，指着旁边的沙发请他坐下。黄守信客套几句就坐下了。范良驹坐在办公桌后面，正埋头处理事务，并没打招呼。

　　黄守信不敢吭声，别别扭扭地坐着，一双手不知搁哪里好。以前，他当工会领导时，见到厂里的头头脑脑时，扬着头走路，觉得同他们是平起平坐的。自从他变节后，无论是见到工会委员，还是见到厂里的头目，都觉得自惭形秽、低人一等。这会儿，他见厂长对他视若无睹，既感到屈辱，又感到惶恐，巨大的心理压力压得他喘不过气来，只敢悄悄地喘气，大气不敢出一口。

　　不知过了多久，范良驹终于抬起头，脸上看不出表情，口气冷冷地问："黄守信，你最近在忙什么啊？有没有领着工人搞活动？"

黄守信吓了一跳，以为范良驹又要翻旧账，慌忙起身回答："厂长，您千万不要误会，我早就不是什么会长了，只是个普通的工人，没有参与工会的任何活动。"

范良驹哼了一声，语带讥讽："你是大家一致推选的会长，怎么能辜负大家的信任，不积极干工会的工作？"

黄守信连忙忏悔："都是我年轻不懂事，想着为大伙做点事，后来经历过很多事，才明白干好本职工作就行。不在其位，不谋其政。我好久没和工会联系了，前一段时间，他们经常找我，我一次也没去。我现在老老实实地干活，不会给厂里找麻烦。"

范良驹说："现在就是要把你放在合适的位置上，以后，你要和工会多联系。我们希望你继续当会长，组织工人开展工会活动。"

黄守信大吃一惊，不解地看看范良驹，又看看刘二奎。刘二奎点点头，接过话："是的，是的，范厂长是希望你当新的工会会长，按照厂里的指示开展工会活动。"

黄守信搞不清楚这两人的葫芦里到底卖的什么药，张了半天嘴，不知说啥好。

范良驹微微一笑，语气变得亲切："听说你是读书人出身，因为家里生活困难，考上了学，却没有继续读书，非常遗憾。你的能力、见识比一般工人高很多，你在工人中有威信，是栋梁之材，我们需要你这样的人为我们工作。现在厂里加薪的名额还有几个，我考虑先给你留一个名额。"

第一次听到厂长夸奖，黄守信受宠若惊，身体夸张地往前倾，声音也有些颤抖："感谢厂长栽培！只要厂长您和侯局长有啥盼咐，我一定会赴汤蹈火，在所不辞！"

范良驹站起身，走到办公桌前，倚在桌沿上，双臂抱怀，用不容置疑的口气下命令："我们怀疑厂里现在的工会是由共产党掌控的，所以，厂里打算成立新的工会，工会的会长由你担任。现在都在建工会，咱们不建，别人也会建。我们希望新工会和厂里一条心，引导工友们帮厂方做事，而不是站在厂方的对立面。你可以按照这个要求找合适的人选，筹备新工会。"

"是，是，是！"黄守信点头如捣蒜，"我推荐张有德，他的能力很强，如果他加入进来，可以帮厂里做很多事。"

"去吧。"范良驹挥挥手，"抓紧去办，有啥不懂的，向刘监工请示汇报，重大问题可以直接向我汇报。"

"遵命！"黄守信垂手而立，弓着身子倒退而出。

在厂方的暗中支持下，黄守信和张有德等人成立了新的工会。两个人上蹿下跳，四处活动，终于凑起一班人。宋明泉也接到邀请，立刻找李广义和程英杰商量对策。程英杰建议他先答应下来，静观其变。

在新工会的成立大会上，黄守信承诺了很多事，有涨薪的，也有福利的，在场的工人欢欣鼓舞，燃起新希望，纷纷加入。但没过多久，工人们就发现，这个工会只收会费、不干人事，同厂方一个鼻孔出气，厂方咋说就咋办，如果有人不愿交会费，他们就从工钱里强行扣除。工会内部成员勾心斗角，互相扯皮内耗。工友们看出他们的真面目，背后称他们是"黄色工会"，时间一长，大家对"黄色工会"非常失望，开始抵制交会费。

这天，黄守信和张有德带着几个工会的委员，在厂里挨个动员大家交会费。薛文英问宋明泉交不交会费，宋明泉看着不远处的黄守信，故意大声说："算了吧，挣点儿血汗钱不容易，有钱买东西给孩子吃，他还叫咱们爷爷。把钱交给'黄色工会'，一点儿用处也没有。"

程英杰接过话茬："这个'黄色工会'不为工人办一点儿有益的事，每月只知催交会费，像个衙门，真不知道是些啥玩意。有人挂着羊头卖狗肉，和厂方一个鼻孔出气，只想着巴结厂方，见了厂长低头哈腰的，连腰也伸不直，头也抬不起来了。"

李广义也紧跟着说："他们只会欺骗工友，出卖大家的利益，只想个人升官发财，根本不顾工人的死活，从来不帮工友。这样的工会，真让人失望！"

几个人你一言、我一语，故意大声说着风凉话。这些话，一字不落地飘进黄守信和张有德的耳朵里。黄守信仗着身后有厂长撑腰，大声说："有些人自己不交会费，还挑唆别人也不交，这不是破坏工会的工作吗？大家千万不要上当。有人背地里煽阴风点鬼火，我们要坚决和他们斗争！工会是工友们的家，我们要积极缴纳会费，支持工会的工作。如果大家都想着个人，工会就成了一盘散沙。有些人就是欠收拾，干啥啥不行，捣乱第一名。国有国法，家有家规。我就不信，没王法了！"

"喂！"程英杰高声质问黄守信，"你把话说清楚，谁煽阴风点鬼火？"

张有德说："谁阻止我们收会费，谁就在煽阴风点鬼火，就是我们的敌人！"

宋明泉说："听说你俩都加薪了？看来你们这官没白当，好处没少捞。可是大部分普通工人，没有钱随份子送礼，就没涨一分钱。你给大家解释一下，为啥你俩都加薪了，我们却没加？"

黄守信强作镇定："加薪的事，是监工、把头们说了算，他们掌管着厂里的考工晋级、工作分配。这是厂里的决定，和工会没有关系。"

程英杰说："从建厂开始，我们就受尽恶监工和坏把头的欺负。他们总是想方设法欺压我们。难道工会只会睁只眼闭只眼，听之任之吗？这样下去要工会有啥用？刘二奎强迫工人随礼，一次就收了上百元，他们不知廉耻，工会也不管吗？真叫大家失望！如果工会不管，我们就自己商量，找机会出恶气。"

正说着，刘二奎和马三刀走进车间。李广义一挥手，工友们立刻走过去，把两人团团围住。

薛文英问："请给我们解释一下，加薪的标准是什么？为什么别人加薪了，我们却没有？"

刘二奎辩解："加薪的事儿比较复杂，一时半会儿也说不清楚……"

宋明泉打断他的话："是说不清楚，还是不想说清楚？你们这两个家伙压榨我们，真是欺人太甚！"

黄守信和张有德见状，连忙上前去解围。黄守信打圆场："有话好好说，有话好好说，不要这么激动。我有话和大家说。"

工人们看着黄守信，注意力全在他的身上。张有德给刘二奎和马三刀使了个眼色，他俩心领神会，趁机赶紧溜走。

李广义对工友们说："这次加薪，大部分工友感觉不合理，很多老老实实干活的工友没加，一些投机钻营的人却加了。我们必须改变这一切。刘二奎和马三刀平时为非作歹，克扣工钱，欺压工友，我们这次要发动大家，赶走这两个人！"

黄守信听后，心里一惊，和张有德相互看了一眼，想阻止这个行动，就对大家说："煽动工人罢工闹事，这是共产党一贯的把戏。大家都是良民，老老实实地干活。现在国难当头，不宜罢工，要安心工作，不要惹是生非。"

李广义当即驳斥："黄守信，明明是监工敲诈勒索工人的钱，克扣工人的工钱，你作为会长，自己不管，还不让别人管？加薪的事，他们必须给我们合理的解释！走！咱们一起找厂长评理，把这两个家伙轰走。"

程英杰响应道："大家马上停工，让他们立刻离厂，一刻不出厂，一刻不开工！"

工友们一呼百应，紧跟在李广义的身后，把黄守信和张有德晾在一边。

黄守信鼻子都气歪了，恶狠狠地说："好你个李广义，刚回来上班几天，就又煽动闹事，我看你还能蹦跶几天！你不仁，休怪我不义！从今天起，这个厂里有你没我，有我没你。咱们走着瞧！"

李广义带着工友们，径直奔向范良驹办公室，开门见山："范厂长，这次加薪，为什么大部分工友都没加，只有几个工会的委员加了？几个监工、把头还在变本加厉克扣工人的血汗钱，厂里为什么不管？这样的人为什么还留在厂里？"

"克扣血汗钱？"范良驹皱起眉头，岔开第一个问题，"自从你们反映后，厂里已经三令五申，不准随意向工人收份子钱，现在还有这样的事？你们先去上工，我这就调查。"

薛文英直接点破："不用调查了，大家都知道，刘二奎、马三刀就是两只大黑手！我们要求马上把他俩开除出厂，一分钟也不能耽误。只要他们在厂里待一分钟，我们就一分钟不开工！如果不开除他们，我们就会继续斗争，把斗争扩大到全市，让大家都支持我们的工作。"

335

范良驹一听，心里暗暗高兴。对刘二奎和马三刀，范良驹并没好感。特别是刘二奎，口蜜腹剑，心狠手辣，见钱眼开，为了达到目的，什么事都能干出来，虽然自己也利用他，但打心底里厌恶他，况且自己也有把柄在他手里，留着他早晚是个祸害，早就想收拾他，只是苦于没有遇到合适的机会，眼前的机会真是千载难逢。不过，这事儿，自己不适合直接出面，恐会惹恼刘二奎，遭其报复。让谁出面呢？有了，把球踢给罗四！前些日子，他听说罗四过寿时，刘二奎鞍前马后张罗，还公然打着他的旗号，到处收份子钱，引起工人们的不满，很多人背后骂娘，他问过罗四，虽然罗四矢口否认，但他相信是真的，这下机会来了，既可借机敲打罗四，又可借刀杀人，一箭双雕！

想到这里，范良驹对工人们说："你们反映的情况很重要，监工和把头都是罗总监的属下，我这就把他叫来，你们向他直接反映。"说罢，让王秘书去叫罗四。

罗四进屋后，发现满屋子的工人，有些诧异。范良驹便让李广义和程英杰复述了一遍，然后说："你是总监工，你手下人干的事，你比我更清楚。你看看，怎么处理好？"

老谋深算的罗四一边听，一边察言观色，揣摩范良驹的意图。他过寿时，刘二奎为了讨好他，到处收份子钱，确实收得有点过了，惹得一些人背后骂娘，对此，他对刘二奎既满意，又恼火。待范良驹说完，他已揣摩出七八成意图，当着众人面，他必须表明立场，把自己切割干净。

于是，罗四干脆直白地说："我根本不知道有这样的事，如果工友们说的都是真的，那就应该按照大家说的，立刻把他俩开除。这样的害群之马不能留，会带坏厂里的风气。这件事已经解决完毕，你们可以安心工作去了，千万不要把事情闹大，如果耽误了生产，会引起上级领导的不满。"

看到罗四的态度很坚决，范良驹就像三伏天喝了杯冰水，浑身舒坦。他趁热打铁，一边给罗四戴高帽，一边不失时机地快刀斩乱麻："刚才罗总监的话，你们都听到了吧？罗总监向来秉公执法，从不纵容属下。就按罗总监的话办，立刻开除！王秘书，马上起草文件！"

消息很快传开。当天晚上，刘二奎、马三刀在几个监工的陪同下，一起跑到罗四家里求援。

刘二奎一进门就带着哭腔："冤枉，冤枉啊。我们为了厂里的事，得罪了不少人。大哥，您不能不管我们。他们是杀鸡给猴看，今天把我们撵走，明天又会撵别人，后天还不知道闹出什么乱子，不能惯着这帮家伙。再说谁加薪，谁不加薪，也不是一个人说了算。"

马三刀恨恨地说："该杀杀他们的锐气，不能被他们牵着鼻子走，现在总是被动挨打，咱们也要反击！"

罗四被吵得脑子疼，摊开双手，无奈地说："我也不想让你们走，事已至此，你俩先回避几天。这段时间，他们的气焰太盛，等着过段时间，咱们再想办法。大丈夫能屈能伸，和他们打交道也不是一天两天了，该忍的时候就要忍，该出手的时候，咱们也不客气。"

听了这话，刘二奎放下心来："大哥，我们知道该怎么办了，自从跟着大哥的那天起，我就知道大哥心里装着我们。不难为大哥了，我们两个先去避避风头。"

刘二奎和马三刀被撵走了，工友们很高兴。但李广义总感觉哪里不对，他对程英杰说出自己的疑虑："这次厂里答应得这么爽快，出人意料，也不知道他们葫芦里卖的什么药。"

程英杰点点头："虽然把他们撵走了，但这些人都是一个鼻孔出气，绝对不会善罢甘休。他们是非常狡猾的，咱们静观其变，狐狸肯定会露出尾巴，看看他们耍什么花招，后边肯定有戏看。"

果然不出李广义所料，没多久，刘二奎又出现在厂里。这下子，工友们都气炸了肺，以为是范良驹和罗四耍花招。工人们气不过，再次去找范良驹，王秘书说厂长外出开会了。于是，大家又去找罗四。

罗四吃惊地说："什么？他来上班了？我不知道这件事，等着我去问问范厂长是咋回事。"

"罗总监不是给我们打太极拳吧？刘二奎是你的心腹，你怎么会不知道？是你在庇护他们吧？"李广义刺了一句。

罗四矢口否认:"这话就不对了,别管是谁,我都一视同仁,该奖则奖,该罚则罚,并没对谁网开一面。"

其实,刘二奎回到厂里,并没有工人们想的那么简单,也非范良驹所愿,范良驹根本不想让他回来。那天,刘二奎从罗四家出去后,又去范良驹家,想试探一下他的口风,问问自己什么时候方便回来。没想到,范良驹面露为难之色。为了开脱自己,他长叹一口气,告诉刘二奎:"你在大厂得罪的人太多了,工友们三天两头地过来告状,给厂里施加压力,我全都压下去了。这次工人们闹得太厉害了,厂里无能为力了,即使想留你,他们也不答应。你先出去散散心,等着这阵风头过去了,再想办法。你能不能回来,我说了也不算。"

刘二奎听出范良驹没有让他回厂上班的意思,心里很窝火,冷笑着说:"我为这个工厂干了那么多活,为你出了那么大的力,没有功劳也有苦劳。没想到你却卸磨杀驴。把我用完了,看我没有利用价值了,就像扔破抹布一样把我扔掉。告诉你,我早就留后路了,咱们都是一根绳子上的蚂蚱,谁也跑不掉。"说完,他从口袋里掏出一张照片,放在范良驹的面前。

看到照片,范良驹大吃一惊,认定上次匿名信里的照片,很可能就是刘二奎所为,是他下了套,偷拍了照片,抓住自己的把柄,真是卑鄙无耻的小人!范良驹不想让刘二奎看出自己心虚,故作镇定地喝了几口茶,掩饰内心的慌乱。放下茶杯后,他问刘二奎:

"你想怎么办？"

刘二奎摊开牌："大家都不容易，我也不难为你，如果我不方便回厂也没关系。听说，警察局最近成立了一个新部门，叫什么'捕共队'，那里要招人，虽然工钱一般，但外快不少。我知道你和侯局长的关系很好，经常在一起共事。你可以美言几句，帮我在警察局谋个差事，哪怕是跑腿的活也行。要是我能去侯局长那里上班，马上就把照片给你，随便你怎么处理，咱们之间的事就一笔勾销。"

范良驹想着刚给侯初升送了金条，应该会给自己这个面子，他可以做个顺水人情。于是，他对刘二奎说："你为厂里做了那么多事，我作为厂长，肯定不会撒手不管，我这就去找侯局长。"

侯初升听范良驹一说，正中下怀。他正在谋划一个阴谋，准备安插几个人到大厂去，打探共产党的消息，没想到天上掉了个馅饼。刘二奎在厂里工作这么多年，对厂里的情况肯定很了解，是最合适的人选。于是，他当场拍板，让范良驹马上通知刘二奎过来谈话。

刘二奎点头哈腰地走进侯初升的办公室。侯初升问起大厂的事，刘二奎添油加醋地把工人闹事的事说了一遍，狠狠地参了李广义、薛文英、程英杰、宋明泉等人一本。

侯初升给他下任务，让他做警察局驻铁路大厂的代理负责人，继续回到厂里，不要轻举妄动，放长线，钓大鱼，密切关注工人的行动，特别是重点监视那几个激进分子，掌握他们的行踪，有任何风吹草动，立即向警察局汇报，如果提供了有价值的情报，表现出色，就下委任书，加薪；如果抓到大鱼，立下大功，必有重赏。不但是金钱上的奖励，升迁也会非常迅速，荣华富贵指日可待。

末了，侯初升又加一句："我会交待范厂长，从现在开始，你继续从铁路大厂那里拿工钱，警察局这边也给你发补助。"

刘二奎一听，受宠若惊，信誓旦旦。就这样，他如愿以偿地进了警察局，还摇身一变成了卧底，只有范良驹知道底细，连罗四也不明就里。

刘二奎回到厂里后，得意洋洋，先在工人面前耀武扬威了一番，然后马上秘密召集黄守信和张有德面授机宜，布置任务，商量着如何对付工人，三个人狼狈为奸，蠢蠢欲动。

一个月黑风高的夜晚，伸手不见五指。李广义、程英杰、宋明泉等人碰头，商量下一步的斗争。目前厂里暗流涌动，双方的斗争到了白热化的地步。大家商量到很晚才散会，李广义和程英杰分头回家。他俩的家距离不远，中间隔着一片小树林，小树林里有条僻静的小路。李广义快步走在漆黑的小路上，一阵风吹过，传来沙沙的声音。他非常熟悉这条小路，只要走过这段最黑的地方，就能进家门了。他不由得加快了脚步。突然，脚底下有个什么东西绊了他一下，他还没有反应过来，黑暗中窜出几个人影，上来就是一阵拳打脚踢，出手极为狠毒，招招打中要害。他躲闪不及，被对方打倒在地，脑袋被一个硬东西狠狠砸了一下，感到一阵剧痛。随后，一把明晃晃的匕首直刺他的心脏，就在这千钧一发之际，听见有人大喊一声："住手！"然后听到"哎呀"一声，匕首被人踢飞了。

李广义陷入了漆黑的世界，什么都不知道了，等他醒来，发现自己躺在床上。他想翻身坐起来，却动弹不得，身上一点儿力气也没有。李广义勉强扭了一下头，看见自己的头上、双腿都缠着纱布。

"太好了，你终于醒过来了，多亏英杰及时赶到，出手相救，要是再晚一秒钟，你就有生命危险了！这几天，工友们下班后，会轮流照顾你。大家想着为你出口气！"说话的是张巩和，程英杰和宋明泉也在旁边。李广义这才发现，屋里有很多人，都是厂里的工友。原来，李广义在小树林里被一群身份不明的人偷袭，是程英杰救了他。

程英杰说："敌人对咱们怀恨在心，在暗处放冷箭，这个仇一定要报！昨天晚上，他们也在我回家的路上埋伏着，想暗害我，被我打跑了。我想着他们也会对你下毒手，就赶过来增援，正好被我撞上。"

工友们非常生气，大家七嘴八舌地议论起来：现在厂里黑白颠倒，一心为工友办事的人遭人暗算，意志不坚定的人出卖工友，成了敌人的帮凶。大家劝李广义躲避一段时间，因为他成了敌人攻击的靶子，可能会进一步遭到毒手。

李广义坚定地说："让他们下手吧，我不怕！血淋淋的事实摆在眼前，黄守信曾经是我们的亲兄弟，以前热心为工友办事，现在同刘二奎沆瀣一气，与我们反目成仇、公开作对。我们要好好教训他一顿，警告他，如果再执迷不悟，就对他不客气！"

宋明泉袖子一撸，乐了："这事好办，交给我了！"

李广义摇摇头，有点不放心："你性子急，下手太重。黄守信以前毕竟是咱们的兄弟，警告他一下就行，不要伤他筋骨。英杰，你和明泉一起去吧。"

"嗯！"程英杰答应一声，朝宋明泉扮了个鬼脸，宋明泉摸摸后脑勺，有点不好意思。几个人低声商量了对策。

这天晚上，黄守信在厂里办完事，走出大厂，穿过小胡同准备回家。这条小胡同，他走过很多次，但不知道为什么，今天走的时候，眼皮突突地跳，嗓子眼儿发痒，脊背上冒凉气，腿肚子不断地打颤。他隐约感到后面有人跟着他，走着，走着，猛地一扭头，身后连个人影也没有。他又继续走，有种大祸临头的诡异感觉。怎么了？他问自己，是不是最近一段时间压力太大，产生了幻觉？想到这里，他长叹一口气，决定晚上回家早点睡觉，不再干别的事了。他急匆匆地走着，越走越快，最后一溜小跑起来。

突然，前面闪出几个人影，其中一个人迅速用黑布蒙住他的眼睛，没等他反应过来，一个冰冷的金属硬物顶住了他的腰，有人低沉地警告："老实点，别出声，否则一枪送你上西天！"

黄守信浑身瘫软，像筛糠般颤抖，用尽全身力气，从嗓子眼里发出微弱的声音："饶命，好汉饶命！"

"给我闭嘴！跟我们走！"对方压低声音说，夹着他走了一段路，到了一个非常僻静的地方。

"姓黄的，听说您现在混得春风得意，风生水起，我们专程给您道喜！"黄守信听出是程英杰的嗓音，吓得魂飞魄散，连忙求饶："程大哥，程爷爷，看在咱们共事多年，兄弟一场的份上，就饶了我一命吧！"

"你这个叛徒，今天，我们就送你上西天！"这是宋明泉的声音。

"饶命，饶命！求求你们放我一条生路，我也是万般无奈，走投无路才这样的。"黄守信站立不稳，身子直往下坠，牙齿格格地响，"我上有老，下有小。如果我有个三长两短，他们也活不下去了……"

程英杰打断他的话："如果你活下去，全厂的工友都活不下去了。姓黄的，你这个卖友求荣的家伙，今天就是你的忌日。这里是荒郊野岭，周围都是大坑，正好可以把你放进去,没有人知道你埋在这里。"程英杰说。

"大哥饶命，大哥饶命！"黄守信扑通跪在地上，头如捣蒜，砰砰砰地磕头。几个身强力壮的工友围住他，一阵拳打脚踢，把他揍得鼻青脸肿。

黄守信哀求道："虽然我走错了道，但我对天发誓，我从来没有出卖过你们。求求你们，放我一条生路。"

宋明泉说："行，今天饶你不死，从今往后，大路朝天，各走一边。咱们井水不犯河水。我的话先撂下，如果发现你出卖、陷害、欺压工友，就别想再活下去！"宋明泉说着，揪着黄守信衣领，拿出尖刀，在他的脑门上来回比画。在冷清的月光下，尖刀发出逼人的寒光。

黄守信忙不迭地应道："是，是，是！我不敢，我不敢！"

程英杰踢了黄守信一脚："今天饶你一条狗命，要是你敢动一点儿歪心思，休怪我们不客气。我们认得你，刀可不认得你！"

黄守信手指着天，发着毒誓："程爷，我对天发誓，如果我出卖工友，天打五雷轰！"

宋明泉手一松，黄守信一屁股坐在地上。程英杰下令："咱们走！"几个人扬长而去，很快消失到黑暗中。

黑夜归入一片沉寂，只有蛐蛐的叫声此起彼伏。黄守信半晌动弹不得，忽然闻到一股恶臭，裤裆里湿漉漉的。他这才醒悟过来，刚才他惊吓过度，失禁了。他挣扎着想起身回家，可是手脚软得像面条，怎么也起不来。无奈，他只好在荒郊野岭躺了大半夜，直到天快亮时，才有力气行动。回到家时，才知道妻子一夜没睡好，担心他出啥事了，见他鼻青脸肿的，问他咋了。他撒谎说是昨晚喝高了，摔了一跤。妻子闻到他身上的恶臭，问他是不是掉进茅厕了？他支支吾吾答不上来，不敢告诉妻子，他是摸了一下阎王爷的鼻子，差点回不来了。

回家后，黄守信怕别人看出伤情，在家躺了两天，不敢出门。一连几个晚上，他都被噩梦惊醒，一闭上眼，就看见明晃晃的尖刀在眼前晃。再出门时，总觉得身后有人跟踪。他吓破了胆，知道两头都得罪不起，再也不敢在厂里待下去，悄无声息地离开了济南。

黄守信的不告而别，让张有德嗅到了异常，察觉到了风险，受到很大的震慑，之后也收敛了许多。

在大革命风起云涌的时候，王思立加入了中国共产党。他有才华，有干劲，进步很快，二十多岁的时候，就从基层支部的负责人晋升为领导。随着职务的升迁，事业上的一帆风顺，王思立开始膨胀，自我感觉越来越好，从当年的热血青年，摇身变成一个心机很深、私欲极强的人，迷失了自己。

1927年，国内形势发生巨变，蒋介石和汪精卫先后发动反革命政变。大革命失败后，全国都笼罩在白色恐怖中，所有行动都要秘密进行，稍有不慎就会招来灭顶之灾，大批共产党员被捕，革命陷入了低潮。1928年下半年，国民党开始统治山东，疯狂镇压山东的共产党人。面对血与火的较量、生与死的考验，共产党人信仰坚定，在敌人的威胁下宁死不屈。少数意志薄弱的人被吓破了胆，对革命前途悲观失望，成了可耻的叛徒，和国民党特务一起，对党组织的安全构成极大危害。

在这样危险的环境中，贪图享受的王思立依旧出入酒楼、歌厅，沉迷于灯红酒绿的生活，对前途产生了悲观情绪。一次，在酒店喝酒的时候，他被敌人认出来，当场被俘。

王思立被带到审讯室后，看到血迹斑斑的刑具，额头上渗出细小的汗珠，在心里进行着激烈的斗争。

侯初升见他沉默不语，开始劝降："王先生，你风华正茂，有大好前程，何必和乱党掺和在一起。只要你写下悔过书，声明退出共产党，党国就不会为难你，还可以给你一个美好未来。如果你把同党的名单告诉我们，还能得到一笔数额不小的钱，如果你告诉我们的名单非常重要，你会得到几辈子都花不完的钱，你看如何？"

王思立嘴上依然很硬："我是有信仰的人，不会出卖组织。我们道不同不相为谋，不要浪费口舌了。"

侯初升知道他掌握大量机密情报，所以对他很有耐心："苦海无边，回头是岸。像你这么有才华的人，何必一条道走到黑？不要浪费大好青春和才华，为党国效力才是出路。"

看着王思立一言不发，侯初升改变策略，不再劝降，每天都好酒好菜地招待他，找人和他谈古论今，讲些风花雪月和明星的趣闻轶事。这一招果然奏效，奢靡的生活，让王思立渐渐放弃理想信念，一腔热血冷却下来，内心被魔鬼占据。

侯初升感觉火候差不多了，拿出一盘子金条和银元，放在桌子上。看着眼前黄澄澄的金条和白花花的银元，王思立的眼里露出贪婪，想起让他沉迷的酒馆歌厅，向往起荣华富贵，又想起自己曾经贪污过几次公款，如果被上级发现，后果将会很严重。在敌人的威逼利诱之下，他开始动摇了，再三权衡后，最终叛变投敌。

因为工作的关系，王思立对各地党组织了如指掌。为了戴罪立功，谋取更多的金钱和更高的位置，王思立发表了"反共宣言"，出卖山东地下党组织的情报，还纠集一批敌对分子成立"捕共队"，大肆逮捕共产党员和工运积极分子，疯狂破坏党组织。许多同志被捕后，遭到反动派的残忍杀害。双手沾满共产党人鲜血的王思立，为此拿到巨额赏金，又接连升官。

铁路大厂成了王思立重点关注的对象，工人们只要反抗都会受到镇压。刘二奎成为警察局的暗探后，被侯初升安排到王思立的"捕共队"，成为王思立的得力手下。刘二奎像一只嗅觉灵敏的猎犬，密切关注着厂里的一举一动，成了厂里最危险的敌人。在白色恐怖之下，一些曾经的工运积极分子，对前途感到悲观失望，在刘二奎的威逼利诱之下，变得悲观消极，不再参与工会活动，一些积极分子被暗中逮捕。

铁路大厂的斗争形势日渐尖锐复杂，白色恐怖越来越严重，李广义成了敌人的眼中钉、肉中刺。为了保存实力，上级领导决定让李广义离开大厂，去外地开展工人运动。他身上的担子越来越重，工作也越来越忙。

这天，程英杰刚走出厂门，见一个戴着鸭舌帽的陌生人在转悠。那人看见程英杰连忙走过去，问他见到李广义没有。程英杰见他鬼鬼祟祟的，立刻警惕起来，装作若如无其事的样子，笑着说："这几天没有见到他，你找他有事？"

鸭舌帽问："没什么事，只是问问。你知道他去哪里了吗？怎么能找到他？"

程英杰装作很随意的样子："不知道他去哪了。也许他家里有事，过一段时间办完事了，他就会回来吧。你是谁？"

鸭舌帽愣了一下，支吾半天："没……没啥事，只是随便问问。"说完，转身到别的地方转悠去了。

程英杰一瞥，距鸭舌帽不远处，还跟着几个人，显然是一伙的，心生不妙。为了不引人注目，他先回家了。到了半夜时分，他悄悄来到李广义家里，按照事先约定好的信号，有节奏地敲门。

李广义打开门，程英杰急匆匆走进，关上门，压低嗓音说："听说刘二奎指使人四处找你，你的处境很危险，一定要多加小心。这两天，我发现厂门口的暗探更多了，行动十分诡异。你还是去外地避避风头吧。"

李广义说："我刚接到上级的通知，马上要离开济南，去临城开会。明枪易躲，暗箭难防。咱们在明处，敌人在暗处，非常时期，一定要注意安全，保存实力，减少组织的损失。放心，我外出的时候，一定会化装。暴风雨即将来临，我做好了准备！"两双手紧紧握在一起，就此道别。

李广义连夜收拾好行李，第二天一早就出门了。他一向是工装穿戴，每当有任务外出时，会改头换面，装扮成外出谈生意的商人。这次，他头戴礼帽，身穿长袍，脚蹬皮鞋，为了改变形象，特地粘上八字胡，腋下夹着公文包。

来到火车站，李广义发现，门口有很多行动诡秘的人，警察也比平时多，气氛十分紧张。他走进检票厅，向前一看，突然发现刘二奎站在检票口旁，正在东张西望，好像在找什么人。他的身后，还跟着几个人，同他保持一段距离，不仔细看，很难发现他们是一伙的。

此时，李广义已经没有退路，只能大踏步地向前走。刘二奎睁着阴沉的眼睛，盯着一个个客人看，企图从蛛丝马迹中发现端倪。李广义心跳加速，脸上依旧风轻云淡。他明白，自己已没有退路，假如他掉头离开，反而容易引人注目，只能往前走。于是，他坦然自若地走过去，一边走，一边用余光瞟向刘二奎。此时，刘二奎的目光也瞟过来，在李广义的脸上停留了片刻，又瞟到别处。李广义没有丝毫迟疑，大大方方地走过去，在刘二奎的眼皮子底下，掏票受检，进入车站。

坐在火车座位上后，李广义悬着的心才放了下来。想起刚才的险情，心里暗自庆幸。他拿出随身携带的扇子，轻轻地扇起来，开始思考下一步行动。这次去临城，是布置倒杨运动联合罢工的事。罢工的准备工作千头万绪，需要大家一起努力……

突然，李广义扇扇子的手停了下来。他看见刘二奎带着几个人走进车厢，刚刚放到肚子里的心又跳到了嗓子眼。只见刘二奎像鸭子一样，伸长脖子，眼睛在每个乘客的脸上乱瞟。李广义急中生智，从公文包里取出一张报纸，装作聚精会神的样子，低头浏览着报纸，余光中看到，刘二奎在他跟前停留了片刻，就从他的身边走过，走向下一个车厢。

"呜——"火车一声长鸣，喘着粗气，缓缓开动。李广义从窗户往外看，只见刘二奎带着几个人，正垂头丧气地从窗户下走过。李广义长长地舒了一口气。

王思立叛变投敌后，丧心病狂，党组织遭受到严重的破坏，很多党员被捕入狱，惨遭杀害，形势非常危险。上级紧急调离疏散与叛徒认识的党员。宋明山接到疏散的消息后，立刻回家收拾行李，准备出发。

宋明山一边收拾，一边对妻子韩玉枝说："上级领导中出现了叛徒，地下党组织遭到了严重的破坏，损失惨重。接到上级的疏散命令，我要暂时离开一段时间，去外地开展工人运动，今晚连夜出发。组织决定让史文珍接替我的工作，你要配合好她的工作。"

"你只管放心，我会配合她的工作的，济南越来越危险，早点离开更安全。"韩玉枝回肠百转，既忧心丈夫安危，又不舍亲人离别，为了不让丈夫牵挂，她尽量保持平静，趁丈夫不注意时，悄悄擦掉泪水。她拿出几件衣服递给丈夫，叮嘱道："多带几件换洗衣服，锅里有饭，我给你热热，你抓紧吃完快点出发吧。"

宋明山接过衣服，看着行动不便的妻子，于心不忍："你有孕在身，不方便行动，要好好照顾自己，别累着了。我这一走，不知道什么时候能回来，家里的事你多操心。照顾好老人，抚养好孩子，无论遇到什么事，你都要好好地活着。"

韩玉枝捋捋头发，嫣然一笑："放心，我会的。"

虽然有千言万语，但宋明山知道，现在不是儿女情长的时候，他要抓紧处理很多事。他匆匆扒了几口饭，深情地对妻子说："希望我能很快安全返回，那时候我们就能团聚了。万一……万一我回不来了，你要勇敢地向前走。如果遇到喜欢你，你也喜欢的人，就不要再等我了，我祝福你们。"

听了这番话，韩玉枝万箭穿心，眼泪再也止不住，使劲捂住嘴，肩膀抽动着，努力不让自己哭出声来。

宋明山爱怜地搂住妻子，轻轻帮她擦去泪水，就要出门。这时候，突然响起敲门声。虽然声音轻微，但在这种危急关头，宋明山和韩玉枝还是吃了一惊，警惕地看着大门。

"大哥，是我。"门外传来宋明泉压低嗓子的声音。宋明山赶紧打开门，宋明泉闪进来，他已经听到消息，特地赶来送行。

宋明山挽起袖子，淡定地说："明泉，从入党那一天起，我就做好了为党随时献身的准备。现在形势越来越危险。我已经做好了最坏的打算。我如果有什么意外，你们认尸的时候，看到胳膊上的这棵松树，就知道是我。"

宋明泉和韩玉枝相互看了一眼，知道这句话的分量，这就是生离死别。宋明泉说："放心吧大哥。事不宜迟，你快点儿走。不要担心家里，素兰会过来照顾大嫂的。"

"有你们在，我就放心了。"宋明山说，"我马上就走，你们多保重！"

两人一起走出家门，兄弟俩就此道别。看着宋明泉走远的背影，宋明山立刻向办公室的方向走去。为了不让妻子和弟弟担心，他没有告诉他们，自己暂时还不能撤退，因为有一个重要的使命去完成，临撤退前，他必须把办公室的几份绝密名单销毁。这些文件中有省委所有同志的名单，还有一封从上海发过来的要求铲除叛徒的绝密文件。这都是核心机密，要是落在敌人的手里，组织会遭到惨重的损失，会有更多的同志牺牲，他必须不惜一切代价销毁文件。宋明山知道此行凶多吉少，他几乎可以确定，王思立已经向敌人供出党组织的驻地，敌人已经在周围布下了天罗地网，只等着抓人了。但明知山有虎，偏向虎山行，他决定冒一次险，用个人的生命保护更多同志的安全。他从容地向前走去，他要和敌人抢时间！

宋明山正走着，有人从身后拍了他一下，低声地说："老宋，你怎么还在这里？"

宋明山扭头一看，原来是理发匠丁大湖。丁大湖一把抓住宋明山，把他拉到僻静处，看看四周没人，压低声音对他说："最近两天，我在理发店干活，经常看见陌生人在你办公室附近转悠，他们还到过我的理发店。听说最近很多人都被抓起来了，只要进去，就有可能丧命，你的处境太危险了，快点儿走吧！"丁大湖的理发店在宋明山办公室的旁边，对附近的情况非常了解。

"我拿点东西，马上就走。"宋明山说。

"你一定要小心。这里凶多吉少，不是久留之地，尽快脱身！"丁大湖说。

宋明山感激地说："多谢提醒！"

和丁大湖分开后，宋明山在附近转了几圈，发现周围有很多行踪可疑的身影，想着白天人多眼杂，不方便行动，决定晚上再过去。

夜半三更，万籁俱寂，宋明山躲过几个身影，悄无声息地潜入房间，打开床下的暗橱，拿出一摞文件，跑到厕所，倒上汽油。然后，拿出火柴棒，在火柴盒上划一下，火柴棒头上蹿出火苗。他把点燃的火柴棒扔到文件上，文件立刻燃烧起来，屋里弥散着一股浓密的烟味。

突然，外面响起嘈杂的脚步声，接着传来砸门声。文件因重叠在一起，此时还没有完全燃尽。宋明山来不及找棒子，情急之下，将手伸进火堆，迅速拨开文件。火堆里"呼"的一声，蹿出一股火苗，包裹住了他的手臂，整个手臂顿时成了火柱。他忍住火辣辣的钻心疼，快速拨弄着火堆，加快纸张的燃烧速度。

说时迟，那时快，几个彪形大汉破门而入，如饿狼般扑向宋明山，将他从厕所拉出来，对他一阵拳打脚踢。这时，火苗已经变小，一个家伙急忙用脚踩灭。

几个人拽住宋明山，七手八脚地拉到客厅，打开电灯一看，一个个目瞪口呆。宋明山成了一个黑脸包公，眉毛也烧没了，右手袖子只剩几片破布，有的贴着胳膊，有的悬空挂着，右手和右臂黑乎乎的，散发出一股焦肉味。

这时，侯初升走进屋里，下令搜查。几个警察一阵翻箱倒柜，没有搜出任何有价值的东西。侯初升气急败坏，狠狠踢了宋明山几脚。宋明山的嘴角淌着血，脸上却露出胜利的微笑，感到自己死而无憾了。

侯初升命令把宋明山带走，自己走进厕所，拨开灰烬，找出仅剩的一角残片，费了半天劲，才看清几个模糊的字："铲除叛……"这是什么意思？他百思不得其解，宋明山冒着生命危险要销毁的文件，肯定不是一般的秘密。要是能知道这个秘密，肯定能立下大功，升官发财不在话下。他决定用酷刑撬开宋明山的嘴，揭开这份密信的谜底。

回到警察局，侯初升把宋明山带进审讯室，指着各种刑具，严厉地说："宋先生是个读书人，希望你能和我们合作，我们绝对不会亏待你。如果你不合作，这里有各种刑罚，会让你求生不得求死不能。老实交代，你烧的都是些什么文件？你的上级是谁？你的下级是谁？把地下党的名单交出来，我就放了你！"见宋明山沉默不语，他又问："最近你去青州找谁了？你说说青州党组织的情况。"

宋明山头一昂："我没有到青州，更不知道他们的组织。"

"这个人你总该认识吧？"侯初升拿出一张照片，是薛文英，被打得伤痕累累，满身是血，"告诉我，他是谁？是不是共产党员？只要你说了，就不用受皮肉之苦。"

"我不认识，也没见过他。"宋明山说。

侯初升气得一拍桌子，大声吼道："老虎凳伺候！"

几个满脸横肉的打手，上前摁住宋明山，强行把他绑在老虎凳上，变着花样折磨他。宋明山痛彻心扉，豆大的汗珠淌下来，却咬紧牙关，没有吐露一个字。侯初升恼羞成怒，命令打手用钳子拔掉宋明山的指甲盖。打手毫不手软，一个一个地拔掉宋明山的指甲盖。宋明山的双手瞬间血肉模糊，痛得昏死过去。打手不肯罢休，朝宋明山身上泼了几桶凉水，他又清醒过来。一阵钻心的剧痛袭过来，宋明山忍不住呻吟起来，几乎到了崩溃的边缘，但仍没有说一句话。

打手又换了一招,用皮鞭把他的双腿抽得皮开肉绽,然后在伤口处撒上食盐。在惨无人道的酷刑折磨下,宋明山似乎已经痛得麻木了,意识处于半昏迷状态,终于喃喃说话了。侯初升欣喜若狂,侧着脑袋凑近他的嘴边,希望能得到满意的回答。岂料,宋明山说的是:"该用的手段都用了,你们不用枉费心机,休想从我这里得到任何有价值的资料。我的信念永存。你们给我一个痛快,杀了我吧,杀了我一个,还有更多后来人,共产党员永远杀不完,快动手吧!"

"好,好,好!你有种!我要让你求生不得,求死不能!继续用刑,用重刑!"侯初升声嘶力竭,跳着脚给打手下令。打手把鞭子浸上辣椒水,一鞭狠似一鞭。宋明山又失去了知觉。

侯初升见毫无进展,下令道:"把那个人押上来!"

被押上来的是薛文英。侯初升指着宋明山,威胁道:"你招不招?如果不招,也是一样的下场!"

此时,宋明山被绑在老虎凳上,浑身血肉模糊,静静躺着,一动不动,不知死活,身子下面的地上湿漉漉的,一片血红。

薛文英内心翻江倒海。刚刚受过拷打的他,当然清楚宋明山所受的磨难,但是脸上的表情却依然平静。他显得一脸委屈,坚定地说:"我已经说过多遍了,我不是共产党员,我只是工人!"

"好,好样的,用刑!给我用重刑!"侯初升咬牙切齿,"我倒要看看你的骨头有多硬!烙铁伺候!"

357

话音刚落，一个打手从炭火盆里夹出一块烧红的烙铁，狠狠地朝薛文英的胸膛上烙去。只听见"哧"的一声，薛文英的胸膛冒起一股青烟，空气中充斥着糊肉味，他感觉胸前一阵灼烫。打手并不罢休，用夹棍夹住薛文英的十指，随后把竹签一根根地插进他的手指中。十指连心，这种痛楚难以想象。每插一根竹签，薛文英都要发出一声撕心裂肺的惨叫，听得人毛骨悚然。他几次昏死过去，又被泼水浇醒，但始终没有松口。

大概受不了空气中的异味，侯初升用手绢捂住鼻子，瓮声瓮气地说："真是条汉子！你这是何苦呢？只要承认了你的身份，和我们合作，就不会受这么大的苦。"

薛文英虚弱地说："我说了，我只是一个普通的工人！"

"好，好，继续上刑！"侯初升气急败坏，下令继续动刑。但是，无论经受怎样的折磨，薛文英坚决不承认自己的身份。

侯初升不打算放过他俩。在他看来，宋明山和薛文英就像一座宝山，藏着许多让他垂涎的财富，而他却只能望眼欲穿，无法踏进半步。这使他愈加仇视二人，非要置他们于死地，既消除心中仇恨，又杀一儆百。

几天后，狱警对宋明山、薛文英说："上面来命令了，你们准备上路吧。"

薛文英十分平静。自从投身革命后，他就时刻准备牺牲，今天，他知道，终于到了自己为革命献身的时候了……

宋明山、薛文英带着脚镣，被五花大绑着押到刑场。与他们同时受刑的，还有另外八个人。侯初升亲自督刑。临行刑前，侯初升还不死心，幻想用死亡恐吓宋明山。他把宋明山排在最后，命令行刑队员逐一枪毙，每枪毙一个人，就问宋明山："你现在的时间又少了一点，离死亡又近了一步，你有必要送死吗？现在后悔还来得及，我们可以停下来谈谈合作的事。"

宋明山冷笑一声："你不用浪费时间了，我们之间没有合作的可能。我是为理想和正义而死，为信仰和主义而死，为国家和民族而死，感到非常光荣和自豪，死得其所。你们的残暴，绝不会动摇革命者的信仰，我的鲜血洒在这片土地上，我会看着后来者继续前行！"

侯初升不以为然："你为虚无缥缈的主义去死，值得吗？"

"当然值！"宋明山高昂头颅，哈哈大笑，"前人栽树，后人乘凉。我们的理想是建设一个没有剥削压迫，人人自由的民主的国家。虽然我看不到为之奋斗的幸福生活了，但我相信我们的后代一定会有更好的生活。我可以自豪地说，我实现了自己的诺言，为理想而献身！革命不怕死，怕死不革命，今天你们杀了我一个，还有更多的后来人。只要你们一天不被消灭，我们会一直和你们战斗下去！我只是一束微不足道的火苗，但无数的共产党人，一定会前仆后继，燃烧起熊熊烈火，照亮黑暗的天空！"

说到这里，宋明山双目如炬，直逼侯初升，一字一句："倒是你，该为自己想想，将来别死无葬身之地，遭世人唾骂！"

侯初升心头一震，一个受尽摧残、即将死亡的人，不仅没有畏惧绝望、贪生求饶，反而慷慨激昂、谈笑风生、视死如归，这样的人，该有多可怕！以前，他不明白，共产党为什么越杀越多，难道他们都长着花岗岩脑袋？现在，从宋明山身上，他似乎找到了答案。不过，这个时刻，他犯不着同宋明山理论，问道："人各有志，这是你最后的时间了，还有什么要说的话吗？"

宋明山静默片刻，卖了个关子："我可以提个要求吗？"

侯初升心中一喜，以为宋明山害怕了，想求生了，急忙说："可以，可以，你只管讲。"

宋明山微微一笑，用下巴指了指倒在自己旁边的遇难者，语气平静："刚才我发现，你们枪杀他们的时候，都是从背后开枪，这说明你们懦弱。我不想转过身去，想亲眼看着你们扣扳机，看着你们的子弹射中我的胸膛，我想记下你们每个人的脸，过会儿到阎王爷那里报到时，会让阎王爷派索命鬼来，把你们一个个捉了去。另外，刚才他们每个人只享受一枪，我希望你们十个刽子手一起开枪，把气氛搞得隆重热烈些，好好为我壮行！咋样？我这个要求不过分吧？哈哈哈！"

宋明山的笑声，犹如虎啸雷鸣，重重敲击着每个人的心扉。侯初升目瞪口呆，肥胖的脸上，禁不住抽搐起来。他朝两侧一看，只见行刑队员个个大惊失色，面面相觑，端枪的手不由得颤抖起来，有的人甚至放下了枪。他恼羞成怒，呵斥道："你们……这群没出息的东西，怎么被几句话吓怂了？！"

在场的人分明听出，侯初升的声音是颤抖、飘忽的。大家明白，别看他嘴硬，其实他也被宋明山的话吓着了，内心充满着恐惧。

侯初升定了定神，狞笑几声："哼哼，好你个宋明山，死到临头还嘴硬！好吧，那我就成全你。你这就去阎王爷那里报到吧！"

说罢，他高举起手，声嘶力竭地下令："全体都有了！把枪端稳了，瞄准，预备——放！"

凌厉的枪声中，宋明山摇晃了几下，高大的身躯朝后訇然倒下。

枪声过后，现场弥漫着一股青烟，刺鼻的火药味，直往行刑队员鼻子里钻，就像无常鬼上门索命。行刑队员们不由得惊慌失措，慌忙捂住口鼻，缩起脖子。侯初升也觉得后脊一阵阵发凉……

宋明泉听到噩耗后，冒着生命危险，和韩玉枝、史文珍、赵素兰等人认领了两人的尸体。他握紧拳头，悲愤地说："放心吧，你们的血不会白流，我们一定会为你们报仇！"

开完会回来的李广义帮着料理完薛文英、宋明山的后事后，召集宋明泉、程英杰等人，商议为宋明山、薛文英报仇的事。

宋明泉牙齿咬得格格响："我哥哥是被王思立出卖的，我要杀了王思立！"

程英杰眼里喷出怒火："侯初升这个畜生，双手沾满工人的鲜血，不能放过他！"

李广义沉吟半晌，说道："这些罪大恶极的人，我们一个也不要放过。不过，王思立有贴身保镖，侯初升身边也戒备森严，我们不能蛮干。至于刘二奎，容易对付，我们完全能够解决。目前，对党组织破坏最大、危害性最大的是王思立。上级要求我们，尽快除掉王思立。所以，我们先除掉王思立，拔掉这颗毒瘤！"

"太好了！"几个人一听，兴奋不已。宋明泉按捺不住，自告奋勇："什么时候动手？算我一个！"

"咱们一起干！"程英杰说。

李广义沉着地说："为了确保万无一失，咱们成立一个行动小组，先摸清他的行踪，再确定方案。"

王思立深知自己罪孽深重，共产党不会轻饶他，平时深居简出，尽量不抛头露面，外出时必带两个贴身保镖，侯初升也派警察加强保护。行动小组使出浑身解数，终于摸到规律：最近一段时间，王思立每逢过节时，总要去兴国禅寺烧香，估计是他害人太多，良心不安，担心报应，去庙里烧香赎罪。行动小组分析，马上要过重阳节，也许他会去拜佛，当即制订了行动方案。

重阳节这天，天气晴朗，千佛山庙会人山人海，热闹非凡。从山脚下到山腰的兴国寺，步行大约二十多分钟，路两边的摊位一个挨一个，卖货摊摆满各种土特产，小吃摊现做各种风味小吃，讨价还价声不绝于耳。摊位后面有一处平坦的场子，正在表演杂技，围观者不时喝彩。

行动小组成员一早就来了，散落在人群中，有扮成香客的，有扮成小摊贩的，布下了天罗地网，就像一群猎人，时刻等着猎物出现。每过半小时，他们就聚拢一次，简单交流几句，然后又迅速散开。然而，眼看着太阳慢慢爬到头顶，又渐渐往西移，却一直未见目标。宋明泉耐不住性子，露出焦虑的神情，在人群中窜来窜去。李广义见状，装作漫不经心的样子，走到他身边，暗暗扯了扯他的衣摆，压低嗓子说："沉住气，不要露出破绽。"宋明泉有些羞赧，稳定了情绪。

就在行动小组再次聚拢时，一辆轿车缓缓开到入口处，停下来，不见人下车。看到这辆车，李广义心狂跳了几下，断定坐在车里的人，正是他们苦苦等待的王思立！他暗使眼色，队员们迅速四下散开，按照事先拟定的方案，到指定的区域就位。

此时，王思立一动不动地坐在车里，紧紧地盯着外面，仔细观察情况，只见人来人往，非常热闹，没有发现可疑的地方。王思立本来就生性多疑，长期从事地下工作，经验非常丰富，现在又当上"捕共队"的一把手，亲眼看见很多人在上一刻还活蹦乱跳，下一刻就横尸街头，深知自己干的是刀口舔血的活，所以行事小心谨慎，处处防范。他已作好打算，只要有一丝反常，立刻掉头就走。他在车里观望了一会儿，没有发现异常，这才打开车门，在两个保镖簇拥下，开始登山。

王思立的一举一动，都被不远处的李广义看在眼里。他摘下礼帽，扇了几下，戴在头上，又摘下帽子，扇了几下，拿在手上。这个看似随意的动作，是开始行动的暗号。行动小组成员各就各位，在沿途扎起口袋，布下包抄态势。

王思立从山下拾级而上，把帽檐压得很低，还戴着墨镜，虽然路两侧的招徕声很诱人，他没有心思闲逛，快速穿过摊位区。山上的游客实在太多，人挤人，人挨人，想快也快不了。好不容易挤到寺庙门前，烧香的香客又排成长队。王思立担心发生意外，想挤到前面插队。谁知道，越忙越出乱子。

一个浓妆艳抹的中年妇女，排队站得久了，心里本来就烦躁，被王思立和保镖挤了个趔趄，一下子火冒三丈，尖着嗓子嚷嚷道："咋插队哩？咋插队哩？！"

经她这一嚷，后面的人也跟着嚷起来："咋插队啊？滚到后面去！"

前面的人扭头一看，有人试图插队，赶紧贴身站着，不给他们留空当。

众目睽睽之下，王思立知道众怒难犯，不敢公然发作，进也不是，退也不是，狼狈不堪。

正在这时，一个居士模样的年轻人走过来，双手合十道："施主如果有急事，可以跟着我来。"

王思立就像抓到一根救命稻草，连忙说："谢谢！我确有急事，不便耽搁！"示意保镖一起跟着走。队伍里发出一片嘘声。

年轻居士领着他们，来到一处偏殿，请王思立进去。保镖正欲跟进，年轻居士手一拦："只能进一个人，要是进的人多了，就不灵了。"

王思立让保镖在外面等，一个人走进去。年轻居士随手关上房门，领着王思立走进殿内，来到一间耳房，对他说："施主请坐，我这就去请师父出来。"

不一会儿，进来一位老道，身着紫袍，皓首苍颜，长须飘胸，佝偻着腰。王思立微微一怔：这不是佛堂吗？怎么有道士？还没回过神来，老者给他施了个礼，开门见山："施主可是来抽签问卦、相面求佛的？"听口音，老道是天津一带人。

王思立一愣，赶紧起身，拱了拱手："大师怎么知道？"

"施主的祈愿写在脸上。"老道微微一笑，上下打量一番，准确说出了王思立的生辰八字。

王思立大吃一惊，想不到老道的修行如此深厚，心中的一丝狐疑顿时消失，态度更加虔诚。

桌上摆着一个签桶，老道让王思立抽签。王思立拿起签桶，一边在心里默念，一边使劲摇晃，一支签掉到地上。他捡起签，交到

365

老道手中。

老道看了半天，眉头紧锁，没有吱声。王思立忐忑不安，担心是下下签。

老道端详一会儿，慢悠悠地说："施主天庭饱满，地阁方圆，本来是个大富大贵之人，可是……最近印堂发暗，面带晦色，签子上也显示，你近日恐有血光之灾。"

"啊！这可咋办？"王思立大惊失色，一种大祸临头的恐惧，顿时笼罩全身，他慌忙掏出一袋钱，双手递给老道，说："救人一命胜造七级浮屠，这是我的香火钱，恳求您帮我破解血光之灾，我必有重谢！"

老道接过钱，放到一边，微微一笑："虽然施主有血光之灾，也不是没有办法破解。这样吧，你随我来，我送你一件宝物，可保你消除血光之灾。"

王思立一听，如释重负，毫不犹豫跟着老道，穿过后殿，来到院里。这里是兴国寺的后院，寂静无声，不见一个人影，院外就是山林，百鸟啁啾。老道领着王思立，推开一间小屋，请王思立先进去。王思立求宝心切，不假思索，迈步进去。老道紧随而进，随手关了房门。

小屋只有一个小窗，光线很暗，王思立一时没有适应过来，揉了揉眼，定睛一看，吓了一大跳：几个彪形大汉，正虎视眈眈地围着他！他情知不妙，转身想往外逃，却见老道背顶着门，已截断后路。他脑袋"嗡"地一下，颤抖着声音问："你们是谁？想干什么？"

"哼！"领头的大汉冷笑一声，往前跨一步，"王思立，怎么？不认识我了？你仔细看看。"

一听到对方叫出自己的名字，王思立心里一凉，仔细一瞧，慌忙说："我认得你，你是李广义，在王尽美那里见过面。"

另一个年轻人指指自己："还有我呢，认得吗？"

王思立瞧了瞧，点点头，又摇摇头："有点眼熟，好像也在王尽美那里见过，但想不起来了。"

年轻人嘿嘿一笑："告诉你吧，你爷爷叫程英杰！"

"我索性都告诉你吧，让你死得明白。"李广义指着在场的其他人，逐一介绍，"他叫宋明泉，就是被你出卖的宋明山的弟弟；他叫——"

李广义把王思立拽转身，指着老道说："他叫张巩和。他一个人对付你，就绰绰有余了。对了，张师傅，你让他见见真容。"

张巩和麻利地脱掉道袍，扯掉胡须，挺直腰板，恢复本来面目。

王思立心如死灰，面如土色，浑身颤抖，像筛糠一般，结结巴巴地说："各位……同志……"

宋明泉一听，勃然大怒，上去狠狠甩出一巴掌："呸！你这个叛徒！出卖了我们多少同志，哪里还有资格称同志！你还我哥哥的命来！"

这一巴掌下手很重，王思立满嘴是血，一颗牙齿飞了出去，左脸顿时红肿起来，膝盖一软，"扑通"一声跪下，伏在地上使劲磕头，嘴里含糊不清地哀求："好汉饶命……爷爷饶命……我也是……受尽折磨，实在熬不住，没办法呀！"

李广义冷笑一声："你自己骨头软，难道就可以出卖别人？你的命值钱，难道同志们的命就不值钱？你自己叛变投敌，已经罪不可赦，竟然又当起'捕共队'长，疯狂残害共产党人，更是罪上加罪，天理难容！今天，我们是替被你出卖的同志索命的。你见了阎王后，他们同样不会放过你！"

李广义顿了顿，平抑一下激愤的情绪，继续说："算了，犯不着同你费口舌。明年的今天，就是你的忌日！"

说罢，李广义朝大家挥挥手："时间紧迫，动手吧！"

宋明泉眼疾手快，一个飞脚，将王思立踢翻在地，大家一拥而上，摁手的摁手，按脚的按脚，捂嘴的捂嘴。宋明泉骑在王思立身上，死死掐住他脖子。不一会儿，王思立就一命呜呼了。大家七手八脚，将他装进麻袋，拴上石头，趁没人注意，迅速扔进旁边的粪坑里，沉入粪坑底。

忙完这一切，几个人从后院小门撤离，沿着小道拐了几个弯，混入下山的香客群中，神不知鬼不觉地离开了。李广义处理完叛徒，接上级领导通知，去了外地开展工作。

两个保镖在偏殿门外苦苦等候，眼看天近黄昏，仍不见人出来，觉得不妙，冲进去寻找，哪还有人影？慌忙下山报告侯初升。侯初升立刻派出大批警察，连夜封锁了兴国寺，把寺庙内外翻了个底朝天，一无所获。此事成了一桩悬案。

不久，韩玉枝生下一个可爱的男婴。夜晚，韩玉枝独自醒来，看着熟睡的婴儿，想起宋明山留给她的遗书："天下兴亡，匹夫有责。我所做的一切都是为了国家和民族，让更多的同胞过上好日子。我对所奋斗的事业有着坚定不移的意志，有着百折不挠的精神。玉枝，从此永别，望你擦干眼泪，努力前进，不要过度悲伤，要好好照顾老人，安抚父母。余言不尽，多多保重。"

韩玉枝默默地说："明山，我很想你，非常非常想你。虽然你已经离去，但你的音容笑貌永远陪伴着我。你放心吧，我们的孩子已经生下来了，他是个健康活泼的男孩子，长得很像你。他是你的血脉，是你生命的延续，也是我活下去的精神寄托。我们的父母在孩子的身上看到了希望，看到了未来，他们把更多的精力用在了孩子身上，会从巨大的悲痛中走出来的。我会好好抚养孩子，好好工作，遵从你的遗嘱，踏着你的足迹，勇敢地前行，完成你未竟的事业。我相信，黑暗即将过去，我们很快就会迎来光明。"

济南的白色恐怖越来越严重，很多战友被敌人逮捕，进了监狱，每天都有流血牺牲的事情发生。党组织为了保护火种，避免更多的牺牲，决定把工作重点转移到大峰山打游击，并派人去接应撤退的战友。

这天晚上，宋明泉正在吃饭，听到有敲门声，竖起耳朵，只听敲门声非常有节奏，是自己人！他小心谨慎地打开门，只见李广义站在门外。

宋明泉一把将李广义拉进门，像见到久违的亲人，急切地说："刚接到上级的指示，说是有领导到济南开展工作，让我接待，我还以为是谁，你怎么回来了？济南现在处于白色恐怖中，党组织遭到了严重的破坏，满大街都是特务便衣，'捕共队'到处抓人！"

李广义压低嗓音说："敌人的残暴，只会让革命者迈着更加坚定的脚步前行！我是上级领导派过来的，这次回济南的工作有两个，一个是恢复各个工厂党支部的工作，另外一个是联系需要撤退的战友，把他们集合起来，一起去大峰山打游击。"

"太好了，我们一直在等组织的消息，终于等到这一天了！但你回到济南非常危险。"宋明泉说。

"革命不怕牺牲，怕牺牲就不会革命。叛徒组织了'捕共队'，疯狂地破坏我党的组织，捕杀我党的同志。党组织被敌人破坏严重，只剩下很少的几个党员还在坚守阵地。本来组织打算派外地的同志过来，但是他们人生地不熟，不了解济南的情况，工作难以开展。我在济南工作的时间比较长，组织再三研究，决定派我过来负责济南的工作。"李广义说，"我在外地已经进了一次监狱，好在没有暴露身份，敌人稀里糊涂地把我放了。"

"你熟悉济南的环境，是最合适的人选。"宋明泉说，"你刚回来，是不是还没有找到地方住？你原来的家不要回去，那里太危险了，住在我这里吧，这里很偏僻，不会引人注意。"

李广义有些犹豫："你有家有业的，我住在这里恐怕不方便，会给你添麻烦。"

"不会的，大哥走后没多久，父母知道了这件事，深受打击。大嫂刚生完孩子，行动不方便，也需要照顾。所以我就让素兰回家照顾父母和大嫂了。现在家里只有我一个人，你住在这里很方便，我也没有麻烦，我早已将生死置之度外，做好随时献身的准备了。"宋明泉说着，伸出手臂，让李广义看胳膊上的青松，"大哥牺牲前，在胳膊上文了一棵青松，说是万一他牺牲了，家人可以辨认。现在我也在胳膊上文了一棵青松。"

李广义说："别看敌人这么猖狂，他们已经是秋后的蚂蚱，蹦跶不了几天了……咱们谈谈眼前的工作，我们的任务是快速地把被敌人破坏的党组织恢复起来，如果形势进一步恶化，我们就要立刻撤退到大峰山打游击去。"

宋明泉坚定地点头："无论组织上给我安排什么工作，我都会尽最大努力，保证完成任务！"

为了尽快把被敌人破坏的党组织恢复起来，李广义日夜奔走，到处联络人，进行动员工作。这天，他告诉程英杰和宋明泉，晚上碰个头，让他们通知厂里的党员各自分头行动，准时到达开会的地点。到了晚上，大家赶到开会地点，召开紧急会议。

李广义说："斗争是残酷的，也是危险的，血的教训告诉我们，永远不要低估敌人的残忍和狡猾。他们没有最狠，只有更狠。现在，我们要用最快的速度，做好撤离前的准备工作，大家把随身要带的东西整理好，可以随时背着行李出发，不要有片刻的犹豫，因为哪怕迟疑一秒钟都会有生命危险。敌人很快就会进行疯狂反扑，我们必须马上做好离开济南的准备。"

宋明泉说："我已经在大厂工作这么多年了，一直是交通站的联络员，我熟悉厂里的斗争情况，也熟悉济南的组织接头联络情况。厂里的斗争需要我，如果我留在厂里，能做更多的事，我希望能留在大厂。"

史文珍说："留得青山在，不怕没柴烧。此时离开，是为了将来能够更好地回来。明泉，铁路大厂是敌人重点监视的地方，他们早就想着对你采取行动。目前你的处境非常危险，必须马上离开，我们已经失去了很多战友，不能再失去你了。现在你哪里也不能去，就在这里待着，准备出发。"

李广义说："明泉，你一定要走，和我们一起走！我相信，最后的胜利属于我们，我们一定会回到大厂，回到红房子！那时候，我们就成了厂里的主人，所有的工友都会过上好日子！"

临出发的时候，宋明泉想着再回家住一晚上，拿点儿东西再走。他悄悄潜回小院，收拾好行李就躺在床上睡着了。深夜，宋明泉正在梦中，惊觉有人推他，腾地从床上坐起来，见程英杰站在床边。原来，程英杰得知宋明泉回家后，担心他出意外，特地跑来找他，催促他："快走，快点儿拿起背包走吧，再不走就晚了！"

这时，外面传来狗叫，隐约有脚步声，两人察觉不妙，立刻从后门跑出去。他们前脚刚出后门，就听见前门被人踹开，紧接着响起了枪声。两个人迅速穿过后门的小路，一弯腰，钻进浓密的草丛中，拼尽力气，趁着夜色在草丛里狂奔，跑了很久，终于跑到了个小土坡上。回头一看，房子已经着火，映红了天空。宋明泉又是悲愤，又是庆幸，对程英杰佩服得五体投地，要是晚走一秒钟，估计就看不到第二天的日出了。两个人顾不得歇息，又继续拼命地跑到接头地点，和即将撤退的同志会合了。

程英杰问李广义："我们准备去哪里？"

李广义说："到农村去，到大峰山去，那里需要我们，需要有斗争经验的同志。事不宜迟，我们马上就走。警察局就要下令，加强对出入城人员的盘查，在这里多待一秒钟都会有危险。"

程英杰说："好的，咱们马上就走，一起迎接新的战斗！"

这时，旁边有人拉了程英杰一下，程英杰转身一看，是史文珍。临行前，他因为不放心宋明泉，来不及去向史文珍告别，心里正内疚着，没想到在这里见到了她。在程英杰的梦中，出现过无数次这样的场景：他和史文珍携手奔赴新的战场，迎接新的战斗！他压抑不住兴奋，走到史文珍旁边问："你也和我们一起去吗？太好了！"

史文珍略一踌躇，把程英杰拉到一边，低声对他说："英杰，本来我也准备一起撤退，但刚接到上级指示，要我继续留在济南，利用在报社的关系和资源开展工作。从现在起，我要全面接替宋明山同志的工作。"

听到这个消息，程英杰颇感失落。但很快就克制住自己的情绪，抓住史文珍的胳膊："我理解组织上的安排。你留在济南，比去大峰山打游击作用更大。留在济南，你就是安插在敌人心脏上的一把刀，也是一颗能在敌人心脏引爆的定时炸弹。现在，你的担子更重了。我没法照顾你，你要注意安全，好好地保护自己，希望我们能很快见面。答应我，你一定要好好地照顾自己。"听到这句话，史文珍的眼睛湿润了。

程英杰看着史文珍，想起刚认识她的时候，她还是个不谙世事的学生。当年，两人一起工作，配合得很好，本来以为能一起度过很多这样的日子，如今，她已成长为一名坚定的共产党员了，这是多么可喜啊！遗憾的是，转眼就要各奔东西了，不知啥时才能重逢。

分别的时刻还是来了，程英杰看着史文珍说："文珍，也许这就是我们最后一次见面，当然我更期待，我们能有无数个未来。如果哪一天，我……希望你能记住我，多保重……"

程英杰说完，毅然放手，拉着李广义一起，头也不回地走了。他不是不想回头，是不敢回头。俗话说，男儿有泪不轻弹，此时，他的双眼已经模糊，他怕心上人看见自己狼狈的样子。

送行的人很快消失在黑夜中。程英杰一边走，一边在心里默念：文珍，再见了！我会记住咱俩相处的每一刻，那是我最美好的回忆。为了更多人的自由和幸福，我宁愿牺牲个人的幸福。希望我们能在春暖花开的季节，在红房子再次相见！那个时候，我们将会过上平等、自由、幸福的新生活。今日的分别，正是为了以后更好地相聚！

此时，程英杰仿佛看见，那座魂牵梦绕的红房子，在阳光的照射下，红砖红瓦闪烁着耀眼的光芒。红房子里，有他和工友们无数的记忆，在这里，他们从繁重的工作中，从监工、把头的毒打呵斥中摆脱出来；在这里，他们聚会谈心，倾吐愤懑；在这里，他们结识了改变一生命运的人，找到了前进的方向，从普通工人成长为坚定的革命者。红房子见证了他和年轻工人的成长，见证了他们用青春和热血谱写的雄壮乐章。

那棵大槐树依然挺立，风吹枝摇，似在挥手告别，似在轻声嘱托，又似在翘首以盼……

程英杰抬起头来，见李广义正迈着坚定的步伐，在前面领着路。他回头一看，宋明泉等人，正紧跟在自己后面。

这支身穿工装的年轻队伍，大踏步地往前走。他们坚信，这是黎明前的黑暗，他们一定能冲出黑暗，走向光明！

有道是：

尽美因缘赴大厂，群英荟萃聚红房；

无良监工刮民膏，穷困工友遭劫抢。

因势利导谈理想，众人渐悟找方向；

长辛店里长见识，俱乐部中蕴能量。

建立组织心向党，凝聚力量斗志昂；

卧轨声援大罢工，团结斗争威名扬。

低潮不改勇担当，囹圄考验真信仰；

惩处叛徒偿血债，转战峰山避锋芒。

英雄故事代代讲，革命精神人人唱；

丰功伟绩留青史，赓续血脉永流长……